불이 켜진 창문

불이 켜진 창문

시와 소설, 그림 사이를 거니는 저녁 산책

피터 데이비드슨 지음   정지현 옮김

아트북스

The Lighted Window, Evening Walks Remembered

First published in 2021 by the Bodleian Library
Broad Street, Oxford OX1 3BG
Text © Peter Davidson, 2021
All images, unless specified on p. 208,
© Bodleian Library, University of Oxford, 2021
Quotation on p. vii from Alexander Nemerov, *To Make a World: George Ault and 1940s America* (New Haven and London: Yale University Press in association with the Smithsonian American Art Museum, 2011) reproduced with permission of The Licensor through PLSclear

Korean translation Copyright © ARTBOOKS Publishing Corp.
Arranged through Edwards Fuglewicz, London, and Icarias Agency, Seoul

이 책의 한국어판 저작권은 Icarias Agency를 통해 The Bodleian Library와 독점 계약한 도서출판 ㈜아트북스에 있습니다. 저작권법에 의하여 한국 내에서 보호를 받는 저작물이므로 무단전재와 복제를 금합니다.

차례

앨런 파워스와 마크 깁슨에게

선물을 주는 이는 빛으로 만들어졌고 어둠을 부러워한다.
그는 소망한다. 오직 주기만 하는 것이 아닌,
그 자신도 밤이 되어 '빛의 선물'을 받을 수 있기를.

알렉산더 네메로프

옥스퍼드에 어둠이 깔릴 때

지금은 저녁, 곧 집으로 걸어가야 한다. 도서관 문에 다다랐을 때 날은 이미 어두워진 뒤고 길 건너 창문들에 불이 켜져 있다. 공기가 찬물처럼 내 피부에 서늘하게 닿고 자전거들이 속살거리며 황혼을 헤치고 빠르게 나아간다. 맞은편에 금색 돌로 지은 극장과 박물관이 있다. 조각된 거대한 머리를 얹은 난간을 지탱하는 돌기둥 그림자가 가로등 사이에서 흔들린다. 그 옆에서는 니컬러스 호크스무어가 설계한 굳세고 암울하면서도 호전적인 클래런던 빌딩이 웅장함을 적나라하게 드러낸다. 총안처럼 깊숙이 들어간 창문에서 불빛이 드문드문 위로 반사된다. 납으로 조각한 무사*상들이 어두운 지붕선을 순찰한다. 성공과 기억, 천재성과 명성의 무자비한 집행관들.

빗물로 번들거리는 인도 위 젖은 낙엽을 밟으며 브로드 스트리트를 따라 걷기 시작해 닫힌 여러 문과 포스터들을 지난다. 잔디밭과 나무 너머 철책 안쪽으로 가을을 맞이한 공원에 들

---

* Mousa, 그리스신화에 등장하는 학예의 신.

불 켜진 창문, 출입구 랜턴, 자갈, 돌.
노먼 맥비스가 찍은 펨브로크칼리지 밖 자전거 사진, 2006, 옥스퍼드.

어선 시골 저택 같은 트리니티칼리지를 힐끗 본다. 쐐기돌은 그림자에 가렸지만 예배당 창문 아랫부분에서 희미한 불빛이 비친다. 음향 장비가 놓인 데스크에서 나온 불빛이 위쪽에 부딪힌다. 남쪽의 털 스트리트로 방향을 튼다. 털 스트리트 키친 앞쪽, 패널로 장식된 공간에서는 첫 손님들이 촛불을 켠 채 이른 저녁을 먹는다. 저 흔들리는 옅은 노란색 불꽃은 모퉁이에 있는 지저스칼리지 뒤쪽 자전거 보관대를 비추는 격벽 조명의 흔들림 없는 하얀 빛이나 거리 반대편 대학 경비실의 푸르스름하고 기다란 형광등 불빛과 얼마나 다른가.

가로등과 대학 창문의 불빛이 젖은 판석 위에서 희미하게 빛나고 축축한 아스팔트와 자갈 위에서는 한층 더 밝아진다. 이제 고급 상점들을 지난다. 보석 가게, 맞춤 양복점, 와인 가게, 스페이 강변을 따라 펼쳐진 추운 고지대에서 생산된 브랜드가 가득 진열된 위스키 가게. 위쪽을 향하는 빛이 예전에 교회였던 모퉁이 도서관의 꺼진 놋쇠 샹들리에와 높은 치장 벽토 천장을 희미하게 밝힌다. 마이터 펍의 창문들은 패널 장식 벽에 드리운 음영으로 불그스름하게 빛난다.

신호등 건널목에서 하이 스트리트를 가로지른다. 벽돌 건물이 많은 앨버트 스트리트를 따라가다가 램프 불빛이 광택 도는 원목 바를 비추는 베어 펍 옆 모퉁이를 돈다. 세인트 알데이츠 스트리트로 나가서 버스 정류장에 선 사람들 사이를 지난다. 완티지와 애빙던행 버스들이 빛나는 별자리 같은 마을과 도시를 향해 조명을 환히 밝힌 채 축축한 밤을 나아간다. 언덕을 내려가 크라이스트 처치 앞을 지난다. 크리스토퍼 렌이 지은 고딕풍 탑이 어둠에 그림자를 드리운 채 우뚝 서 있다. 대학 정문의 피자

혜성이 떨어지는 해의 등불.
옥스퍼드의 윌리엄 터너, 「베일리얼에 떨어지는 도나티 혜성」, 1858.

트럭에서 흘러나오는 나무 타는 냄새와 굴절된 불꽃을 지나 넓은 길을 건넌다.

　　오래된 도시 성벽이 지키는 브루어 스트리트는 펨브로크 칼리지 외벽에 높이 고정된 등불과 예배당 색유리 창에서 새어 나오는 희미한 불빛이 밝히고 있지만 그래도 어둑하다. 한 걸음 한 걸음 옮길 때마다 큰길의 빛도 소리도 약해진다. 조명 없는 벽 안쪽으로 출입구가 움푹 들어간 캠피언홀의 덧문을 열고 내 이름이 적힌 탭을 IN으로 밀 때도 여전히 주변은 어둑하고 고요하기만 하다. 이 대학에는 세 가지 선택권밖에 없다. 들어가기(IN), 나가기(OUT), 떠나기(AWAY). 영국 예수회 초기 역사를 고려할 때 '떠나기' 하면 '바다 너머로 떠났다'나 '친척들이 있는 북쪽으로 도망갔다' 같은 문구가 연상되지 않을 수 없다.

광택제와 꽃, 정성을 담아 조리한 음식 냄새가 풍긴다. 이그나티우스와 동료들을 다양한 색채로 깎아놓은 위대한 스페인 조각상을 지나쳐 오거스터스 존Augustus John이 그린, 초조해 보이지만 근사한 마틴 다시 신부의 초상화를 힐끔 보면서 불 꺼진 식당을 걷는다. 플랑드르파와 페루 화가들의 그림이 걸린 로비를 지나 도서관으로 들어간다. 널찍한 석재 벽난로 위 장식 패널, 바닥에서 천장까지 쌓인 책, 광택나는 쪽모이 세공 마루에 고인 물웅덩이 같은 램프 불빛. 원래도 조용한 집이 저녁이 되자 더욱더 조용해져서 큰 방에 적막이 감돈다. 도서관에 램프가 켜지고 휴게실 난롯불이 피워지면 더욱 아늑해지는 듯하다. 마치 영주의 저택처럼 해질 무렵에는 적막이 감돌면서 외진 느낌이 들고 서쪽은 숲이 우거진 언덕으로 둘러싸여 있다. 창밖 어둠 속에서 자작나무 싹이 비 오듯 바스락거리고 펨브로크 신관 창문들은 언덕 농장의 불빛처럼 멀리 떨어진 듯 페나인산맥 비탈에서의 기억처럼 희미하게 반짝인다.

◆

돌 숲의 나뭇가지에 별 하나가 엉켜 있다. 나무 한 그루에는 기적처럼 사과가 가득 달렸다. 사과나무 아래에 유니콘이 있고 땅에는 사자와 양도 있다. 주교가 커다란 책 옆에 무릎을 꿇고 있다. 어둠 속에는 사냥개 또는 늑대들이 있다. 잉글랜드의 알려지지 않은 시와 기묘함이 전부 이 돌조각에 들어 있는 듯하다. 벽에

돌 속의 얼어붙은 천국.
옥스퍼드 머튼칼리지 정문의 15세기 조각 패널 세트.

드문드문 걸린 등불이나 고딕풍 창문에서 흘러드는 희미한 빛만
으로는 그 세세한 묘사까지 알아볼 수가 없다. 11월의 밤안개가
불 켜진 아치형 통로를 휘저으며 대학 경비실에서 나오는 빛을
빨아들인다. 자갈길에서 솟아오르는 밤안개는 무척 차갑고 축축
하다. 얼어붙을 듯한 안개가 강가 목초지를 가로질러서 다가온
다. 이곳에 온 지 40년이 넘은 내가 옥스퍼드에서 처음 맞이한 저
녁은 영국에서 맞이하는 첫 저녁이기도 했다. 그때 나는 음악가
들과 함께였는데 한 명은 함께 지내는 옛 학교 친구였다. 우리는
크라이스트 처치의 저녁 예배에 가기 위해 머튼칼리지 입구에서
모였다.

　　이 좁은 거리는 그 어디와도 다르다. 출입구의 탑과 후문
들, 지난 세기 4분의 3에 이르는 세월 동안 자리를 지킨 진한 노
란색 전등 불빛에 위가 뾰족한 고딕풍 창틀이 형태를 드러낸다.
스페인 살라망카의 꿀빛 바로크풍 길과는 완전히 다르다. 에든
버러 올드타운에서 볼 법한 석회 도료를 칠한 주요 골목길이다.

굽은 거리에 반쯤 가린 개선문에서 빛이 새어나온다. 우리는 불 켜진 입구를 지나 크라이스트 처치로 들어간다. 불 켜진 위층 도서관에 드리운 웅장한 석고 천장과 기하학적인 잎사귀의 기교와 호화스러움. 유럽 다른 곳들과 달리 그림이 아니라 주조된 이 눈 덮인 광활함에 내 발걸음이 멈춘다. 펙워터 쿼드*를 둘러싼 건물의 높은 창문 유리 너머에서 탁상 램프들이 희미하게 빛난다. 우리는 또다시 안개가 자욱한 석재 터널로 들어서서 랜턴을 매단 아치 위쪽으로 조각된 형상들이 절반쯤 보이는 또다른 탑을 지나 쌀쌀한 톰 쿼드로 들어간다. 가라앉은 분지 같은 잔디밭과 분수에 가득한 안개가 다른 세계의 호수처럼 물결치고 흐르면서 교회 참사회 사무실 벽에 달린 랜턴을 향해 필라멘트 같은 증기를 뿜고 출입구 탑을 숨기며 종소리를 질식시킨다. 교회 현관 아래에서 방향을 틀자 합창단이 든 촛불이 축축하고 차가운 공기 중에 흐릿하게 아른거리는 모습이 흡사 유령의 태양 같다.

교회를 방문했던 날 선명하게 기억나는 것은 음악과 안개, 어둠뿐이다. 짧은 낮에 분명 도시를 돌아다니기는 했다. 어스름한 빛 속에서 눈을 떴고, 운동복과 흰 스웨터를 입은 시끄러운 청년들로 가득찼으며 짙은 장식 패널을 덧댄 홀로 아침을 먹으러 갔던 것도 기억난다. 땀냄새, 기름진 베이컨 냄새, "좋은 아침입니다, 여러분"이라고 크게 외치는 인사말. 어두운 오후의 끝자락에 이르러 또다시 하늘이 안개와 냉기로 희미해졌을 때, 기대에 전혀 미치지 못하는 햇살 속에서 강둑을 따라 걸으며 서점과 음반가게에 들렀던 일도 어렴풋이 기억난다.

---

* quad, 혹은 quadrangle로, 대학 건물에 둘러싸인 네모난 안뜰을 말한다.

출입구의 랜턴과 관리 사무소는 겨울밤이라는 바다의 등불 섬이었다. 매일 밤 서늘한 예배당에 울려퍼지는 음악, 남자들의 목소리, 예배와 연주회, 근사하지만 여자는 거의 없는 듯한 황량한 마을에서 알토-테너-베이스로 이루어진 세 파트를 부르는 합창단. 나의 마음은 계속 출입구 위 패널에 대한 걱정으로 돌아갔다. 이글거리는 별은 지상으로 내려온 태양, 펠리컨과 불사조들이 둥지를 틀고 기적의 열매가 늘어진 나뭇가지에 갇힌 겨울 태양이 아닐까. 북쪽 지평선에 떠오른 핏빛의 새빨간 태양이 아닐까. 위로받지 못한 헌신의 시를 떠올리게 하는 상처받은 태양이 아닐까.

이제 태양이 숲 뒤로 저무네,
성모마리아여, 당신의 아름다운 얼굴이 가엾습니다.
태양이 나무 아래로 떨어지네,
성모마리아여, 당신의 아들과 당신이 가엾습니다.

겨울 산등성이 사이의 호더 계곡이 떠오른다. 사암, 참나무, 호랑가시나무 숲, 펜들의 옆구리에 내린 눈부시도록 하얀 서리. 한겨울에 새벽 미사를 보러 가는 길.

◆

당시만 해도 겨울에 스코틀랜드에서 옥스퍼드까지 가려면 종일 걸렸다. 아버지의 배웅을 받으며 아침 8시 30분 기차에 오른 후 버밍엄에서 기차를 갈아탈 때면 이미 햇살은 약해지고 있었다.

1970년대의 슬램도어 기차*가 신호에 멈추어 선 것은 황량한 겨울 오후 옥스퍼드의 남쪽 교외 어딘가에서였다. 공습지 위쪽에 제방이 있었다. 철도를 향해 경사진 삼각형 땅, 언덕 꼭대기를 따라 들어선 작은 붉은 벽돌 테라스들 창문에서는 첫 불빛이 비추고 있었다. 돌 많은 황무지에 잡동사니로 피운 모닥불이 있었는데, 불가에 항공 재킷을 입은 젊은이들 몇 명이 서 있고 남자아이 하나가 적갈색 분홍바늘꽃 사이에서 축구공을 찼다. 이 모든 것이 내 시선을 끌고 계속 붙잡아두었다. 황무지와 불꽃, 하늘에 모여드는 차가운 구름. 그릴 가치도 없고 그럴 수도 없었는데 순간 어찌나 기록으로 담아두고 싶던지.

내가 장소와 계절, 특히 모호하고 무시당하는 장소에 대한 글을 쓰게 된 것은 그 순간이 시작이었다. 북쪽에 살았던 여러 해 동안 나는 바깥 풍경, 창밖 날씨, 철에 따른 거위의 이동, 서쪽 지평선의 벌거벗은 언덕에 관심을 기울였다. 지금은 해질녘 시내 산책, 불 켜진 창문과 알 수 없는 생명들의 별자리를 올려다보는 일을 더 많이 생각한다. 사람들의 기억에 자리한 이 도시에 어둠이 깔리면 너무나 많은 불빛이 등장한다. 옥스퍼드의 교회와 예배당 창문, 캄캄한 하늘과 그 아래에서 반짝이는 밝고 환한 빛. 에든버러에는 아크등과 투광등을 밝히는 곳이 있다. 조차장과 축구장이다. 밤에 조명이 켜진 스쿼시 코트와 핸드볼 코트, 차가운 기하학적 구조, 강렬한 흰색 빛의 정육면체. 플랑드르에 있는 모퉁이 식당들의 노란색으로 빛나는 창문들, 쏟아지는 빗줄기,

---

* 영국 등지에서 운행되던 옛 열차로, 창밖으로 손을 뻗어 육중한 문을 열 수 있었다.

"저멀리 옥수수밭에서 수확하는 사람들의 외침."
옥스퍼드의 윌리엄 터너, 「힝크시 힐에서 본 옥스퍼드」.

식당 밖 자갈길을 부드럽게 지나가는 불 밝힌 전차들.

　　그해 11월, 냉기 도는 옥스퍼드 예배당에서의 연주회는 내가 이전에 들었던 그 무엇과도 달리 서곡과 낭송을 곁들인 칸타타로만 구성되어 있었다. 본 윌리엄스의 「옥스퍼드 엘레지」였다. 친구를 잃은 것을 한탄하는 황량하고 질감이 풍부하며 무척 슬픈 그 곡은 오래전 템스강 상류의 작은 언덕과 지류 사이에서 빈둥거리던 학생 시절을 떠올리게 한다. 단지 지나가버렸다는 이유로 과거를 아쉬워하는 영국인의 압도적인 후회를 나에게 처음 알려주었다. 「옥스퍼드 엘레지」는 매슈 아널드의 시 두 편, 「학생 집시The Scholar-Gipsy」와 「티르시스Thyrsis」에서 가사를 가져왔다. 작품 구성은 매우 이상하다. 합창단은 말을 한다기보다는 대개 낭송가가 읊조리는 글줄에 수반되는 목소리를 내며, 오케

스트라의 질감 일부를 이룬다. 드문 경우이긴 하지만, 합창단은 아널드의 시를 노래할 때 후회스러운 과거나 상상 속 미래를 이야기한다. 한탄이 회상이나 자격 있는 희망의 깜박임에 자리를 내어주는 순간이다. 나는 풍부한 상상력으로 만들어낸 풍경에 대해 배우고 있다고 느꼈다. 처음에는 전형적인 여름 풍경 —"저 멀리 옥수수밭에서 수확하는 사람들의 외침"—에 이미 친숙한 새뮤얼 파머Samuel Palmer의 작품 속 수확을 떠올리게 하는 대사인데 나중에는 겨울 같은 이상한 느낌으로 바뀐다.

노래에서 이미 사라진 것들의 영역에 속하는 시인의 친구처럼 역시나 잃어버린 여름 정원 꽃들의 이름이 불릴 때는 슬펐다. 목사관 정원, 향긋한 7월 밤, 2층 창가에서 별에 대답하는 촛불, 이 모두가 오롯이 시인 혼자만 방문할 수 있는 곳에 존재한다.

> 곧 한여름의 장관이 시작되겠지,
> 곧 사향 카네이션이 꽃망울을 터뜨리고 피어나겠지,
> 곧 금가루가 뿌려진 금어초가 피겠지,
> 포근한 시골집 향기를 풍기는 수염패랭이꽃
> 강렬한 향기를 뿜어내는 관상용 화초들,
> 저멀리 계곡을 따라 빛나는 장미,
> 활짝 핀 재스민으로 뒤덮인 격자 모양 담
> 꿈꾸는 정원수 아래 모인 꽃들
> 그리고 보름달, 새하얀 금성.

이 노래가 차가운 밤에 추위를 달래려고 외투를 입고 목도리까지 두른 젊은이들 앞에서 불린다는 사실이 더욱 슬프게 다가왔다. 이 노래에서 여름은 지속되지 않으며 우울한 겨울 분위기가 지배적이다. 가장 오래 기억에 남는 이미지는 한때 살았던 도시와 그곳 삶에서 멀어져 나 홀로 방랑자가 된 학생 집시가 해질녘에 언덕을 오르며 저 아래 불 켜진 창문을 마지막으로 바라보는 모습이다.

> 그대는 언덕을 올라
> 컴노산맥 꼭대기에 이르렀네
> 굵은 눈송이가 떨어질 때 크라이스트 처치 홀에
> 일렬로 늘어선 축제의 등불을
> 마지막으로 뒤돌아보네,
> 그리고 외딴 농가에서 건초더미를 찾았다네.

19세기 영국의 시적인 황혼이 압축된 이 풍경은 수년 동안 나의 뇌리를 떠나지 않았다. 눈 덮인 언덕 위에 홀로 있는 사람, 멀리 불을 밝힌 창문. 고독한 형체와 불 켜진 건물 모습, 또는 시골이나 도시의 불 켜진 창문을 중심으로 얼마나 많은 생각과 기억이 모였는지 서서히 깨달았다. 분위기와 맥락이 다채로운 모티프라는 것을. 저녁 무렵 불 켜진 창문은 낭만주의시대부터 현대에 이르기까지 유럽은 물론 다른 지역의 시각예술과 문학에서 반복하여 등장하며 놀라울 정도로 다양한 분위기로 표현된다.

잉글랜드에서 불 켜진 창문은 아닐드나 화가 존 앳킨슨 그림쇼John Atkinson Grimshaw를 통해 비에 젖은 자갈이 깔린 거리에서 희미하게 빛나는 가스등이나 램프 불빛이라는 시적인 도시 풍경에 대한 새로운 인식으로, 19세기의 기나긴 우울을 표현한다. 회화와 소설에서도 종종 등장하는데, 앨런 홀링허스트의 소설『스파숄트 어페어』에서는 아름다움과 힘, 향수와 욕망으로 절정에 달한다. 이 소설은 제2차세계대전이라는 역사의 흐름을 확고하게 따라가며 옥스퍼드의 어느 불 켜진 방에서 얼핏 등장하는 잘생긴 운동선수의 운명을 보여준다.

조용한 거리나 외딴 저택의 불 켜진 창문은 초자연적인 이야기와 관련 있을 때가 많다. 네덜란드의 오래된 도시에서 흔히 보이는 페인트를 칠한 옛 방이나 천장도 뇌리에 강렬하게 새겨진다. 사람이 살지 않는 집의 창문 너머에서 불이 켜졌다거나 램프 불빛이 움직인다거나 하는 말은 유령 나오는 집에 으레 딸려오는 진부한 소문이다. 불 켜진 창문은 19세기 초에 요한 크리스티안 달Johan Christian Dahl과 카를 구스타프 카루스가 그린 드레스덴의 달빛과 불빛으로 시작해 유럽 도시에 대한 많은 인식을 표현해준다. 20세기에 들어서는 더욱 복잡해지는데 요세프 수데크Josef Sudek의 비 내리는 엄숙한 사진과 앙리 르 시다네르Henri Le Sidaner가 그린 창문 밖 창백한 꽃이 핀 정원에서 드러난 매너 있는 우아함은 극단적인 대조를 이룬다.

도시의 밝은 창문은 매혹적이다. 특히 현대 대도시를 배경으로 한, 상상력을 자극하는 탐정 및 모험 소설에 나오는 창문이 그렇다. 런던의 저녁은 일종의 소외된 시를 연상시킨다. 제임스 휘슬러James Whistler의 그림에서 처음 관찰되었고 그다음에는 조지 클라우슨George Clausen과 앨저넌 뉴턴Algernon Newton의 그림에서, 그리고 기욤 아폴리네르의 시에서 포착된다. 어둠 속을 거침없이 달려 관찰자로부터 멀어지는 불 켜진 기차나 배는 역설

해질 무렵 안개 사이로 엿보이는 창문.
제임스 휘슬러, 「회색빛과 금색빛 야상곡: 첼시의 눈」, 1876.

적이게도 흥분과 슬픔을 모두 자아낸다. 양차 대전 사이의 페리
와 부두들을 그린 에릭 래빌리어스Eric Ravilious의 그림, 「밤중에
다리를 지나는 기차」처럼.

그러나 불 켜진 창문에는 분명히 긍정적인 측면도 있다.
집이 주는 안정감, 특히 오랫동안 떠나 있다가 집에 돌아오는 여
행자들이 늦은 밤 발걸음을 서두르게 만드는, 가족이 주는 행복
이라는 정반대 분위기 말이다. 이런 분위기로 유명한 예술가 중
한 명이 빅토리아시대 시골 풍경을 그린 새뮤얼 파머일 것이다.
그는 작은 언덕과 과일이 흐드러지게 매달린 과수원 나무로 둘

러싸인 불 켜진 시골집 창문 이미지로 행복하고 특별한 안정감을 전달한다. 영국의 문학 평론가, 시릴 코널리는 젊은 시절 친구에게 보낸 편지에서 어스름한 저녁에 환히 빛나는 그의 집을 떠올리며 12월의 등불을 묘사한다.

> ……아버지가 잠자리에 들면 나는 불을 하나, 아니면 전부 다 켜고 정원 끄트머리로 나가 격자창에서 황금빛 기둥 같은 불빛이 쏟아져나오는 잔디밭의 까만 주목나무 생울타리 옆에 마른 나뭇잎을 밟고 서서 솔솔 흐르는 시냇물소리를 들었지.[1]

겨울의 광활한 푸른 어둠 속에서 반갑게 빛나는 노란 불빛은 스칸디나비아 낭만주의 회화에서 반복적으로 나타나는 주제다. 섬과 언덕에 드문드문 들어선 집들의 불빛에 광활한 북부 풍경이 두드러진다. 한밤의 정취는 전혀 다른 분위기로 표현되기도 했다. 시골이나 도시의 캄캄한 밤, 불 켜진 창문 하나나 쓸쓸한 가로등이 제2차세계대전과 그 이후 미국 미술의 결정적인 주제가 되었고 오늘날까지도 특히 현대 미국 사진작가들의 작품에 남아 있다. 20세기에 접어들어 불 켜진 창문은 일본 판화에서 무한하고 미묘하게 변주되고 반복되는 주제이기도 하다. 이 야상곡들은 짙은 청록색과 그림자가 겹친 덩어리와 밝은 노란색과 흰색 점으로 아름답게 표현된다.

불 켜진 창문이라는 모티프는 18세기 이후 화가들이 즐긴 광학 장치와 모델에서도 나타난다. 달빛 비치는 연못가의 등불 켜진 시골집이 그려진 슬라이드에 역광을 비추는 토머스 게인즈버러Thomas Gainsborough의 「쇼박스」 같은 투명화透明畫와 유리화琉璃畫다. 이 기법은 독일과 영국의 낭만주의에서 일시적으로 유행했던 광택제를 바른 투명화로 이어진다. 종이 뒤에서 램프나 촛불을 비춰 한밤중의 불 켜진 건물을 감상하도록 표현한 기법이었다. 그리고 나중에는 장난감 극장이나 크리스마스 랜턴처럼 한겨울에 즐기는 순수 조명과 오락거리로 만들어진 작고 경이로운 장치에서도 볼 수 있었다.

◆

내 마음은 「옥스퍼드 엘레지」에 나오는 눈 덮인 언덕을 떠도는 아널드의 방랑자에게 돌아간다. 버리거나 포기한 삶에 대한 뒤늦은 후회, 늦어버림, 가지 않은 길을 표현하는 이미지. 이런 장면을 변주한 작품들은 19세기 영국의 시와 경험을 나타내는 나의 부적이 되었다. 그래서 나는 작년 겨울 어느 따뜻하고 흐린 오후, 옥스퍼드에서 출발해 홍수가 난 목초지를 통과하는 둑길을 넘어 사우스힝크시를 지나 순환도로를 거쳐서 칠스웰 농장 옆 진흙 오솔길을 따라 언덕으로 올라갔지만 날이 일찍 저무는 바람에 그쯤에서 그만 멈추어야 했다. 비에 젖어 짙어진 관목류 가지와 방치된 생울타리가 계곡 아래 시야를 전부 가로막는 것처럼 보였다.

그리고 봄이 되어 부활절 일요일, 태양이 빛나는 오후에 친구들까지 합세해 옥스퍼드 북쪽, 예의 그 언덕을 올라갔을 때에야 알 수 있었다. 한겨울 오후에 계속 앞으로 나아가 개울가 숲 출입문을 통과해 올라가서 작은 길을 건넜더라면 넓은 초원이 펼쳐지고 발아래로는 낮은 구릉지대에 둘러싸인 오래된 도시가 보이며, 전경에는 크라이스트 처치의 탑과 첨탑들이 솟아 있으리라는 것을.

아널드의 시에 나오는, 날씨가 험악한 밤에도 멀리에서까지 보이는 한 줄로 늘어선 창문이 정확히 무엇인지는 내 마음속에 수수께끼로 남아 있었다. 나는 희미한 노란 촛불의 도시에서 용감하게 빛나는 하얀 가스등을 상상하며 수수께끼의 답을 찾았다고 생각했다. 크라이스트 처치의 가스등이 정확히 언제 실치되있는지 마음씨 넓은 동료에게 물어보있다. 하지민 알고 보니 아널드가 그 시를 쓴 것은 가스등이 설치되기 10년 전이었다. 그러니 학생 집시가 돌아본 저 아래 계곡 불빛은 언덕에 휘날리는 눈발처럼 기다란 창문 너머에서 깜빡이는 촛불보다 더 환하지는 않았으리라. 현대 독자들은 19세기 중반까지만 해도 멀리에서 바라본 도시의 불빛이 얼마나 적었을지 떠올릴 수 있다. 촛불이 기름 램프로 널리 대체되고 나중에는 전기로 대체되기 전까지, 거리의 가스등이나 수은등이 현관문 위 횃불과 양초 랜턴을 대신하기 전까지, 창문이나 거리의 빛이 얼마나 적었을지 말이다. 특히 겨울날 멀리에서 바라보는 도시의 불빛은 더욱더 흐릿하고 모호했으리라.

존 바티스트 맬체어John Baptist Malchair의 「샷오버 힐에서 본 옥스퍼드, 회상」에서도 확인할 수 있다. 정확히 1791년 1월 10일에 그려진 이 그림에는 꿈이나 기억, 환상을 서둘러 기록하기라도 한 듯한 황량한 겨울날 어두운 도시 모습이 담겨 있다. 전경에는 칙칙한 옷을 입은 마차꾼이 탄 마차가 서 있고 또다른 남자가 길가에 앉아 있는데 풍경을 스케치하는 듯하다. 화면 중간

겨울 꿈속의 옥스퍼드.
존 바티스트 맬체어, 「샷오버 힐에서 본 옥스퍼드, 회상」, 1791년 1월 10일.

에는 회색으로 옅어지는 아무런 특징 없는 초록 고원이 자리하고 일직선 길이 개울처럼 가로지른다. 저멀리 그림자에 감기고 강물 안개에 싸인 칙칙한 계곡이 바로 몽환적인 단색 옥스퍼드다. 강 너머 어두운 언덕은 실제보다 더 높아 보인다. 이 그림이 회상하는 옥스퍼드는 생기 없고 버려지고 잃어버린 추억 속에 자리하는 도시 같다.

　　서쪽에서 바라본 옥스퍼드의 주요 지형지물은 그대로지만 이 도시는 평평해지고 변화를 겪었다. 이 몽환적인 기억 속에서 모들린 타워와 모들린 브리지, 유니버시티 처치의 첨탑, 래드클리프 카메라 건물 돔은 모두 그대로다. 하지만 크라이스트 처치의 탑들은 유럽 대륙에 있는 거대한 대성당의 서쪽 탑 한 쌍으로 변했다. 물안개와 느릿느릿 흐르는 강물이 사방에 있다. 은빛 안개가 도시 너머 계곡을 완전히 뒤덮으며 덤불과 나무를 삼키고 솟아올라 도시 성벽을 핥는다. 돔에도 풍향계에도 첨탑에도 빛이 없어 모든 것이 칙칙하고 아득하다. 그 어떤 집에도 대학에도 빛의 흔적이 없다. 이 그림이 불안한 느낌을 풍기는 이유는 그 때문이리라. 이렇게 칙칙한 겨울 날씨에도 불 켜진 창문 하나 없는 황량한 풍경 때문에 이곳은 계곡의 안개 낀 탑들을 마지막으로 보기 위해 언덕에 잠깐 앉은 화가의 기억에서만 회복될 수 있는 버려진 노시처럼 보인다. 홀링허스트의 미스터리하고 아름다운 소설『스파숄트 어페어』에서 이야기가 시작되는 배경인, 등화관제를 실시한 제2차세계대전 당시 빛 없는 옥스퍼드가 얼마나 암울했을지 짐작할 수 있다.

◆

맬체어의 수채화는 화가의 위치를 드러내지만 도시의 저녁을 담은 대표적인 풍경화들은 사람이 없는 거리를 보여준다. 대부분 인적이 끊긴 저녁 풍경이다. 존재와 부재는 기분을 암시하고 관찰자의 시점 선택은 서사를 암호화할 수 있다. 미국의 미술사학자 조지프 레오 코어너가 카스파어 다피트 프리드리히Caspar David Friedrich[2]의 작품에서 고려했던 사항도 19세기와 20세기의 영국 밤 풍경화를 이해하려는 시도와 관련 있다. 사람 없는 자연이나 도시 풍경은 단순한 방향 선택으로 분위기를 표현하거나 심지어 이야기를 암시할 수 있다. 이것은 당연히 그림이 그려진 시대에 좌우된다. 근대 유럽 초기에는 아무리 여름이라도 밤 산책을 즐

저택의 램프 불빛, 호수의 달빛.
에이브러햄 페터, 「보름달과 사람들이 있는 저녁 풍경」, 1801.

기는 사람이 거의 없었다. 그러나 낭만주의시대 이후로 여름 저
녁 풍경화는 관광 가이드북에서 장소를 감상하고 즐기는 방법의
하나로 달구경을 추천하기 시작한 사회에서 아름다움을 즐기기
위한 산책을 뜻하게 되었다.[3]

에이브러햄 페터Abraham Pether의 1801년 작품 「보름달과
사람들이 있는 저녁 풍경」에서도 이런 분위기가 구현된다. 이 그
림은 19세기 초에 여행자들과 아름다운 풍경 애호가들에게 사랑
받은 영국의 고지대 컴브리아 지방을 잘 보여준다. 관찰자는 넓
은 호수 위 작은 언덕에 있다. 방 하나만 불을 밝힌 곳 위의 집이
물에 비친다. 가득 쏟아지는 달빛이 굴뚝에서 피어나는 연기와

창가에 촛불이 켜진 그림 같은 밤 풍경.
험프리 렙턴, 「고딕풍 대저택의 정각과 온실(플라스 뉴이드 저택, 앵글시)」, 1803.

불 켜지지 않은 방들의 창문을 비추고 뒤쪽 산으로까지 뻗어나가는 물 위에서도 찬란하게 빛난다. 반사된 달빛이 너무 밝아서 해안가에 모인 사람들의 형체가 보일 정도다. 이 그림 속 모든 것이 휴식과 즐거움을 전달한다. 여름 나무에 잎사귀가 무성하고 잔잔한 물에 비친 응접실 창문 불빛이 반짝이는 집은 친절한 피난처이며 달빛에 비친 물은 우윳빛이다.

　　험프리 렙턴Humphrey Repton이 그린 여름밤 풍경에서도 도시의 우아함과 시골 자연의 밤이 멋지게 나란히 어우러진다. 남녀 한 쌍이 팔각정에서 메나이해협과 그 너머 스노도니아산맥의 달빛을 살핀다. 물에는 요트들이 떠 있고 접힌 돛이 달빛을 받아 은색으로 빛난다. 이 그림 「고딕풍 대저택의 정각과 온실」은

1803년에 출간된 렙턴의 묘한 매력을 지닌 삽화집 『정원 조성의 이론과 실천에 관한 고찰Observations on the Theory and Practise of Landscape Gardening』에 수록되었는데 그가 1799년에 앵글시에 있는 조지왕조 시대 고딕풍 저택, 플라스 뉴이드를 위해 세운 리모델링 계획의 일부다. 이 정각은 겨울에 온실 역할을 하는 창문을 달 수 있는 디자인으로 창의성이 돋보이지만, 컬러 플레이트에서는 은백색의 단색으로 한여름 밤 달빛을 표현하고 있다. 유일하게 색으로 표현한 곳은 1층 창가에 놓인 촛불에서 번지는 분홍빛 도는 담황색 빛뿐인데, 정확하게 표현된 작은 불빛과 유리창 바로 뒤 촛대, 촛불과 달빛, 재스민과 인동덩굴이 모두 어우러져 고풍스럽고 아름다운 시대의 세련된 유흥을 환기한다.

하지만 악천후인 밤과 도시 풍경은 대조적이다. 겨울 악천후를 배경으로 하는 물과 산 풍경은 어두운 낭만주의와 관련된 정서의 다른 측면을 보여준다. 겨울밤 불 켜진 창문은 편안한 귀가를 의미할 수도 있지만(이 서사는 주택 판매 광고 사진의 클리셰가 되었을 정도로 확고하게 자리잡았다) 추운 겨울날 불 켜진 창문 밖에 자리한 인물에게는 분리나 소외를 상징한다. 사람들로 북적이는 불 켜진 방과 정반대되는 어둠 속의 외로움이다. 그런 상황에서 불 켜진 창문은 미스터리, 심지어 기이함을 암시하고, 불 켜진 방과 밖에 있는 인물 사이의 사회적 또는 개인적인 장벽을 암시할 수 있다. 20세기 유럽 시각예술에서 사람 없는 불 켜진 창문이 그려진 도시 풍경은 대개 우울하다. 사람들로 붐비는 장소에서의 외로움을 표현한다. 또한 현대 북미 회화와 사진에서 거의 언제나 소외, 자아와 장소와 이웃의 알 수 없는 본질, 미국에 내려앉은 밤의 쓸쓸한 광활함을 드러내는 듯하다.

들어갈 수 없는 불 켜진 집을 아쉬워하며 바라보는 거절당한 연인이나 불행한 외부인의 모습은 빅토리아시대의 시와 그림에 자주 등장한다. 아널드의 시에 나오는 학생 집시부터 테니슨의 시 「모드Maud」나 「록슬리 홀Locksley Hall」에 등장하는 거절당한 주인공들이 그들이다. 춥고 비 오는 거리에 홀로 있는 사람, 정원 담장 너머 큰 집의 불 켜진 창문, 헐벗은 나무, 슬픔이 감도는 저녁은 거친 붓 터치로 강렬한 감정을 자아내는 그림쇼의 그림에 단골로 등장하는 주제다. 부풀려 해석해서는 안 되겠지만 확실히 그림쇼의 선물과 인물 구성은 코어너가 독일 풍경화 속 관찰자 시점에서 발견한 암시적인 서사를 풍긴다. 풍요로운 교외의 밤을 담은 그림쇼의 작품들에서 첫번째 암시는 관찰자가 침입자라는 것이다. 그 비싼 동네의 거리들은 특히 겨울에는 해가 저물면 인적이 끊긴다(언제나 그렇듯 헐벗은 나뭇가지의 그림자가 계절을 강조한다). 그림쇼의 작품에서 **점경인물**로 자주 등장하는 하녀가 이 거리는 정말로 텅 비었다고 강조하기라도 하듯 바구니를 들고 서둘러 돌아가는 모습도 이런 느낌을 더할 뿐이다. 그림쇼의 「1879년 11월」에서 관찰자는 어디에 있는가? 관찰자는 교외 자갈길 모퉁이를 막 돌았다. 이 거리는 높은 언덕 경사면에 자리하는데 왼쪽으로는 앞에서 비추는 불빛이 달빛에 반사되어 아래 계곡 산업 도시에 좀더 사람들로 북적거리는 도로가 있음을 암시한다. 하녀는 어쩌면 뒤에서 들리는 자갈 밟는 소리에 발걸음을 재촉하면서 걷고 있는지도 모른다. 공기가 무척 차다. 인도에서는 아직 눈이 녹고 있어 그 물이 자갈길에 흥건하게 고였다. 오른쪽 담장 너머 커다란 주택, 불 켜진 창문으로 자연스럽게 시선이 향한다. 날이 꽤 저물어 달이 높이 떠 있고 저녁식사가 끝난 응접실에 불이 켜져 있다. 방문하기에는 늦은 시간이라 지금 저곳에 있는 관찰자는 불안감을 준다. 침입자 같다. 그는 왜 이렇게 늦은 시간에 밖에 있으며 그의 목적지임이 확실하게 표현된 저 불 켜진 창문을 왜 저 위치에서 바라보고 있는가?

그림쇼의 「달빛 아래」는 이 침입의 서사를 변주한다. 관찰자는 오른쪽 난간이 역시나 계곡 아래 도시를 암시하는 커다란 주택들이 들어선 언덕길에서 막 모퉁이를 돌았다. 역시나 겨울밤이고 하늘 높이 달이 떠 있다. 왼쪽 담장과 나무들 너머에 오래된 듯한 집이 있다. 북부 시골의 커다란 사암 저택, 1층 창문 여기저기와 2층 계단실 또는 현관 전실에 불이 켜져 있다. 누군가 자리에 멈춰 서서 반쯤 몸을 돌려 저 불빛을 바라본다. 이번에는 서둘러 집으로 돌아가는 하녀가 아니라 당시 외출복이라고 할 법한 옷을 입은 여성이다. 그녀는 관찰되는 것을 모르는 채 제자리에 서 있다. 역시나 관찰자는 불안감을 주는 침입자이며 자신의 의지와 상관없이 배신 또는 소외 서사의 구경꾼이 된다. 가족 멜로드라마 같은 상황이 떠오른다. 19세기에 겪은 실연, 사회적 지위의 차이로 좌절된 사랑 이야기들. 관찰자가 보는 것은 좀더 약한 슬픔일 수도 있다. 잠시나마 편안함과 영원함, 안전함을 꿈꾸는 외로운 가정교사. 이중으로 침입한 관찰자는 이중 서사에서 주인공이 된다. 무엇이 그를 여기에 오게 했는가? 이 자갈 깔린 거리에 추억이라도 있는 것일까? 주조 공장 위 비탈길이 아직 블루벨 숲이었고 시골길에는 화관으로 장식된 올드홀의 문기둥만 덩그러니 서 있던 지나간 시절의 추억인가? 모든 것이 변했고 이곳은 매우 **빠르게** 성장했다. 나무 우거진 언덕에 집들이 들어선 거리가 펼쳐지고 계곡에서 공장의 불빛이 타오른다. 왜 항상

북부 도시의 밤.
존 앳킨슨 그림쇼, 「달빛 아래」, 1887.

이 북부 도시는 너무 늦게 돌아온 느낌을 주는가? 서리가 내린 철도의 끝머리, 밤 기차, 가스등 켜진 호텔들. 이 저녁의 참을 수 없는 그리움은 무엇인가? 비에 젖은 자갈길에 서 있으면 왜 현재가 과거로 미끄러져 들어가는가?

◆

홀링허스트의 소설 『스파숄트 어페어』는 훌륭한 흉내내기, 즉 저녁과 전쟁과 잃어버린 시간의 향수를 불러일으키는 마법에서 출발한다. 황혼 무렵 시작되는 이야기는 제2차세계대전 당시 등화관제로 어두워진 도시를 환기한다. 독자가 읽는 것은 오래전 죽은 문학가의 미발표 회고록이다. 그 회고록의 주인공은 무자비하고 아름다운 운동선수인데, 황혼 무렵에 캠퍼스 사각 안뜰 맞은편, 불 켜진 창문에서 얼핏 모습을 보이며 처음 등장한다.

온종일 햇살을 반사하던 기다란 판유리가 이제는 여기저기에서 부드럽게 반짝이고 창틀의 빛나는 격자판 뒤에서 공부하거나 움직이는 형체들이 보였다…… 위층에서는 어두운 가로 처마 돌림띠와 넓은 페디먼트 아래로 창문 하나가 빛났다. 책상에 놓인 램프가 벽과 천장에 멋진 활 모양을 만들었다…… 저멀리 천장에서 율동적인 그림자가 길어졌다가 짧아졌다 하기 시작했다…… 반짝이는 러닝셔츠를 입고 아령 한 쌍을 규칙적으로 들어올렸다 내리는 주인공의 그림자가 천천히 모습을 드러냈다…… 창문 너머의 그는 네모난 빛 안에 들어 있는, 빛 자체로 이루어진 거대하

고 추상적인 형체였다.[4]

이것은 홀링허스트의 소설에서 불 켜진 창문이 처음 등장하는 장면인데, 등화관제로 모든 창문이 어두운 와중에 그날 밤과 역사가 한데 들어 있는 강렬한 순간이다. "저녁이 되면 빛이 사라져 커다란 석조 건물은 폐허더미처럼 변했고"[5] 등화관제가 잘 지켜지도록 순찰원들이 와서 창의 덧문을 닫았다.

나중에 화자는 역시나 전시의 저녁을 회상하는 장면에서 불 켜진 창문이 없는 이상한 미든 스트리트를 따라 친구를 집에 바래다준다.

전쟁이 나기 전에는 구름이 지상 불빛의 색깔을 가져다 하늘에 흩뿌렸지만 등화관제 때는 오로지 어둠만이 그득했다. 수백 번이나 걸어 잘 안다고 생각한 거리였지만 우리가 지나치는 출입구와 창문, 난간의 흐릿한 증거는 기억과 일치하지 않는 듯했다.[6]

이 소설은 불 켜진 창과 창문을 통해 관찰되는 장면들을 계속 등장시키면서 전개된다. 전시의 학부생이 스파숄트와 함께 갑작스럽게 밤을 보낸다. 이후 스파숄트가 태연하게 풀밭으로 달려가 조정팀 선수들과 합류하는 것을 창문으로 바라본다. 나중에 스파숄트는 정치 문제와 섹스 스캔들로 추락하는데, 이는 블라인드가 내려진 창문 사진으로 표현된다. 소설 후반부에는 다른 창문들과 불빛도 등장해 스파숄트 아들의 이력을 따라간다. 그가 일주일에 사흘 동안 일하는 램프 켜진 작업실, "나라의

템스강 너머의 불빛들.
제임스 휘슬러, 「야상곡: 파란빛과 은빛 – 첼시」, 1871.

위기는 성가신 골칫거리였고 재앙으로 번질 수도 있지만 과거의
겨울밤 같은 우연한 아름다움이 있었다."[7] 그림과 창문이 번갈아
계속 나오고 장소가 바뀐다. 아들 스파숄트는 국립초상화미술관
에서 액자 유리에 비친 남자를 처음 보고, 액자에 넣은 그림을 많
이 보유한 교외 경매장에 다녀오며, 휘슬러의 「야상곡: 파란빛과
은빛 – 첼시」에서 "작은 기적 같은 관찰"을 꿰뚫어보고, 그의 런
던 방 열린 커튼 사이로는 가로등이 "가을의 빛"을 비춘다.[8]
    이 모든 것은 소설을 여는 전시 회고록의 첫 부분에 섬세

하게 준비되어 있다. 스파숄트가 옥스퍼드 하이 스트리트에서 목격되는 마지막 순간에도 불 켜진 창문들이 있다. "건너편의 빛나는 학교 창문이 따스해 보일 정도로 날씨가 혹독한 12월 아침이었다."[9] "불안하게 하면서도 근사한"[10] 학부생 스파숄트는 기억에서 사라진다. 그래서 이 완벽하고 정교한 회고록은 그 자신의 숨결이 이루는 구름 속을 달리는 스파숄트의 이미지로 마무리된다. (주의 깊은 독자들은 소설 끝부분에서 프레디 그린이 세상을 떠난 후 다른 문서들과 함께 발견된 이 회고록, 그가 생전에 회고록 클럽을 위해 썼지만 낭독한 적은 없는 이 회고록이야말로 그의 최고 작품이있음을 추측할 수 있다.) 전시 옥스퍼드에서 빛이 발하던 순간을 완벽하게 담아낸 그 기록은 아득하면서도 긴급한 느낌을 풍긴다. 젊은 스파숄트의 아름다움을 목격한 이들은 이미 죽었거나 죽음을 앞두고 있다. 소설 속 회고록은 저자가 죽은 후 미공개 상태로 발견되었다. 스파숄트의 나체를 그린 학생 화가는 전쟁터에서 사망했다. 스파숄트의 마지막 이미지는 전시 차량의 반대편에 지나간 세월의 겨울빛을 받으며 놓여 있다. 이 잘생긴 남자는 달려갔다. "순식간에 여기에서 저 앞으로 가 있었고 마치 자신의 가속도에 삼켜진 듯 사라졌다."[11]

◆

오늘날 도시에서 밤이면 투광 조명등을 밝힌 스포츠 경기장은 향수를 불러일으킨다. 불 켜진 창문의 커다란 버전, 지난 세기에 찍은 사진처럼 묵직한 과거를 담은 새하얀 불빛. 어둠 속에서 오려낸 하얀 조명과 하얀 선으로 이루어진 밤의 경기장. 멀리 떨어진 곳에서 사람들이 달리거나 공을 패스하는 모습이 꼭 영화 스크린을 보는 것 같다. 조명탑 아래에서 희끄무레하게 흩날리는 은빛 안개와 가벼운 빗줄기가 단색 영역을 통과한다. 겨울 오후에 경기장 조명(또는 경기장 주변 건물의 창문 조명)이 희미해졌다가 밝아지고 잔디 위에 겨우 감지되는 빛의 길을 뿌리기 시작하면 지친 선수들은 경기 마지막 몇 분 동안 유령 그림자와 함께 뛴다.

30년 전 교외의 파이브스 코트*도 그렇다. 경기 시작이 한 시간 앞당겨진 겨울밤, 파이브스 코트는 부드러운 노란 불빛이 흘러나오는 고딕풍 주택들 사이에 자리잡고 있었으며 하얀 저녁 빛과 연기 자욱한 숨결이 가득한 얼어붙을 듯 차가운 상자였다. 파이브스 경기가 끝나면 나는 인도에 떨어져 짓이겨지고 서리에 언 낙엽 위를 스르르 미끄러지듯 달려 집으로 갔다. 기진맥진했지만 쾌감이 느껴졌다. 그림쇼의 작품처럼 응접실마다 불이 켜진 도시의 저녁을 지나 모퉁이를 돌았고 달빛을 받으며 은빛 인도를 전속력으로 달려서 집으로 향했다. 오늘날 가을과 겨울밤에도 옥스퍼드 육상 트랙에는 과거의 정취가 있다. 러닝셔츠 차림으로 투광 조명 불빛과 빗줄기 속을 달리는 이들이 흑백영화 속 한 장면처럼 은빛으로 변한다. 비탈길 꼭대기에 있는 빅토리아풍 테라스 불빛이 은은한 햇빛에 하얗게 변하는 가을의 첫 벽난로 불꽃처럼 색깔을 잃는다.

옥스퍼드의 또다른 겨울밤들도 불 켜진 창문을 떠올리게 한다. 링컨칼리지 예배당의 삼나무판 장식, 고요함, 촛불. 솔로몬

---

* 영국 구기 게임의 일종.

신전의 로드양식*을 조심스럽게 복제한 벽과 창문의 비율은 그 자체로 평온하도록 아름답다. 천장 아래로 그림자가 모여든다. 신도들의 머리 위 북쪽과 남쪽 벽 창문들은 바깥 밤처럼 어둡고 텅 빈 것처럼 보인다. 기하학적인 석조 창틀 구조에는 어둠뿐이다. 내가 앉은 곳에서는 어둠밖에 보이지 않지만 이렇게 순간 아무것도 보이지 않는 것은 밤이면 서로 위치를 바꾸는 햇빛과 등불의 속임수다.

이 생각을 따라가 내가 바깥, 네모난 안뜰에 있다고 상상한다. 매일 밤 확인하듯 빛은 양방향으로 움직인다. 지금 밖에 선 사람에게는 내가 보듯 유리가 까맣지 않을 것이다. 밖에서는 예언자들의 형체가, 또한 그 형체를 드러내고 생명력을 불어넣는 뒤쪽 등불과 촛불로 빛나는 형형색색 유리창이 보일 것이다. 신자들의 기도서와 찬송집으로 떨어지는 바로 그 빛이 뒤에서 비춤으로써 유리 형체들은 장엄해 보일 것이다. 촛불로만 예배당을 밝힌 수 세기 동안 유리 형체들이 입은 예복은 노래 부르는 이들의 숨결, 그리고 예배당 안 촛불과 어우러져서 마치 흔들리는 듯 보였으리라. 성모마리아 성가가 불리는 동안 밖에 서 있는 기분을 상상해본다. 어둠 속 빛의 환영, 변모, 수 세기 동안 천국에 대한 기대 및 상상과 이어져온 음악이 있는 순간이다. 그 순간, 불 켜진 색유리 창은 문턱이나 문 역할을 할 수 있다. 촛불 너머로 빛이 보인다.

하나 이상의 차원에서 빛나는 다른 빛들을 생각한다. 학기 말과 크리스마스 사이, 애매하게 붕 뜬 시간에 폴란드 크라코

---

* Laudian, 17세기 초 영국 고딕 건축양식.

프에서 영문학 교수로 재직중인 친구 제라드가 방문했다. 우리는 저녁식사 후 오랫동안 이야기를 나누었다. 40년 전 얼어붙을 듯 추웠던 강 안개와는 딴판으로 따뜻한 안개가 자욱한 밤이어서 그는 집으로 돌아가는 길의 절반 정도인 강까지만 걸어가자고 제안했다. 우리는 계속 이야기를 나누다가 헤드 오브 더 리버 펍으로 샜다. 여름에는 북적거리는 곳이지만 그 겨울밤에 손님은 우리 둘뿐이었다. 우리는 술잔을 받아 들고 안개가 꼈다가 사라지는 강이 내다보이는 창가로 갔다. 창문으로 흘러나가는 불빛과 다리에서 아래로 쏟아지는 가로등이 안개를 비추었다. 맞은편 보트 창고 위로 아파트 창가 램프가 보였고 강물에 비친 불빛이 물과 함께 흘러갔다.

그 모습은 20세기 목판화의 대가 가와세 하스이川瀨巴水의 작품과 시각적으로 거의 완벽한 운율을 이룬다. 가와세 하스이는 19세기 일본 판화계에 등장한 파란색 안료를 사용하는 기술이 탁월했다. 그가 가장 좋아한 주제는 밤이나 황혼 무렵 거리와 마을, 불 켜진 창문이다. 오모리 강가가 담긴 1930년 작품 배경은 늦은 황혼 무렵이다. 하늘의 색조와 물에 비친 그림자가 파란색이 아닌 짙은 청록색일 정도로 늦은 시간. 강가를 따라 늘어선 작은 나무 잔교가 있는 소박한 집들 위로 구름이 걷히고 있다. 이 작품의 구성을 지배하는 것은 불 켜진 세 개의 창문에서 반사된 빛줄기를 나타내는 노란색 수직선이다. 이 선들은 지평선에서 솟아오른 기둥 또는 전신주와 대조를 이룬다. 아이들이 물가에서 놀고 우산을 쓴 여자가 잔교에 서 있다. 돌 많은 강가와 집 뒷마당의 나무와 목재, 돌담의 다양한 질감에 드리운 깊은 그림자의 그러데이션이 제한된 색조로 능숙하게 표현되었다. 분위기

고요하고 푸른 저녁, 물가의 노란 등불.
가와세 하스이, 「오모리 강가의 저녁」, 1930.

는 고요하다. 물에 반사된 빛의 실타래를 흔드는 저녁 바람의 떨림만 있을 뿐, 애석한 느낌 없이 그저 고요하고 조용하다.

  템스강에 흩어진 불빛과 강가 오솔길로 접근했다가 보트 창고 뒤로 사라지곤 하는 자전거 불빛을 보자 생각이 났는지, 제라드는 몇 주 전 워치 대주교 취임 후 한밤중에 한 젊은 예수회 친구가 자신을 폴란드 절반을 가로질러 태워다주었다는 이야기를 꺼냈다. 해가 일찍 떨어진 위령의 날에 몇 시간을 계속 달렸다고 했다. 텅 빈 도로를 달리는 동안 제라드는 모든 마을 가장자리에 흩어진 별자리 같은 등불을 알아차리기 시작했다. 마치 불빛이 어두운 집들로부터 폴란드 전역의 무덤 위 촛불로 옮겨간 듯했다. 망자들의 집에만 불빛이 밝혀진 광활한 땅을 따라 몇 시간을 자동차로 달리는 동안 그 풍경은 계속되었다.

우리 사이에 잠시 침묵이 맴돌았다. 나는 그 점점이 이어지는 빛, 제라드와 수도사가 지나온 차가운 길, 광활한 유럽 땅에 불어오는 11월 바람을 상상해보았다. 창밖에는 안개가 조금 걷혔고 맞은편 방들의 불빛이 반사된 그림자가 강을 가로질러 빛의 사다리를 드리웠다. 우리는 코트를 입고 술집을 나가 텅 빈 옥외 테이블을 지나쳤다.

다리 끝에서 작별 인사를 나누었을 때 보트 창고 창문 너머에서는 불이 꺼지고 안개는 다시 짙어졌으며 공기 중 습기가 가로등 주위에 흐릿한 황금색 원을 만들었다. 제라드는 시내로 발걸음을 옮겼고 나는 폴리 브리지 옆 작은 인도교를 건너 집으로 걷기 시작했다. 온화하고 습한 밤에 대해, 이제 추운 겨울 날씨가 북쪽 페나인산맥 너머로 후퇴한 사실을 생각하면서. 도시의 반짝이는 인도와 서리 내린 고랑으로 쏟아지는 눈부신 겨울 햇살이 떠오르는 과거의 겨울은 사라졌다.

지난 12월에 페나인산맥 최북단 경사면을 방문한 일이 떠올랐다. 얼룩덜룩한 눈으로 덮인 헐벗은 언덕에 자리한 외딴 마을 가장자리 나무들 사이로 아름다운 집이 홀로 서 있다. 그 집은 경이롭다. 석공 장인의 손길로 탄생한 거친 바로크양식 조각과 장식 패널이 가득하다. 꽁꽁 얼어붙을 듯한 한겨울의 어느 날 우리가 고지대를 한참 달린 후 그곳을 방문했을 때 정원은 추위와 그림자와 서리로 회색빛이었다. 집 안 모든 것이 무척 아름답고 사제들과 성직자이자 학자인 이들의 초상화, 그리자유*로 그

---

* grisaille, 회색 및 채도가 낮은 한 가지 색으로 이루어진 단색화 혹은 그 화법.

려진 이탈리아 건물 등 영국 가톨릭교의 범세계주의적인 그림자 세계에서 나온 것이다. 서재와 응접실, 식당의 밝은 쇠살대에서 불이 타오르고 있었다. 테이블 중앙에는 랭커셔경마대회의 은색 우승컵이 있었다. 어두컴컴한 그날, 그 집은 북부에 위치한 남방 전초기지로서 고유하고 융합적인 완벽함을 보여주었다.

런던에서 온 큐레이터 친구가 내 오른편, 긴 테이블의 끝에 앉았다. 그녀의 등뒤에는 식당 창문이 있었고 그 너머로 잔디밭과 주목이 보였다. 우리는 촛불에 대해 이야기하고 있었다. 창밖이 어둑해지기 시작하면서 우리 앞 테이블에 놓인 초의 그토록 작은 불꽃이 은색 촛대에서 달빛 같은 빛살을 끌어내는 것에 대해. 우리의 이야기는 수 세기 동안 촛불에 반짝였던 아름다운 것들이 이제는 사라졌다는 사실로 넘어갔다. 바로크 음악 공연에서는 큰 진정성을 이루었으면서도 촛불을 밝혀가며 탄생한 미술작품이나 직물을 바로 그 빛 속에서 바라보는 일은 거의 없는 이 시대의 이상함에 대해서도 이야기했다. 그다음에는 촛불을 조명으로 사용하는 존손경미술관, 벽난로를 지피고 촛불을 밝히는 겨울 저녁의 케임브리지 술집, 셰익스피어의 희곡 『심벨린』에 나오는 불꽃 속에서 빛나는 금속 난로 장작 받침쇠에 관한 멋진 표현("윙크하는 은색 큐피드")에 대해 이야기했다.[12]

친구는 과거의 빛이 현재에 재현된 어느 여름 저녁에 대해 말해주었다. 지금은 작고한 데니스 세버스는 폴게이트 스트리트에 위치한, 촛불을 밝히는 조지왕조풍 저택 겸 박물관인 데니스세버스하우스의 소유주이자 큐레이터였던 당시 드물게 18세기 거리가 보존되어 있던 런던 스피털필즈 지역에서 축제 같은 모임을 계획했다. 좁은 엘더 스트리트는 끝에서 끝까지,

1층 창문에 놓인 초와 문가 랜턴 불빛으로 밝혀졌다. 따뜻한 공기와 은은하고 낯선 불빛 속에서 사람들이 왔다갔다하며 술을 마시고 이야기를 나누었다. 친구는 그렇게 경이로운 장면은 처음이었다고 말했다. 어둠과 지나가는 사람의 얼굴에 순간적으로 가닿는 촛불에 눈이 적응하자 얼굴들이 아름답게 변했고 창문에서부터 스며드는 은은한 빛에 순간순간 사로잡혔다. 어둠 속을 오가는 가면과 표정, 거리 전체를 오가며 부드럽게 변하는 빛.

이 이야기를 들려줄 때 그녀의 등뒤로 북부의 겨울 낮이 저물었고 창문 너머에서는 어둠이 내려앉는 주목, 얼룩덜룩한 잔디밭, 정원 맨 아래쪽에서 빠르게 흐르는 고지대 시냇물, 저 너머 나무가 자라지 않는 페나인산맥 위로 눈이 머뭇거리며 드문드문 내렸다.

1
도시의 겨울

벨기에 겐트의 아우구스티넨카이는 물가를 따라 버드나무가 바스락거리는 소리 외에는 온통 조용했다. 겨울 저녁에는 일찍 가로등이 켜졌다. 불빛이 운하에 퍼지고 드문드문한 나뭇잎 사이와 빗물에 반짝이는 자갈 위에서 희미하게 빛났다. 중세 후기부터 19세기까지 온갖 다양한 시대의 크고 우아한 집들이 부두를 따라 서 있었다. 초저녁에는 불 켜진 곳 하나 없이, 전날 저녁 브뤼셀에서 출발한 기차에서 본 인적 없는 마을들처럼 깜깜했다. 계단 모양 박공지붕, 중앙에 마차 출입구가 있는 궁궐 같은 건물 정면, 수녀원처럼 길고 텅 빈 벽.

　우리는 모퉁이 다리로 걸어가 돌아서서 반대편의 자갈 깔린 광장을 지났는데 그곳 집들도 불이 꺼져 있었다. 계단식으로 깎은 박공이 있는 멋진 르네상스풍 집들이었다. 잠시 후 어두운 운하에 비치는 버드나무 이파리 사이로 불이 켜지더니 부두에 있는 건물들 중 유일하게 작은 집 1층 창문에서 노란 불빛이 쏟아졌다. 늘어진 나뭇가지 틈으로 아늑한 방과 노란색으로 칠한 천장에서 툭 튀어나온 들보, 녹색 소파 옆 평범한 램프가 얼핏 보였다. 금발 청년이 램프 옆에 서서 신문을 읽고 있었다. 인적이

창가의 램프.
게오르크 프리드리히 케르스팅, 「램프 옆에서 책 읽는 남자」, 1814.

끊긴 듯한 저녁 무렵 도시의 수많은 캄캄한 대저택 사이에서 불 켜진 단 하나의 방과 물가에 비친 그림자를 본 그 순간은 잊을 수 없을 정도로 강렬했다.

다시 운하를 지나 다음 모퉁이에 있는 데 리에베라는 레스토랑까지 걸어갔다. 조용한 저녁식사 내내 레스토랑 불빛이 환한 전차가 오가는 교차로로 쏟아졌다. 텅 빈 거리 젖은 도로 위에서 전차 불빛은 희미하게 퍼져나가고 바 뒤쪽 거울에서는 반대로 비쳤다. 전차 두 대가 모퉁이에서 서로를 지나칠 때면 거울에 비친 불빛은 순간 만화경에서처럼 움직였다. 우리는 조용한 거리와 골목길, 부두를 따라 돌아갔다. 이제 몇몇 집에 불이 켜져 있었다. 저지대 국가의 오랜 관습에 따라 커튼을 달지 않은 창문 너머로 1층 방들이 보였다. 이 관습은 평화와 안도감을 준다. 지나가는 동안 조용한 집 안을 계속 힐끗 보았다. 이상할 정도로 고요한 인도로 작은 빛 웅덩이가 쏟아졌다. 불이 드문드문 켜져 물에 모습을 비추는 이 거리들은 앨런 홀링허스트의 『폴딩 스타The Folding Star』와 조르주 로덴바흐의 『죽음의 도시 브뤼주』, 르네 마그리트René Magritte의 '빛의 제국' 연작에서 강렬하게 나타난다. 1940년대와 1960년대 사이에 그려진 마그리트의 「빛의 제국」 작품들은 모두 양립할 수 없는 현실의 변주를 보여준다. 가로등과 불 켜진 창문이 섬세하게 표현된 밤거리가 환한 대낮 하늘 아래에 놓인 것이다. 브뤼셀의 왕립미술관에 전시된 1966년 작품의 거리는 벨기에임이 분명하다. 운하 또는 강가이고 19세기 또는 20세기 초 벽돌집과 치장 벽토로 지은 집이다. 적어도 1층 주변으로는 해가 저물었고 부두에는 사람이 없다. 유난히 키가 큰 나무(도시 나무가 아닌 숲속 나무)가 부두에 심겨 있고 나뭇가지가 드

고요한 운하 옆 꿈의 집들.
르네 마그리트, 「빛의 제국」, 1954.

리운 곳은 그림 위쪽도 아래쪽과 마찬가지로 어둡다. 불안하게
도 자체적인 광원이 있는 것처럼(또는 없는 것처럼) 보인다. 운하
에는 환한 하늘이 비치지 않고 밤거리만 어른거린다. 치장 벽토
로 마감한 집의 덧문은 닫혀 있고 벽돌집 2층 침실 창문에는 불
이 켜져 있다. 이 연작의 일부 버전에는 「꿈의 집」이라는 제목이
덧붙어 있다. 한 집은 꿈을 꾸고 있고 다른 집은 거의 잠들었다.
난간 너머 공원과 밝게 빛나는 하늘은 마치 꿈의 시노그래피*를
이루는 것처럼 신비롭다. 아래는 밤이고 위는 낮이다.

크리스마스 오후, 뒤죽박죽 무질서한 날씨가 옥스퍼드에
마그리트의 그림을 재현했다. 몇 달 동안 쉬지 않고 비가 쏟아지
는 습한 날씨가 이어지더니 그날 저녁은 맑고 쌀쌀했다. 친구 카
트리오나와 함께 각자 반려견들을 데리고 강가 오솔길을 걸었는
데 남쪽 축구장이 전부 물에 잠겨 있었다. 브래스노스 필드는 홍
수가 났고 퀸즈 필드도 물에 잠겼다. 이미 창에 불이 켜진 애빙던
로드의 집들 뒤로 성난 석양이 주황빛과 청록빛으로 이글거렸
다. 완벽하게 정지된 물웅덩이에 건물과 하늘, 불빛이 비치고 현
실과 반사된 빛이 만나는 주름을 따라 한 줄기 어둠이 드리워 있
었다. 생울타리 그늘이 드리운 물웅덩이에 비친 차갑고 흰 불빛
의 브래스노스 파빌리온이 평평한 장막 같은 집과 불 켜진 방 들
의 그림자를 훼방놓는다. 불어난 물, 구름 그림자, 동요하는 하늘
이 마그리트의 비범하고 슬픈 그림을 재현했다. 아래는 밤이고
위는 낮이다. 해가 저물자 이내 슬픔어린 집념으로 다시 비가 쏟
아지기 시작했다.

---

* scenography, 공간성과 입체성을 더하는 미술 기법. 배경화.

「빛의 제국」은 저지대 국가의 거리를 담은 단순한 그림이 아니다. 나는 그 작품을 보면 30년 전 미술사학자인 친구 데이비드 미스와 함께했던 네덜란드 레이던과 암스테르담, 헤이그에서의 긴 오후 산책이 떠오른다. 마그리트의 그림에 담긴 빛과 어둠의 대비는 꿈뿐만 아니라 현실을 환기한다. 맑은 가을 오후가 끝나갈 무렵, 가로등이 켜진 좁은 거리에는 이미 어둠이 깔렸고 박공지붕과 기와, 첨탑 너머로 아직 밝은 노란빛 하늘이 얼핏 보였다. 우리는 지치지 않고 계속 걸었고 친구는 나에게 네덜란드 북부 수상 도시들에서 볼 수 있는 네덜란드 벽돌 건축의 특징에 대해 알려주었다. 그 당시에는 창문에 커튼을 달지 않는 것이 보편적이어서 걷는 동안 17, 18세기 건축물들의 내부를 보면서 친구의 설명을 들을 수 있었다. 우리는 귀족적인 라펜뷔르흐 운하를 지나 성베드로교회로 가는 좁은 벽돌 인도와 모퉁이의 오래된 서점 템플룸 살모니스에서 헤렌스테이흐로 들어서서 다리를 건너고 조용한 플릿 운하로 내려갔다. 물을 따라 나무가 정렬했고 집들의 깔끔한 벽돌 벽을 타고 노란 들장미가 자랐다. 초저녁이어서 불을 밝힌 창문 너머 방들이 연속적으로 보이는 광경은 특별했다. 가장 놀라운 것은 라펜뷔르흐 초입에서 창가에 여러 색깔 조각상을 둔 골동품가게를 막 지날 때였다. 영업하는 것을 한 번도 본 적 없는 미스터리한 가게였다.

긴 창문들을 통해 1층 라운지 바가 보였는데 벽에 잘 가꾼 정원이 끝없이 그려져 있어 마치 말끔하게 깎인 잔디밭이나 잔디 볼링장을 연상케 했고, 그늘진 골목길처럼 쭉 이어지는 가지치기한 나무들이 저녁 하늘 아래 정원에서 만난 듯했다. 실내에는 램프를 비롯해 평범하고 현대적인 데스크들이 있었지만 이상하게 동떨어진 듯 불편했으며 거기 잠시 놓여 있을 뿐이라는 느낌을 풍겼다. 벽에 그려진 그림의 수준이 무척 높았다. 어두운 거리에서 안을 들여다보니 눈이 가상의 생울타리가 있는 산책로를 따라가다가 분수나 절반쯤 보이는 조각상 옆에서 휴식을 취하게 되었다. 그림이 그려진 방, 특히 이 방처럼 미로 같은 정원이 그려진 방이 만드는 일시적인 환상은 그 자체로 불안감을 줄 수 있다. 길과 관점이 몇 배로 늘어나고 여기저기 그림자가 드리운 것처럼 보이기 때문이다. 나는 어느 봄날 저녁 리버풀의 포크너광장 주변 거리를 배회하다가 비슷한 방을 또 발견했다. 불이 켜진 1층 창문으로 작은 거실처럼 보이는 공간의 징두리 판벽 위쪽에 연속해서 그려진 짙은 나무들의 파노라마가 보였다. 희미한 계곡이 저멀리 보이는 강으로 이어지는 모습이 머지강으로 경사진 리버풀의 실제 지형과 멋지고도 이상하게 일치했다.

우리는 레이던의 옛 거리를 계속 걸으며 불 켜진 창문들을 지났다. 아래에서 불빛을 비추는 페인트칠한 들보, 황혼 무렵 노랗게 물든 타원형 구름과 날아가는 제비들이 있는 천장, 부드럽게 굽은 로코코양식 벽난로와 그 위에 덧댄 비둘기와 꽃 장식 패널. 곡선을 그리는 난간과 몇 계단 올라가야 하는 1층. 얼핏 보이는 초록빛 태피스트리와 벽에 걸린 은촛대.

해질 무렵 거리들이 거의 항상 텅 빈 것처럼 불 켜진 아름다운 이 1층 방들도 거의 항상 비어 있었다. 벽돌 인도에서 울리는 드문 발걸음소리, 밤나무 잎사귀의 바스락거림, 운하로 떨어지며 가로등 불빛 속에서 빙그르르 도는 나뭇잎, 검은 물 위에 뜬 노란 별 같은 나뭇잎들. 어쩌면 이 거리와 방의 주인들은 집 안쪽 테이블에 모여 있을 수도 있고 좀더 시간이 지나면 이 거리에도 사람들이 많아질지 모르지만 아무도 없는 아름다운 불 켜진 방들이 마치 시간에 불안하게 매인 것처럼 그 시간의 느낌과 환상은 유령과도 같았다. (가을로 접어든 요즈음 들어, 저녁에 네덜란드 델프트의 프린센호프 주변 운하를 따라 걸으면서 더욱더 분명하게 느꼈다. 텅 빈 거리와 역시 불 켜진 텅 빈 1층 방들이 주는 유령 같은 느낌을.)

이 같은 공허는 전쟁 직후 네덜란드를 다룬 헤라트 레버의 황량한 소설, 『저녁De Avonden』의 특징이기도 하다. 젊은 주인공은 매일 저녁 참을 수 없는 지루함에 집밖으로 나간다. 소설 배경인 이름 모를 겨울 도시에서 주인공 프리츠 판 에흐터르스의 고립감은 대부분 불 켜진 창문의 부재, 공개적으로 드러나는 가정생활의 부재를 통해 전달된다. 그는 난방시설이 열악한 셋방에 사는 옛 학교 친구들을 만나러 꽁꽁 얼어붙은 추운 거리를 서둘러 걷는다. 그들은 전쟁을 거의 언급하지 않지만 농담은 모두 재앙에 관해서다. 곤충과 동물을 향한 작은 폭력 행위는 끝이 없고 전쟁과 점령의 공포와 지루함은 지금 막 끝났을 뿐이다. 이 소설에 나오는 모든 사람은 피해를 당했다. 그 누구도 불과 얼마 전 과거에 대해 이야기하지 않는다. 새해 전날, 가정과 사회가 그 어떤 빛이나 편안함도 제공하지 않자 프리츠는 마침내 자신의 외로움에 대한 전시戰時 이미지를 만든다.

'나는 이 어두운 문간에 서 있다.' 그는 생각했다. '스파이처럼. 스파이가 아니라면 무엇이겠는가? …… 어두운 방에서 불 밝은 거리를 내다본다. 그러니까 나는 스파이다.'[1]

그의 모습은 네덜란드 거리에서 들여다보이는, 커튼 달

리지 않은 믿음직스러운 창문이 제공하는 공동체의 관습적인 긍정을 뒤집는다. 그는 자신의 불행을 안고 텅 빈 도시를 가로질러 기쁨 없는 집으로 돌아간다.

이 공허함은 마그리트가 1938년, 저지대 국가의 조용한 거리를 변신시킨 또다른 작품, 「재미있는 모험」에서 마법을 부린 환영처럼 불안하다. 이 그림에서는 밤하늘과 초승달이 전경의 그림자를 침범하고 정면의 틈새가 된 불 켜진 창문을 통해 해가 지는 하늘과 헐벗은 나무들이 보인다. 집들 정면의 공간과 계절, 시간은 미묘하게 어긋나 있다.

에든버러 뉴타운 동쪽 끝 포스 스트리트의 창문 한 쌍도 시간에 단단히 매이지 않아서 그 너머 다른 현실을 잠깐 보여주었다. 그 창문이 내 눈에 들어온 것은 5~6년 전 부활절을 앞둔 어느 날, 해가 지기 전이었다. 나는 유니언 스트리트와의 교차로를 향해 걷고 있었다. 점점 길어지는 낮이 막 황혼으로 접어들었고 불 켜진 창문이 몇 개 보였다. 대부분 사무실로 쓰이는 고전적인 석조 건물과 공동주택들이 들어선 거리는 휴일을 앞두고 드문드문 불이 밝혀져 있을 뿐이었다. 그때 불그스름한 빛이 깜박이는 2층 응접실 창문 한 쌍이 보였다. 거리에서 올려다보는 가파른 각도 때문에 벽난로가 있는 세모난 벽만 드러났지만 아무도 없는 듯한 방의 벽난로 선반에 켜진 촛불 여섯 개가 보였다. 그림도 커튼도 없고 덧문은 열려 있었으며 창유리는 매우 깨끗했다. 그 효과는 이상하게도 기억에 남았다. 이 또한 도시 건물, 상층 창문에 담긴 알 수 없는 또다른 예시였다. 마치 그 아파트가 다른 시대에 존재하는 어두워지는 거리에 있는 듯했다.

2년 후 지친 겨울의 끝자락에 이른 옥스퍼드에서 어느 비

오는 밤, 저녁식사 후 나는 에든버러에서 공부한 인도 출신 철학 전공 대학원생과 대화를 나누었다. 내 기억으로 그의 집안은 그까지 6대째 영국에서 학교를 다니고 대학에 진학했다. 그는 뉴타운 동쪽 끄트머리에서 하숙했으며 낮이고 밤이고 에든버러를 걸어다녔다. 나는 그에게 포스 스트리트에서 뭔가 알아차리지 않았느냐고 물어보았다. 그는 사무실 밀집 거리에 거주하는 몇 안 되는 사람들은 기분이 이상할 것 같다는 생각이 자주 들었다면서 "창문에서 불빛이 깜빡이기도 한다"라고 말했다. 그도 그 창문들이 이상하다는 점을 여러 번 알아차렸고 마음속으로 여러 가설을 세웠다. 심지어 그는 아파트 정문으로 들어가 그 방까지 올라가서 초인종을 눌러볼까 생각한 적도 있지만 그냥 모르는 채 남기기로 했다. 이 작은 미스터리는 넬슨 스트리트에서 급격하게 꺾여 노섬벌랜드 스트리트로 이어지는 곳에 자리한 집에서 해질 무렵 어둠과 포스강에서 불어오는 북풍에 대비해 1층 응접실 덧문이 닫히기 10분 전에만 볼 수 있는 섬세한 로코코양식 트롱프뢰유*처럼 규칙적이고 기념비적인 외관 뒤로 멋지고 환상적인 방들을 감춘 이 도시에 매혹을 더한다.

◆

에드워드시대 장르 소설의 거장, M. R. 제임스의 유령 이야기 「13호실」에는 현재의 창문에 드리운 과거의 불빛이 만든 그림자에서 초자연적인 요소가 나타난다. 영국 학자이자 여행자가 덴

---

* trompe l'oeil, 사람들이 실물인 줄 착각하도록 만든 그림 및 디자인.

마크 지방 도시에서 마지막 가톨릭 주교의 저택이었던 여관에 머물며 기록 보관소에서 개혁 관련 문서를 찾으려고 한다. 그 건물은 밤이 되면 변한다. 밤만 되면 방 구조가 바뀌는 듯하고 집 양쪽에서 숫자 13이 적힌 방이 저절로 만들어진다. 주인공은 창가에서 담배를 피우다가 바로 그 옆방에 사는 유령 또는 악마의 형체를 처음으로 목격한다.

> 그는 등뒤의 불빛으로 맞은편 벽에 드리워진 자신의 그림자를 볼 수 있었다…… 오른쪽에는 13호실에 사는 존재의 그림자도 보였다. 13호는 그와 마찬가지로 창턱에 팔꿈치를 기대고 거리를 내다보고 있었다. 키가 크고 마른 남자인 것 같았다. 혹시 여자일 수도 있을까? 남자이건 여자이건 적어도 그 사람은 잠자리에 들기 위해 천으로 머리를 감싼 모습이었다. 그는 그 방의 전등갓이 붉은색일 것이라고 생각했다. 램프도 심하게 깜빡거릴 것이다. 반대쪽 벽에서 칙칙한 붉은빛이 올라갔다 내려갔다 하는 것이 똑똑히 보였다.[2]

밤에 나타나거나 사라지는, 이른바 자꾸만 상태가 바뀌는 집은 초자연적인 이야기에 흔히 사용되는 모티프이지만 이 작품만큼 간결하게 다뤄지는 경우는 드물다. 여행자의 연구는 별다른 성과를 내지 못한다. 마지막에 가톨릭 주교가 갑자기 죽기 전까지 구시가지 대저택에 사는 마법사를 보호하고 있었다는 것밖에는. (영국 문학의 공포 이야기에서는 가톨릭교를 악마와 연관 짓는 경우가 흔하다. 변절자 또는 해이한 성직자, 남부 여행에서 젊은 여행자와 함께 돌아오는 악마의 관습이나 실제 악마들. M. R. 제임스와 동시대 인물인 존 미드 포크너가 살았던 평온한 에드워드시대 거리와 잔디밭에 출몰하는 유령도 비슷하다.)

주인은 짐작만 할 뿐이었으나 여관에 머무르는 이들이 13호실 현상을 조사하자 그 방에 있는 존재가 노래하고 웃기 시작한다. 사람들이 문을 부수려고 할 때에는 시체 손 같은 것이 나타나 그들을 때리기보다는 할퀸다. (제임스의 작품에 나오는 유령들은 눈이 멀거나 인간 세계에서 막 깨어난 것처럼 더듬거리는 등 어설픈 특징을 보인다.) 유령에게 당할 뻔했던 사람은 액막이 효과가 있는 시편 150편 마지막 구절을 본능적으로 내뱉은 덕분에 무사했는지도 모른다. 첫닭이 울자 유령은 물러나고 방도 사라진다. 마루 밑에서 발견한, 글자를 읽기 힘든 원고를 여관 밖으로 가지고 나가자 유령의 방문은 중단되고 부자연스럽게 불이 켜진 창문도 사라진다.

◆

마그리트의 「행복한 기증자」는 기억이나 복수에 관한 이야기를 암시하는 그림으로, 음산한 느낌이 강하게 풍긴다. 마그리트의 작품을 구체적으로나 서사적으로 읽으려는 것은 헛수고다. 일련의 연관성과 가능성으로 접근하는 편이 더 낫다. 「행복한 기증자」에는 전통적인 옷차림을 한 남자의 형체를 따라 현실에 틈이 나 있다. 그 틈 너머로는 추운 겨울밤, 풀과 나무들이 자라는 공원 같은 풍경이 보이는데 잔디는 거칠고 잘 손질되어 있지 않다. 땅은 서리에 덮여 하얗고 저멀리 하늘에는 초승달과 별이 떠올랐다. 서리 낀 풀은 높이에서 내리쬐는 달빛에 덮인 것처럼 보인다. (그림이 암시하듯) 하늘에는 이미 달이 두 개 떠 있다. 지평선 차가운 구름 사이로 솟아오르는 빛은 역설적으로 달이 뜨고 있음을 나타낸다. 약간 떨어진 곳에는 모든 창문에 불이 켜진 집이 있다. 불꽃처럼 진한 불빛 탓에 집 구조 자체가 그림자처럼 흐릿해 보이고 집을 비추는 몽환적인 달빛에 희미하게 빛난다. 시골 집이라기보다 교외 벽돌 주택처럼 보이는 이 집은 장소에 어울리지 않는 조용한 불협화음을 낸다. 작은 창문에서 환한 불빛이 비치기는 하지만 문은 보이지 않고 얼어붙은 잔디밭에 불쑥 솟아난 집으로 이어지는 길이나 차도도 확실히 없다.

서 있는 뤼켄피구어*의 형체는 여행자가 돌아오게 되는 불 켜진 집과 관련해 보았을 때 시적으로 모호하다. 하지만 이 인물의 순수한 타자성, 즉 다른 현실과 다른 하늘에서 오려낸 형체라는 사실은 그가 집에 위협적으로 접근하고 있음을 암시하기도 한다. 시간에서 지워버리고 싶을 만큼 너무도 강렬히 기억 속에 존재하는 사람에 대해 말하고 싶어하는 그림 같다. 이 그림은 공존하는 두 현실로 표현된 현재와 과거에 대해 간접적으로 말하고 있는 것이다. 또한 단편적인 이야기를 전달하는 듯하다. 긴 여행에서 돌아온 이들과 환영받지 못하는 방문객들에 대한, 꿈의 집에 접근하거나 심지어 위협을 가하는, 그 어떤 차원에도 속하지 않는 텅 빈 인물 뒤에 서 있는 꿈의 조건에 대한 이야기. 아니면 이 형체는 꿈속에서 그러듯 얼어붙은 풀밭으로 다가갈 수 없고 그 투명한 형체 뒤에 서 있는 관찰자 역시 움직일 수 없는지도 모른다. 어떻게 해석하든 이 그림은 심장이 있어야 할 곳에 유령

---

* Rückenfigur, 인물의 뒷모습을 그려넣는 그림 기법.

유령의 집이 심장이 있어야 할 자리에 들어간 그림자 형체.
르네 마그리트, 「행복한 기증자」, 1966.

같은 저택이 자리한 남자라는 초기의 이미지를 남긴다.

◆

어둠과 인공조명에 의존하는 새로운 도시 시詩에 대한 인식이 처음 등장한 것은 19세기 초 드레스덴의 요한 크리스티안 달과 카를 구스타프 카루스의 작품에서일 것이다. 19세기 초 시각예술 발달의 많은 요소가 그러하듯, 나폴레옹전쟁 동안 시행된 여행 제한과 북유럽 낭만주의 잠재력이 합쳐져서 예술가늘은 그늘이 살아가는 도시와 풍경으로 관심을 돌렸다. 그리고 1780년에 에메 아르강이 환하게 타는 둥근 심지가 달린 램프를 발명함에 따라 인공 빛으로 밤을 제대로 감상할 수 있게 된 것이 칙칙한 밤의 색조가 대중화되는 데 한몫했을 가능성이 높다. 실제로 이 램프가 만들어낸 밝은 창가 불빛과 심지어 램프 자체도 드레스덴 낭만주의시대 화가들의 작품에 등장한다.

크리스티안 달의 1839년 작품 「달빛에 비친 드레스덴 풍경」에서는 자연광과 야간 인공조명의 조합이 섬세하게 묘사되었다. 그의 다른 혁신적인 작품들과 마찬가지로 이 그림은 북유럽의 계절과 빛, 날씨를 정확하게 묘사한다. 보름달 뜬 여름밤, 미풍이 배의 돛대를 날개처럼 펼쳐올리고 엘베강에 비친 달빛을 흩뜨린다. 달과 물을 완벽하게 관찰할 수 있는 풍경이다. 배에는 타르를 녹이는 작은 불을 피웠다. 강가에도 불이 피워졌고 여자들이 달빛에 빨래를 널고 있다. 원래 레지덴츠궁전을 짓는 이탈리아 장인들의 숙소였던 강가 건물에 환하게 불이 밝혀졌지만 시내에는 거의 불빛이 없다. 불빛은 테이블 위 램프처럼 따뜻한

낭만적인 독일의 달빛과 촛불의 세계.
요한 크리스티안 달, 「달빛에 비친 드레스덴 풍경」, 1839.

색조다. 유흥을 즐기는 장소에서 밝히는 환한 불빛이다. 이와는
대조적으로 궁전 구역은 1층 홀과 위층 방에 촛불이 몇 개 켜져
있을 뿐 희미하다. 이 불빛은 또한 환기적이다. 나폴레옹전쟁이
라는 대재앙 시기에 드레스덴에서 순회 오페라단과 함께한 작가
이자 음악가인 E. T. A. 호프만의 판타지 세계를 떠올리게 하는
미스터리함도 있다. 드문드문 켜진 불빛을 보면 그의 상상 속에
서 독일의 웅장한 궁정 여기저기를 옮겨다니는 이상한 인물들이
떠오른다. 유령 음악가들, 주술사 분위기를 풍기는 것 이상의 기
괴한 학자들 말이다. 궁전 촛불이 보름달 뜨는 밤에 그런 웅장한
궁전을 배경으로 한 흥미진진한 이야기들이 낭독되는 거울 방을
비추는 모습이 상상된다. 발명가이자 바이올리니스트이자 유령
을 보는 사람이 달빛 비치는 거리를 통해 숙소로 사라진 후 궁정

관객들은 잠자리에 들지만 높은 창문에서 쏟아지는 달빛에 잠을 설친다.

달빛과 어부들이 피운 작은 모닥불은 카스파어 다피트 프리드리히가 드레스덴에 살았던 1830년대에 그린 「소나무 숲 외딴 집」에 나오는 불빛이기도 하다. 당시 프리드리히는 세상을 등지고 은둔 생활을 했고 그의 작품은 이미 유행에서 뒤떨어져 있었다. 이 작품에서는 외로운 평온함이 풍긴다. 그림에서 큰 비중을 차지하는 자줏빛 서린 남색 밤하늘이 습지 수면에 반사된다. 저멀리 숲이 우거진 경사면, 자욱한 안개 속으로 빛을 흩뿌리며 희미한 초승달이 떠오른다. 이 작품은 작은 시골집 안, 인공적인 불빛 두 개와 밖에 피워놓은 불로 구성된다. 둘 다 느릿느릿 흘러가는 물에 분명하게 반사되고 수면에 반짝이는 달빛과 별빛이 찰랑거린다. 이 풍경은 평온하지만 외롭다. 섬세하게 표현된 인공 빛은 이곳을 둘러싼 고독을 두드러지게 할 뿐이다. 관찰자 시점도 강조된다. 그림이 암시하는 관찰자의 위치는 전경의 습지라는 이상하고 모호한 지점이다. 지상을 통해 저 집으로 안전하게 접근할 방법은 없는 듯하다. 주변이 너무 캄캄하고 습지는 불확실함으로 가득하다. 그러나 보트가 있으면 습지 어디든 갈 수 있고 즐길 수 있다. 그럴 수만 있다면 모호한 모든 것이 고요함으로 변할 것이다.

이 그림의 배경과 분위기는 1827년 11월에 슈베르트가 작곡한 가장 감성적인 곡, 「사랑에 빠진 어부의 기쁨」과 놀라울 정도로 비슷하다.[3]

슈베르트의 가장 흥미롭고 강렬한 감정을 자아내는 다른 곡들과 마찬가지로 「사랑에 빠진 어부의 기쁨」의 보컬은 처

보라색 황혼과 물에 비친 램프 불빛.
카스파어 다피트 프리드리히, 「소나무 숲 외딴 집」, 1830년대.

음에는 온음이나 반음으로 움직이고 때때로 5도나 한 옥타브씩
급격하게 올라갔다가 내려간다. 이러한 옥타브의 도약을 제외하
면 음역은 매우 제한적이다. 이 곡의 멜로디와 음정은 다른 두 곡
과 마찬가지로 이상하게 변주된다. 실러의 시에 곡을 붙인 「테클
라」에 나오는 '유령 목소리'와, 눈 덮인 하얀 벌판을 떠도는 버림
받은 나그네 이야기인 빌헬름 뮐러의 시에 곡을 붙인 「겨울 나그
네」의 마지막 곡인 「거리의 악사」에서 고통받는 남자의 현혹적
인 목소리다. 좀더 행복한 노래인 「사랑에 빠진 어부의 기쁨」의
경우, 카를 고트프리트 폰 라이트너가 쓴 짧고 열광적이며 운율

이 촘촘한 가사와 대부분 단조로 이루어진 부드러운 슈베르트의 곡조(각 시구의 중간과 끝에서만 장조로 변한다) 사이에 약한 긴장감이 존재한다. 슈베르트의 중얼거리는 듯한 단조로운 곡조가 별이 빛나는 밤과 연인들의 비밀스러운 만남을 드러내는 반면, 반마침 장조와 갖춘마침에서 한숨을 내쉬며 장조로 전환되는 부분은 보답받은 사랑의 황홀함을 전달하는 듯하다. 물과 버드나무, 불 켜진 창문 등 사랑하는 사람이 사는 집을 둘러싼 환경을 초월해 마침내 여름 하늘의 절정에 대한 상상력을 연인에게 제공한다.

폰 라이트너 시의 첫 세 연에는 사랑하는 사람이 머무는 방의 불 켜진 창문이 등장하는데, 이는 프리드리히의 그림과 매우 비슷하다. 사랑하는 사람의 집 창문에서 새어나오는 불빛이 버드나무 가지 사이로 깜빡거리고 물에 반사되어 **도깨비불**처럼 저녁 무렵 푸른 세계에 퍼진다.

버드나무 사이로
불빛이
빛나고
사랑하는 이의
방에서
희미한 빛이
비치네.

물과 산들바람이 다 함께 순수한 연인을 축복한다. 이 짧은 연은 푸른 밤하늘 아래 내륙에서 고요히 흐르는 잔물결이다. 움직이는 노에서 튀는 빛이다. 마지막 행에서는 별들이 연인을 자신의 영역으로 불러들이는 듯하다.

　　모든 연에서 같은 곡조가 반복됨으로써 노래 전반에서 감정의 통일감을 강조한다. 사랑과 장소, 시간, 계절이 주는 행운에 대한 사색이다. 그래서 마지막 연, 마지막 행에서는 낙원에 온 듯한 절대적인 만족감이 표현되는 듯한데, 이는 프리드리히의 그림에서 물에 비친 자줏빛 도는 남색 하늘과 초승달이 풍기는 짙은 고요함과 완전히 일치한다.

◆

　　슈베르트의 「다리 위에서」는 그보다 10년 전에 쓰인 에른스트 슐제의 시에 붙인 곡으로 여행자와 저멀리 떨어진 빛이 좀더 격렬하고 불길하게 병치된다. 피아니스트가 오른손으로 반복해서 연주하는 음으로 시작하는 이 곡은 괴팅겐 근처, 숲이 우거진 산등성이 데어브루크를 빠르게 달리는 말발굽소리를 따라 진행된다. 처음에는 남성적인 에너지가 거친 날씨와 잘 어울리는 듯하다. 비 내리는 밤, 가수가 말을 타고 (적어도 기대감을 품고) 저멀리 계곡에서 빛이 새어나오는 집으로 질주한다. 노래가 진행될수록 시에 대한 슈베르트의 미묘한 해석이 드러나는데, 주로 반주에서 반복되는 특징으로 의미를 바꾸는 방식이다. 처음에는 젖은 숲속을 달리는 말발굽소리로 시작되지만 노래가 끝날 때쯤에는 시인을 몰아가고 위협하는 강박관념이 드러난다.

　　지배적인 초반 장조는 자연과 밤, 그리고 말과 기수의 상응하는 에너지를 불러일으키는 것처럼 보인다. 노래가 끝날 때쯤에는 말 탄 이를 지배하는 집착이 나타나기도 한다. 희망적인 장조는 계속 이어지지 않는다. 언제나 단조로 다시 바뀌고 현실과 비 오는 밤, 자기 망상과 쿵쿵거리는 말발굽소리도 돌아온다.

나의 훌륭한 말아, 비 내리는 밤을 뚫고,
지치지 말고 빠르게 달려라.[4]

이 여정은 시작 부분에서만 단순명료하거나 매력적으로 보이고 밤과 폭풍이 불러일으키는 낭만주의적 기쁨에 참여한다. 그러다가 여정의 끝은 집으로 돌아가는 것이라는 단순명료함이 조건부 미래로 갑자기 표현된다.

숲이 깊고 울창하지만,
언젠가는 옅어질 것이고,
저멀리 어두운 계곡에서
친근한 빛이 우리를 맞이할 것이다.

말발굽소리와 폭풍우가 더 이어진 후 이 시는 마침내 중요한 사실을 인정한다. 비록 짧은 부재였지만 시인은 전적으로 진실하지 못했고 지금 사랑이 아닌 슬픔으로 돌아가고 있다는 것을. 어쨌든 그는 그렇게 표현한다.

그럼에도 나는 쉬지 않고 서두른다,
내 슬픔으로 돌아가기 위해.

시인은 사랑에 대한 분열된 그의 감정에 전적으로 초점

을 맞춘다. 그는 사랑하는 사람에 대해서도, 외부 상황에 대해서도 전혀 언급하지 않는다. 피아니스트이자 학자인 그레이엄 존슨은 전문가의 눈과 귀로 슈베르트의 음악이 이 부분을 어떻게 언급하는지 자세히 설명한다.

> 3연과 4연 사이의 폭풍 같은 막간은 다른 연들과는 다르게 새로운 방향을 취하고자 고군분투하지만, 자유에 대한 갈망보다 더 강한 집착에 지배되고 마지막 연에서는 본래의 조성으로 돌아온다.[5]

마지막 연(슈베르트가 다시 편곡한 부분)은 가수가 한밤중에 말을 타고 달리는 여정을 아무리 극적으로 표현하더라도 사랑이 철새만큼이나 확실하게 길을 찾을 것이라는 주장으로 시작된다.

> 어둠 속에서 길이 희미해지더라도,
> 이 밤을 용감하게 나아가라!

노래가 시작될 때에는 용맹함처럼 보였던 것이 이제는 길을 확신하지도 못하면서 어둠 속에서 말에 박차를 가하는 남성의 어리석음으로 보인다. 위험한 욕망과 기대가 밤을 헤치고 길을 인도해줄 것이라는 막연한 주장이 즉각 상황을 더 복잡하게 만든다.

> 그리움을 바라보는 밝은 눈이 보초를 서고,
> 달콤한 기대는 나의 믿음직한 길잡이라.

존슨은 노래를 끝맺는 음악을 근거 없는 희망의 정반대로 해석한다.

바로 앞의 절망적인 고백 이후 여기에서 나오는 낙관적인 어조는 설득력이 없지만, 시인과 가수에게는 모든 것이 잘 될 것이라는 믿음이 허용된다. 작곡가와 피아니스트는 더 현실적이다.[6]

노래 전체는 3분 정도인데, 놀랍게도 그동안 음악은 상당히 전개된다. 장조와 단조를 왔다갔다하는 갇힌 순환 속에서 한 젊은이와 그의 삶이 드러나고, 떨리는 목소리는 말발굽소리의 용감한 메아리로 시작되지만 어둠 속에서 가수의 모습을 드러냈다가 감추는 힘이 슬픈 집착과 자기기만임을 전달하면서 끝난다. 계곡의 불 켜진 창문은 순간 깜빡이는 희망이 만들어낸 것일 뿐 말을 탄 그에게 점점 가까워지는 미래는 결코 행복하지 않을 수도 있다.

◆

드레스덴의 낭만주의 화가들은 창문에 관심이 많았다. 프리드리히와 달 외에도 뛰어난 아마추어 화가이자 생리학자인 카를 구스타프 카루스가 창문을 통해 보이는 풍경(프리드리히의 작업실 창문 그림이 가장 유명하다)과 밖에서 바라보는 불 켜진 집을 그렸다. 비정통적인 로마 풍경을 그리기도 했다. 현재 프랑크푸르트 괴테하우스에 전시된 카루스의 「이탈리아의 달빛」에서는 우아한 신고전주의 램프가 있는 주택 창문이 전경 전체를 차지하고 저멀리 성베드로교회의 돔이 작게 보인다. 카루스는 봄밤을 배경으로 그가 사는 교외 주택의 정감어린 풍경을 그리기도 했다. 「필니츠의 집」7은 한적하고 우아한 방에서 슈베르트를 노래했던 사람들, 밤늦게까지 유령과 불행한 사랑을 다룬 소설과 폭풍우와 갈망이 담긴 시를 읽었던 사람들의 세계를 우리 앞으로 가져온다. 떠오르는 달 아래 봄날 저녁을 비추는 환한 창문은 우아하지만 평범한 이 집을 순간적으로나마 낭만적으로 만들어 그의 친구이자 스승인 프리드리히가 사랑하는 저 먼 북쪽 발트해 연안 엘데나의 수도원 폐허에 지어진 작은 집의 불 켜진 풍경에 대한 카루스의 관점과 연결한다. 독일어권 국가들의 낭만주의 작곡가들이 곡을 붙인 고요한 시들은 카루스가 담은 풍경처럼 대부분 고즈넉한 저녁에 관한 내용이고 예리한 관찰자가 계절과 자연의 일상적인 표현에 매료된 순간을 포착한다. 집 안에 가져다놓은 꽃핀 린데 나뭇가지, 기다란 창문으로 새어들어오는 봄의 달빛.

이 장의 처음에 등장하는 또다른 드레스덴 화가 G. F. 케르스팅G. F. Kersting이 그린 「램프 옆에서 책 읽는 남자」 속 은은한 실내 풍경에서 바로 그런 책 읽는 사람을 볼 수 있다. 스위스 빈터투어미술관에 있는 이 작은 캔버스의 그림은 똑같은 세계를 떠올리게 한다. 단순한 선반과 둘둘 말린 도표, 서류함 등 기본적인 것만 갖춘 실용적인 방에서 한밤중에 이중 석유램프를 켜고 완전히 집중해서 책을 읽는 사람이 있다. 그가 책을 읽는 사이 밤이 된 듯하다. 모슬린 커튼이 달린 창문이 책에 빛을 드리웠을 것이고 밤이 깊어 녹색 블라인드를 내리기 전까지는 창밖으로 방

안 램프 불빛이 흘러나갔을 것이다. 그는 꽤 오랫동안 책을 읽고 있었다. 적잖이 두꺼운 책에 완전히 몰두했다. 작고 희미한 한 여성의 이미지를 제외하고 책상 위 밀봉된 편지와 공문서 송달함 같은 물건들을 보면 이곳이 변호사 사무실 또는 시골 저택에 있는 업무용 방임을 알 수 있다. 남자는 오른손으로 이마를 받치고 책을 읽는데 손가락이 금색 머리칼에 엉켜 있다. 램프에서 희미하게 나오는 쌍둥이 불빛이 램프의 금속 받침대에 반사되어 흩어진 종이로 부드럽게 쏟아진다. 화가는 램프 불빛이 위아래로 그림자를 드리우는 모습을 훌륭하게 관찰했다. 초록색 벽에는 블라인드 당김줄 그림자가 드리웠고 빛이 닿는 곳은 좀더 밝다. 높은 천장에도 그림자가 어른거리고 램프 불빛이 웅덩이를 이루며 책 읽는 사람과 그의 책상을 작아 보이게 한다. 방 나머지 부분은 시야에서 벗어났지만 책상에 앉은 인물과 관찰자의 거리로 보아 상당히 큰 방임을 알 수 있다. 책에 완전히 몰입한 모습으로 볼 때 주의를 산만하게 하는 소음이나 방해물이 전혀 없는 듯하다. 덴마크 화가 빌헬름 함메르쉬이의 여러 작품에 침묵이 포함된 것처럼 이 그림에도 침묵이 들어 있다. 램프가 켜진 방에서 침묵이 퍼져나간다. 남자가 이 정도로 몰입하려면 창밖에 절대적인 침묵이 있어야만 가능하다. 차오르는 달 아래 하얀 라일락이 핀 정원이나 성벽에 둘러싸인 도시의 텅 빈 자갈길처럼.

또다른 드레스덴 화가이자 크리스티안 달의 제자이며 프리드리히의 동료인 에른스트 페르디난트 외흐메Ernst Ferdinand Oehme가 그린 「겨울 대성당」은 눈 덮인 중세 도시의 침묵을 불러온다.

외흐메가 달이나 프리드리히와 밀접한 관련이 있었던 것

은 분명하지만, 이 그림에서 표현한 고요하고 엄숙한 움직임은 완전히 그만의 것이다. 동시대 드레스덴 화가들과 공유하는 회화적이고 구성적인 요소가 눈에 띄지만 분위기와 목적은 사뭇 다르다. 회랑 또는 입구의 그늘진 아치를 틀로 삼아 그 안쪽에는 고딕풍 대성당의 서쪽 정면이 보인다. 활짝 열린 커다란 문 너머 성소에 촛불이 켜져 있다. 늦은 오후이고 날은 춥다. 밤에 눈이 더 내릴 것만 같은 안개 낀 하늘에서는 햇빛이 사라지기 시작한다. 검은 옷을 입은 성직자들은 자리에 멈추었거나 관찰자로부터 아주 느리게 멀어져 성당 문으로 향한다. 이 그림에서 유일한 움직임은 거의 바로크식으로 처리되었다. 문 옆 비스듬한 부벽에서 습기가 적은 마른눈이 떨어져 차가운 공기 중으로 퍼진다. 가루 같은 눈송이가 흩날리는 소리에 절대적인 고요함은 더욱 깊어질 것이다. 멀리에는 작은 첨탑과 탑, 헐벗은 나무들이 복잡하게 얽혀 있다. 왼쪽의 오래된 집은 플랑드르 지방의 겨울을 담은 풍경화에서 흔히 볼 수 있는 모습이다. 이 그림은 옛 고딕풍 시대를 전적으로 부드러운 시각으로 나타낸다. 그림의 초점과 그림 속 모든 인물의 초점은 대성당의 높은 제단에서 뿜어져나오는 빛이다. 한곳으로 모여드는 형체들이 집으로 돌아가는 듯한 느낌을, 예배 시간에 느낄 법한 시대를 초월한 편안함을 부여한다.

눈, 안개 속 헐벗은 나무, 틀이자 초점 역할을 하는 고딕풍 아치 같은 많은 요소는 폐허가 된 대수도원을 지나는 수도사들의 비통하고 유령 같은 행렬이나 눈 오는 오후의 쓸쓸한 장례식 같은 프리드리히의 그림에서도 발견된다. 중앙 아치 왼쪽에 있는 눈 덮인 작은 덤불들은 프리드리히의 세심하지만 황량한

눈 속 중세 도시.
에른스트 페르디난트 외흐메, 「겨울 대성당」, 1819.

드레스덴 하이데의 눈 덮인 가시 그림을 떠오르게 한다.[8] 저녁에 밝게 빛나는 건물은 카루스와 달의 작품 모두에서 자주 등장하는 주제이지만, 이 그림은 오직 위로에 대해서만 이야기한다. 깎아서 만들어지고 무늬가 새겨진 건물들이 자연과 조화를 이루는 느낌도 있다. 필리그리* 같은 헐벗은 나뭇가지가 건물 장식 무늬의 섬세한 디테일과 잘 어우러진다. 이런 고딕시대 삶과 환경의 조화로움은 낭만주의 고딕의 악몽 같은 상상과 오거스터스 퓨진이 1836년에 출판한 책『대비Contrasts』에 자세히 설명된, 종교적 신념에 기초한 중세 고딕으로의 회귀에 대한 강력한 옹호 사이의 시간에 놓여 있다.[9]

　　19세기 감성으로 창틀을 짜넣은 과거 건물들에 대한 또다른 독일 후기낭만주의 그림으로는 카를 슈피츠베크Carl Spitzweg가 슈반도르프에 있는 '망루'를 그린 「슈반도르프 나팔수의 탑」이 있다. 도시 성벽 불 켜진 낡은 탑이 있는 밤 풍경을 대략적으로 그리고 대담하게 담아낸 유화 스케치다. 이 그림은 슈피츠베크의 다른 작품들과 대조를 이룬다. 그의 작품은 대부분 완성도가 매우 높은 풍속화로 희극적이거나 그로테스크한 분위기를 풍기며 우아한 석조 주택과 로코코 도서관에 사는 다소 꾀죄죄한 중산층이나 예전에는 대공이 권력을 잡은 수도였지만 나폴레옹 전쟁 이후 낙후되고 쇠퇴한 지방 도시들을 보여준다. 이 그림에는 서사가 없다. 달빛 아래 누군가가 사는 탑만 있고 그 주변은 지저분하게 흐트러졌다. 성벽은 다 허물어졌고 그림자만 보이는 잔해를 경계로 작은 정원과 황무지 사이에 대충 울타리가 쳐졌

---

* filigree, 가는 금실을 붙여서 표면을 장식하는 세공 기법.

다. 탑 창문에서 환한 석유램프 불빛이 비치는 모습은 과거의 폐허 속에서도 어느 정도 힘차게 현실의 삶이 계속되고 있음을 암시한다. 이 그림은 드레스덴 화가들이 그린 밤 풍경화의 분위기와 관습에 저항한다. 낭만적이지도 않고 경건하지도 않다. 그저 19세기 후반 달 밝은 여름밤의 평범한 순간을 담았고 물감의 풍부한 질감이 쏟아지는 은색 빛과 솟아오르는 달을 효과적으로 표현했다. 불 켜진 창문이 풍기는 낭만주의적인 유령의 느낌이 이 그림에서는 고대 구조물에서 계속되는 현대의 삶을 암시하는 것으로 대체되었다. 그래서 이 그림을 통해 오래된 탑에 살면서 정원을 돌보는 마을 파수꾼이라는 매력적이고 고풍스러운 특징을 고찰할 수 있다. 도시의 옛 구조물이 무너지는 시대에, 적어도 관습의 연속성에 대해 긍정하게 해준다. 이 그림의 또다른 중요한 요소는 밝은 빛을 내뿜는 현대 램프가 고대의 돌들을 환하게 비춘다는 것이다.

이렇게 고대 건축물에서 현대적인 빛이 환하게 뿜어져나오는 모습은 20세기 한밤의 정취를 담은 체코 사진작가 요세프 수데크의 작품에도 나타난다. 그는 불 켜진 가정집 창문에 매료되었다. 그는 자신의 프라하 작업실 정원 창문 사진도 많이 찍었지만 대표작은 20세기 중반에 찍은 비 오는 도시의 밤 풍경이다. 이 우울한 이미지들에 강력한 힘을 실어주는 것은 빛의 강도가 이루는 대비다. 가로등 불빛과 물웅덩이에 반사된 빛, 빗물에 반짝이는 자갈길에서 거대한 옛 석조물은 거의 보이지 않는다. 하지만 고대 건물 창틀에서 전등 몇 개가 눈부시게 빛난다. 이 사진들의 초점은 대부분 밀착되어 있다. 아치로 구도를 잡은 거리 모퉁이, 가운데 문설주가 달렸고 강력한 불빛이 새어나오는 창문

고대 탑의 살아 있는 빛.
카를 슈피츠베크, 「슈반도르프 나팔수의 탑」, 1870.

들, 드문드문 전등이 켜진 프라하성을 둘러싼 흐라드차니를 건너고 또 건너는 돌계단. 비에 젖은 시커멓고 헐벗은 나무들 사이로 인적 없는 길을 따라 등불이 꺼지는 강변 산책로 사진도 있다. 수데크의 사진에서는 그가 혼자 오래도록 저녁 산책을 하다가 고민 끝에 사진을 찍을 지점을 발견했다는 느낌이 풍긴다. 바로 그 고독감, 차갑고 축축한 거리에서 불이 환하게 켜진 창문을 올려다보는 작가의 위치가 수데크의 사진에 힘을 부여한다. 사진이 찍힌 당시의 불안하고 슬픈 세월을 떠올리게 한다.

20세기 초에 활동한 프랑스 비주류 화가 앙리 르 시다네르가 그린 불 켜진 창문 그림들은 1914년, 전쟁과 재앙이 시작되기 몇 년 전의 분위기를 떠올리게 한다. 르 시다네르는 프루스트의 『잃어버린 시간을 찾아서』에서 찬사를 받는 화가다. 취향이 뛰어나지도 않고 안목이 앞서가지도 않는 인물들이 그의 작품을 칭송하고 수집한다.[10] 르 시다네르는 여름 저녁이나 가을 황혼의 불 켜진 창문을 기묘하게 중립적인 감정과 분위기로 능숙하게 그렸다. 그의 저녁 풍경화에는 플랑드르의 운하라든지 프랑스 마을 광장처럼 반복되는 요소가 많다. 그리고 거의 항상 불 켜진 창문이 등장해 구성을 분명하게 표현하고 색조를 고정한다. 그러나 일부 작품에는 익숙하지 않은 직접성이 있다. 그것은 해 질 무렵, 모든 것이 불확실해지고 심지어 변해버리는 순간을 포착한 기묘한 느낌이다.

이런 특징은 함부르크미술관에 소장된 그의 「달콤한 밤」에서 강하게 드러난다. 달빛이 차오르는 것을 암시하는 여름밤, 흰색으로 채색된 것들이 평평한 화폭에서 튀어오르는 듯한 황혼 무렵이다. 이 작품에서 이 시각 현상은 매우 유리하게 작용한다.

세기말의 여름 저녁.
앙리 르 시다네르, 「달콤한 밤」, 1897.

흰 드레스를 입은 두 여성이 오래된 타운하우스의 정원 또는 안
뜰로 나와서 뭔가에 주의를 기울이며 사색하는 모습이다. 발아
래 땅은 그림으로 곧장 비치는 달빛에 흠뻑 젖었다. 나무 그림자
는 스케치로 표현되었다. 무엇보다 보이지 않는 무언가에 의해
따뜻함과 고요함이 잠깐 멈춘 느낌이 강하다. 여자들 뒤쪽의 흰
벽에는 너무도 밝은 달빛 속에서 살구색으로 빛나는 창문이 있
다. 벽걸이 램프나 촛불이 켜진 듯하지만 방 안쪽까지 세세하게
보이지는 않는다. 이들은 집 안에서 정원으로 흘러나오는 음악
을 듣고 있을까? 어떤 향기나 새소리가 이들을 잠시 멈추고 조용
한 사색에 빠지게 한 것일까? 매우 제한된 색조가 창문을 강조함
으로써 신비로움을 상당히 살려주고 기쁨뿐만 아니라 불확실성

까지 전달한다.

　프루스트의 작품 전반에서 창문은 언제나 의미의 틀을 잡아준다. 그동안 미스터리로 남았던 서사 요소들이 창문을 통해 언뜻 보이는 사건들과 함께 결정적으로 드러난다. 『게르망트 쪽』에서 동시에르를 걷는 저녁 산책은 그 모티프를 훌륭하게 고려했다. 시에 대한 강렬한 인식이 일상 모습을 바꾼다. 저녁의 가스등, 램프 또는 촛불에 많은 창문들이 드러나고 프루스트의 화자가 명상하며 거니는 산책은 불 켜진 창문이라는 현상에 대한 전형적이고도 잠재적인 반응이다. 미스터리와 변화가 다가온다. 현실이 순간 그림에 가까워진다. 이 변화 비슷한 것은 주변 환경의 미세하고 점진적인 변화에 주의를 기울이도록 훈련된 사람들에게만 보인다.

　화자는 친구이자 군인인 생루가 머무는 이 도시를 걷는 과정에서 먼저 주변 환경과 일상에서의 특징을 강조한다. 그가 묵는 호텔에서 생루가 주로 식사하는 호텔까지 걸어가는 습관적인 산책이다. 화자는 겨울이 다가옴을 알리는 찬 공기를 맞으며 기운이 샘솟는 것을 느끼고 분수 물에서 반사되는 붉은색과 유백색 노을빛과 달빛을 본다. 그리고 마치 처음 보기라도 하는 듯 막사의 가스등을 본다.

　호텔 옆에는 현재 저축은행과 육군 군단이 사용하는 옛 국립법원과 루이 16세의 오렌지나무 온실이 있었다. 그곳은 아직 햇빛이 밝은데도 벌써 연한 황금색 가스등이 켜진 것이 보였다. 석양에서 반사되는 마지막 빛이 떠나지 않은 이 높고 커다란 18세기 창문들에 잘 어울렸고…… 내가 머무

는 호텔의 정면에서 홀로 황혼과 싸우는 나의 불과 램프를
찾으러 가라고 나를 설득했다.[11]

호텔방으로 돌아온 후에도 그의 인식은 한껏 고조되어
있다. 난로 불빛, 테이블에 놓인 푸른 종이에 쏟아지는 마지막 햇
살, 엄청나게 많은 종이를 올려둔 둥근 탁자에 씐 커버.
　친구와 저녁식사를 하기 위해 해가 저물고 바람이 부는
거리로 나갔을 때 그는 불 켜진 일련의 창문들로 관심이 쏠린다.

이 낯선 세계의 거주자들이 살아가는 삶은 내 눈에 경이로
워 보였다. 어떤 창문들은 밤에 나를 자리에 오래 세워두었
고 내가 들어가지 못할 수도 있는 진실하고 신비로운 존재
를 내 앞에 놓았다. 불의 요정은 불그레한 색깔로 밤 상인
의 선술집을 보여주었다. 그곳에서 두 명의 군인이 의자 등
받이에 벨트를 걸어두고 카드놀이를 하고 있었다. 마술사가
그들을 무대 위의 투명한 유령처럼 밤에서 솟아오르게 하
고 있다는 것을 의심하지 않은 채로……[12]

바로 그 순간 작은 선술집은 파리 오페라극장 무대에 오
른 〈파우스트〉의 불꽃과 마법의 한 장면이 된다. 화자는 선술집
창문에서 고물상 창문을 지나친다. 창문에 비친 은은한 램프 불빛
과 촛불이 뒤엉켜 네덜란드 황금기의 바니타스* 정물화로 변한다.

---

* vanitas, 16~17세기에 삶의 덧없음을 상징하는 오브제를 그린 정물화.

작은 고물상에서 반쯤 닳은 촛불이 조각품에 붉은빛을 투사하여 그것을 핏빛으로 바꾼다. 큰 램프의 불빛은 어둠과 씨름하면서 가죽 조각에 구릿빛을 씌우고 단검에 반짝이는 스팽글 무늬를 넣고 형편없는 모방작에 불과한 그림들에 그윽한 고색 또는 거장의 광택제를 입혀서 싸구려와 쓰레기만 가득한 이 빈민가를 고급스러운 렘브란트의 그림으로 만든다.[13]

고딕풍 거리에 들어선 대저택들의 커다란 창문을 올려다본 그는 불 켜진 방에서 엿보이는 삶의 이질성에 충격을 받는다. 황금색 램프 불빛이 기름처럼 매끄럽게 움직이는 저곳 공기와 거리의 건조하고 차가운 겨울 공기가 과연 똑같을지 의아해한다.

때때로 나는 크고 오래된 건물을 올려다보았고 닫히지 않은 덧문 사이로 매일 밤낮과는 다른 환경에서 살기 위해 새롭게 적응하는 양서류 남녀를 보았다. 그들은 기름진 액체 속에서 천천히 수영했다. 밤이 되면 그 기름진 액체가 램프의 우물에서 끊임없이 솟아올라 돌과 유리로 된 외벽까지 방을 채웠고 그 안에서 그들의 움직임으로 금빛 기름의 잔물결을 일으켰다.[14]

이러한 인식은 본질적으로 유령의 특징을 띤다. 화자가 아름다움과 기묘함에 대한 감각이라는 미세한 렌즈를 통해 인식하는 현실, 무대 환상, 과거의 예술이다.
2002년에 출간된 필리프 들레름의 『파리의 순간Paris l'in-

stant』은 4월부터 11월까지 긴 여름 동안 파리 산책을 글과 사진으로 기록한 책이다. 들레름의 불 켜진 창문은 후반부에 등장한다. 이미 가을이 훌쩍 다가오고 늦은 오후에 어둠이 깔릴 무렵이다.[15] 그는 불 켜진 영화 광고판을 대저택 위층 방, 불 켜진 창문에서 느껴지는 따뜻한 현실과 미스터리한 인간미와 대비한다 ("영화관의 하얗고 차가운 불빛"이라는 묘사처럼 영화 광고판 조명은 차가우며 대서양 건너에서 수입된 이야기는 진부하고 예측 가능하다). 르 시다네르의 그림에서 달빛과 촛불이 대비되듯, 화면 불빛과 램프 불빛을 통해 차가운 빛과 따뜻한 빛이 신선하게 대비되었다.

빛은 우리에게 위를 보라고 한다. 호박색 불이 켜진 방, 빛이 새어나오는 창살, 높은 천장을. 빛의 실루엣이 거리에 무관심한 채로 휙 지나간다. 무관심? 그 몸짓의 자연스러움 속에는 감지할 수 없는 애정, 즉 은은한 램프와 소파의 샛노란색, 책장의 크림색 흰색에 대한 소속감이 숨겨져 있다.[16]

이것은 새파랗고 눈부시게 하얀 영화 속 허구와 정반대인 평범한 일상의 현실과 색깔이다.

소설가 쥘리앵 그린은 20세기 중반, 안개와 빽빽한 나뭇잎이 부두와 대로의 커다란 밤나무를 녹색 등불로 바꾸는 순간을 포착한 것을 비롯해 파리의 불빛을 세심하게 관찰했다.

오늘 저녁 옅은 안개가 파리를 뒤덮었고 가로등 불빛을 받은 밤나무들은 거대한 등불처럼 빛났다.[17]

처음부터 끝까지 파리를 다루는 이 책은 파리를 배경으로 한 소설들을 이리저리 넘나드는 느낌을 준다. 그린이 그 자신의 소설 속 파리로 들어갔다고 상상하는 공포의 순간도 포함된다. 순간적으로 그는 자신이 쓴 기묘한 이야기의 배경인 가게 창문 앞, 희미한 불빛이 켜진 인적 없는 아케이드에 와 있는 자신을 발견한다.

> 만약 내가 상상했던 파리가 진짜 파리가 된다면, 만약 카이로 아케이드가 텅 비었고 캄캄하고 내 머리 위 불투명한 유리창에 빗줄기가 후두두 쏟아진다면? 가게의 창문이 음산하게 빛나고…… 조용하게 다가오는 발소리가, 내 소설 속 주인공에게 이 몸에서 저 몸으로 옮겨갈 수 있는 힘을 준 바로 그 목소리가 '내가 너라면……'이라고 소원을 이뤄주는 불길한 대사를 내뱉는 소리가 들리는 듯하다.[18]

◆

20세기 중반의 또다른 망명자이자 여행자인 W. H. 오든은 1938년 겨울, 제약과 한계로 가득한 유럽을 떠돌다가 독일에서 도망친 친구들과 벨기에 브뤼셀로 갔다. 그곳에서 그는 당시 얼어붙은 분수와 미로 같은 차가운 거리에 대한 강렬한 관찰이 담긴 소네트 「겨울의 브뤼셀Brussels in Winter」을 썼다. 그 시에는 이런 구절이 있다.

> 오늘밤 고급스러운 아파트들의 산등성이가 흐릿하게 보인다

고립된 창문이 농장처럼 빛나네[19]

임시 피난처인 이 도시의 고급 아파트 구역이 기억과 그리움을 통해 그가 어린 시절 사랑했던 페나인산맥 북쪽 풍경으로 바뀌고 불 켜진 창문은 언덕 아래 강둑에서 올려다보는 웨어데일 산비탈에 있는 고립된 농장의 불빛이 된다. 망명자는 떠도는 도시 건물들의 불빛을 평생 머릿속에서 떠나지 않는 고향의 불빛이라고 잠시 상상한다. 하지만 그는 시간으로나 거리로나 페나인산맥 농장 불빛과 떨어져 있는 것처럼 아파트 불빛과도 분리되어 있다.

오든이 쓴 이 시의 시각 버전으로는 그보다 10년 앞서 만들어진 일본 목판화가 있다. 우에하라 고넨上原古年의 「도톤보리의 밤」이다. 이 작품에서도 겨울밤, 불 켜진 건물이 물 건너편 관찰자에게서 멀리 떨어져 있다. 전경에는 헐벗은 나뭇가지가 빗줄기처럼 일자로 늘어진 섬세한 버드나무가 그려졌다. 관찰자의 관점은 이상하게도 제한적이다. 그는 불이 켜지지 않은 강둑 쪽에 있는데 마치 늘어진 버드나무 가지 사이에 숨기라도 한 듯하다. 공기 중에는 안개가 꼈고, 회색 하늘에는 도시의 빛이 희부옇다. 그림 속 건물은 극장과 유흥가에 자리하고 관찰자는 까만 물과 비 내리는 나뭇가지로 그 쾌락의 장소와 분리되어 있다. 오든의 소네트를 마무리하는 일시적이고 성적인 만남만큼 슬프다.

그리고 50프랑은 낯선 이에게,
그 떨리는 도시를 품에 안을 권리를 줄 것이다.

비가 내리는 밤, 물 위의 창문.
우에하라 고넨, 「도톤보리의 밤」, 목판 인쇄, 1928.

따뜻한 9월 어느 저녁에 나는 파리의 뤼 드 그르넬에 있는 예수회 건물 옥상 테라스에 서 있었다. 접객 담당자가 바로 아래 거리에서 점점 모습을 드러내는 창문 불빛의 움직임을 해석해주었다. 주변에 펼쳐진 널찍한 도심 전망을 둘러보면서 이야기를 나눈 후 생쉴피스성당 탑들이 해가 저물기 전 마지막 햇빛에 빛날 때였다. 그는 가장 가까운 창문에 집중하면서 그 불 켜진 창문이 수년간 어떻게 변했는지 이야기했다. 한때는 건물 전체에 사람들이 살았지만 소유자들이 투자를 위해 아파트를 구매해 이제는 불빛이 몇 개밖에 보이지 않았다. 그는 인터넷에 올라오는 단기 임대 계약의 폐해에 관해서도 이야기했다. 일주일 동안 건물 전체에 불이 켜지다가도 그다음주만 되면 완전히 깜깜해지고 계단에는 항상 바뀌는 낯선 얼굴들로 가득하다고. 그는 내내 그런 덧없음에 대해 이야기하다가 이상한 연속성을 언급했다. 인접한 거리에 다른 건물들과 똑같이 치장 벽토로 재단장한 한 건물이 있는데, 유수했던 14세기 아비뇽 시절부터 유래한 드 그리누아르 가문이 소유한 낡고 거대하며 테라스가 딸린 저택이 그곳에 감추어져 있다는 것이었다. 그 집을 다른 집과 구분해주는 것이 거리에는 전혀 없었지만, 저택 내부에 고대 방들이 숨겨졌다는 사실이 특별하게 느껴졌다. 이중문, 나란히 정렬된 방들, 창문에서 광택 도는 바닥으로 쏟아지는 햇살 여러 가닥, 안뜰, 깎은 회양목과 조각상이 있는 그늘진 정원. 순간 나는 이 도시의 무수한 미스터리 중 하나를 여는 열쇠를 받은 기분이었다.

다음날 저녁 기차를 타고 런던으로 향했다. 파리 중심에서 멀어지면서 처음 불이 켜지는 아파트를 볼 수 있도록 막 어두워지기 시작할 무렵에 출발하는 기차를 탄다. 기차는 저녁 안개가 낀 들판을 가로질러 달리면서 드문드문 들어선 농가와 마을의 불빛을 보여준다. 환한 릴역을 통과해 어두운 시골을 지나 영국해협으로 나아간다. 런던의 불 켜진 창문들이 늦게나마 저녁 식사 시간에 맞춰 도착한 나를 맞이한다. 저녁은 도보로 10분 정도 떨어진 드러먼드 스트리트에서 먹는다. 레스토랑 창문 맞은편으로 조지왕조풍 3층 주택이 보이고 내리닫이창 한 쌍의 불빛 패턴이 플라타너스와 판석 포장만큼이나 런던이라는 도시 특유의 독특함을 드러낸다.

20세기 중엽 영국 화가 앨저넌 뉴턴은 이 런던 거리들에 자리한 소박한 후기 조지왕조풍 집들을 자주 그렸다. 그가 가장 좋아한 주제는 쇠퇴한 산업 소도시, 마당, 초라한 테라스, 특히 당시에는 정상적으로 기능한 운하의 둑이었다. 그가 그린 거의 모든 도시 풍경은 완전히 텅 비었다. 사람이 없어서 처음에는 고요해 보이지만 서서히 불안한 기색이 드러난다. 인간의 완전한 부재는 '황금 시간대'의 애매모호한 사용과 함께 그의 작품의 중요한 요소가 된다. 황금 시간대는 가로등이 켜지고 구름이 지평선 아래에서 위로 뿜어나오는 햇빛에 잠기는 시간이다.

뉴턴이 그린 「캠버웰의 서리 운하」에는 불 꺼진 채 줄지어 선 집들, 가로등 하나, 그림자가 드리운 물, 거의 로코코양식에 가까운 아름다운 하늘이 있다. 처음에는 평화로워 보이지만 계속 보면 뭔가 잘못되었다는 느낌이 점점 강해진다. 정지된 듯한 공기가 어딘가 이상하다. 프루스트가 동시에르의 불 켜진 아파트를 보고 상상한 황금색 기름처럼, 보통 공기와 다르게 느껴진다.

"파란색이 다가오자 운하가 몸을 떤다."
앨저넌 뉴턴, 「캠버웰의 서리 운하」, 1935.

내 친구 앨런 파워스는 건물과 물체 사이의 진공에 가까운 상태
를 사진으로 찍어 재현하면 그 효과가 훨씬 두드러진다는 사실
을 알아냈다. 동시대 시인 헬렌 투키가 뉴턴에게 경의를 표하며
쓴 시의 제목 「여파Aftermaths」는 그녀가 그의 작품 토대라고 여기
는 조용한 교란, 거의 감지할 수 없는 엄청난 움직임을 뜻한다.

　　파란색이 다가오자 운하는
　　몸을 떨고, 아주 잠깐
　　모든 도표가 엉망이 된다.

(전봇대 그림자
공장 굴뚝 그림자)
하얀 집의 병동에서는
아무도 잠들지 않을 것이다. 단 하나의 램프가
밤새 탈 것이다.[20]

이 시는 단 몇 줄로 그림을 한 단계 더 깊이 해석한다. 운하에 비친 수직선이 방해받거나 흔들리는 것은 표면 아래를 지나는 문제의 흐름을 기록하는 그래프 같고, 가로등 옆 집에 사는 사람들은 요양인 또는 환자이며, 설명되지 않고 보이지 않는 사건 때문에 거리가 텅 비고 공기의 본질이 바뀌었다는 느낌을 준다. 투키가 뉴턴의 그림을 누구도 잠들 수 없는 병원-집으로 상상한 것은 마그리트가 그린 저지대 국가 부둣가의 집과 불협화음을 이룬다. 그 그림 「꿈의 집」에도 가로등과 부자연스럽게 밝은 하늘이 나온다. 런던을 그린 뉴턴의 그림에서 불 켜진 창문의 부재는 보이지 않는 문제의 징후다. 즉 고요한 재앙이다.

이 그림들이 주는 느낌은 내가 40년 전 8월, 공휴일이었던 일요일 저녁, 역에서 역으로 이동하기 위해 루이스에서 케임브리지로 걸어가면서 런던 브리지와 리버풀 스트리트를 지나며 단 한 명도 마주치지 못했을 때처럼 완전히 괴상하다. 올핼로우즈교회 제단에 놓인 양초가 분명한 불빛이 희미하게 깜빡이고 거리를 마주한 높은 디오클레티아누스* 창문에 런던월이 희미하

* 디오클레티아누스황제 시절 건축양식으로 고대로마의 '디오클레티아누스 목욕장'에 사용되었다.

게 비칠 뿐, 불 켜진 창문은 하나도 없었다. 하지만 그 당시에 교회가 사용되지 않았으니 제단에 촛불이 있었을 리 없다.

2
런던 야상곡

크리스마스가 얼마 남지 않은 이슬비 내리는 온화한 저녁, 마운
트 스트리트에서 북쪽으로 메릴본역까지 걷는다. 물기를 가득
머금은 공기에 가로등 불빛이 흐릿해진다. 서리가 내린다는 소
식이 있지만 해가 일찍 떨어진 후에도 좀처럼 공기가 차가워지
지 않는다. 몇 년 후면 런던 사람들은 런던에 서리가 내렸다는 사
실조차 잊어버릴 것이다. 광장의 하얀 잔디와 난간에 붙은 무빙
도 잊히리라. 얼어붙는 아침 안개와 붉게 물드는 차가운 석양은
곧 추억으로만 남을 것이다. 20세기 수채화에서 드라이 브러시*
에 회색 물감을 묻혀 빠르게 스치듯 칠한 강 안개는 내 젊은 시절
겪었던 평범한 겨울 날씨를 일깨워주는 유일한 추억이 되리라.
　　교회들의 동서 방향과 몇몇 랜드마크를 참고하면 길 잃
을 걱정 없이 공간과 순간을 음미하면서 런던 중심부를 돌아다
닐 수 있다. 광장의 묵직한 울타리와 월리스컬렉션미술관 건물
의 엄숙한 정면을 즐긴다. 사람들로 북적거리는 눈부시게 환한

---

*　dry-brush, 넓적한 붓에 되직한 물감을 묻혀 종이 질감을 살리며 그리는 미술
기법.

1930년대 런던, 12월 밤.
에릭 래빌리어스, 「하이 스트리트의 술집」, 1938.

옥스퍼드 스트리트를 건너면 완전히 대비되는 낮은 건물이 즐비한 어둑한 거리와 광장이 나온다. 이곳에서는 창문들을 자세히 살필 수 있다. 창 너머는 어둡고 가게 진열창은 수직으로 장벽을 이룬다. 커튼을 쳐둔 높은 1층 창문은 빨간색과 파란색이 드문드문 칠해졌다. 점심시간에 들르는 커피숍 냉장 진열대는 광택 없는 파란색이다.

옥스퍼드 스트리트에서 멀어질수록 위층에 불이 켜진 창문이 늘어나고 1층에 높은 창문이 있는 런던 지역 조지 왕조풍 집들에 관한 이상한 이야기 조각이 떠오른다. 버스 위층에 탄 남학생이 비슷한 높이의 불 켜진 응접실을 지나칠 때 셔츠를 입은 그의 아버지가 처음 보는 다른 가족과 함께 그 집 안에 있는 모습을 본다. 믿을 수 없는 광경에 남학생은 경악하지만 버스가 계속 달리는 바람에 어두운 거리에 들어선 획일적인 벽돌집들 사이에서 정확히 어느 집인지 확인할 수 없었더라는 이야기다. 밝고 시끄러운 베이커 스트리트 바로 남쪽에 독창적인 옷가게 창문이 보인다. 흰 바탕에 선명한 색상의 옷들이 드문드문 걸려 있다. 서쪽으로 빠르게 두 블록을 지나면 메릴본역이 나온다. 그 앞의 불 켜진 캐노피는 지방 도시 극장의 차량 출입구처럼 아담하다.

기차가 역을 빠져나가 철길을 따라 늘어선 아파트들 사이를 달릴 때쯤 어둠이 완전히 내려앉았다. 아파트에는 아직 불이 켜지지 않았으나 잠시 후 기차역 램프, 돌리스 힐에 고인 빗물에 비친 그림자, 계절에 따라 비계와 크레인에 바뀌 달리는 새하얀 조명 등 색색깔 불빛이 나타나기 시작한다. 웨스트햄프스테드역에서는 지상과 지하철 객차의 창문들이 통과하고 여러 철로가 교차하는 것처럼 보인다. 창문에 흐르는 빗물과 검은 거울 같은 플랫폼 때문에 모든 불빛은 배로 늘어난다. 빛 반사와 어두운 배경이 20세기 초 모더니즘 애니메이션 영화 분위기를 자아낸다. 깜박이는 사각형과 직사각형 불빛의 추상적인 춤, 운행중인 기차의 불빛은 노랗고 빈 찻간 불빛은 유령처럼 파랗다. 기차가 어둠 속으로 나아갈 때 색색깔 불빛이 나타난다. 기욤 아폴리네르의 시가 떠오른다.

> 전차는 등에 푸른 불꽃을 일으키고
> 레일을 끝까지 따라가며
> 기계의 광기 속에서 음악을 만든다.[1]

그의 시 「사랑받지 못한 자의 노래Le chanson du Mal-aimé」 후반부에 등장하는 파리의 전차다. 이 작품은 모든 언어를 통틀어 런던의 겨울 분위기를 가장 훌륭하게 불러내면서 시작한다. 「사랑받지 못한 자의 노래」는 제1차세계대전으로 끊겨버린 모더니즘의 첫번째 물결이 탄생시킨 가장 훌륭한 시로 삐딱함과 아름다움이 돋보이는 작품이다. 학창 시절과 대학교 시절 나에게 큰 의미가 있었고 지금도 여전히 시의 가능성을 간결하고도 무궁무진하게 제공해주며 작시법의 우아함과 병치의 대담함을 보여주는 대표적인 작품이다. 주요 사건인 거절당한 경험은 시의 배경보다 훨씬 이전에 일어났기 때문에 이 시의 모든 것은 암시와 여파의 미로와 같다. 전체적으로 이 시는 우울함을 표현한다. 대개 완곡하고 과묵하게 표현되는데, 단 한 번 일어나는 거대한 바로크식 폭발은 예외다. 시인의 가슴을 찌르는 슬픈 일곱 칼날의 이름과, 마법에 가까운 특징이 나열된다.

강 안개와 밤이 다가온다.
조지프 페넬, 「렌의 도시」, 1909.

      이 시의 한탄스럽고 환상적인 분위기는 대부분 한 연을 이루는 5행 구조로 유지된다. 마지막 행에서 운율이 발달해 1행과 3행의 운율에 다시 초점을 맞춘다. 이 시를 읊는 슬프고 지엽적이고 기묘하게 박식한 시인이 큰 비밀을 간직하고 있는 듯하다는 느낌이 지금도 내 뇌리를 떠나지 않는다. 그는 자신이 의식할 수 있는 지식을 훨씬 뛰어넘는 거의 마법에 가까운 기도와 같은 말을 내뱉을 수 있다는 사실을 알고 살아가는 사람이다. 시에서 그는 시인의 힘과 위엄에 관한 주장을 두 번이나 피력한다. 그

연이 처음 등장하는 것은 봄날, 깊은 슬픔에 잠긴 순간이다. 하지만 그후에는 시의 질감이 변하고 더 이상해진다. 슬픔의 은유가 기괴한 서사의 둥지로 피어나기 시작한다. 마지막으로, 슬픔을 안은 채 건조하고 강렬하고 찬란한 파리에 도착한 시인은 유보적이고 추측할 수 없는 결론에 이른다.

> 여왕들에게 바칠 연애담시를
> 내 세월의 한탄가를
> 곰치에게는 노예들의 장송곡을
> 사랑받지 못하는 사람들의 연가와
> 사이렌을 위한 노래를 아는 나[2]

이처럼 이 시는 시인이 할 수 있는 가장 큰 자랑으로 끝난다. 그는 '사이렌이 부르는 노래를 아는 것'을 넘어 사이렌을 위한 노래를 직접 만들어줄 수 있는 시인이다.

미스터리한 고요함으로 끝맺는 이 작품은 겨울 런던에서 비롯된 절망으로 시작한다. 안개 자욱한 밤에 시인은 자신의 잃어버린 사랑과 닮은 거리에 버려진 두 사람을 희미한 빛 속에서 따라간다.

> 안개 낀 밤의 런던에서
> 내 사랑을 닮은
> 거리의 소년을 만났다[3]

아폴리네르의 런던에서 가장 큰 특징은 겨울 안개 때문

에 습한 공기로 빛이 스며드는 모습이다.

> 건물 정면 그 모든 불꽃이
> 타오르는 거리 모퉁이
> 벽이 통곡하던 그곳
> 핏빛 안개의 상처[4]

황량한 안개 낀 밤, 잃어버린 사랑과 반쯤 닮은 거리의 소년, 술집 문 앞의 술 취한 여자, 이 모든 것은 미국으로 떠난 여자와 독일에서 이별한 일이(더 자세하게는 나오지 않는다) 계속 그를 괴롭히고 슬프게 하지만 시인으로 하여금 사랑 자체가 거짓임을 깨닫게 한다.

> 사랑 그 허위를
> 내가 알아차린 순간[5]

빛과 장소에 대한 아름다운 고찰이 담긴 작품을 주로 만드는 지형적topographical 영화 제작자 패트릭 킬러는 이 일화에 매료되었다. 그는 런던 남부에 있는 그의 3층 아파트 창문에서 관찰된 지속적인(점점 더 나빠지는) 변화에 대한 커져가는 불안감이라는 맥락에서 아폴리네르의 기억을 소환한다.

> 정치적으로나 경제적으로 우리가 설 자리를 잃었다고 느꼈을 때, 풍경 속 눈에 띄는 변화를 관찰함으로써 상실감이 조금은 진정되었다…… 창문에서 보이는 집과 아파트에 위성

안테나가 나타나기 시작했다. 우리는 아침햇살에 비친 모습을 처음 보았기 때문에 마치 밤사이 자란 것처럼 보였다. 몇 년 후 접시 모양 안테나들이 사라지기 시작했다. 나는 그 풍경을 자기 조직적인 물질의 매우 느리지만 눈에 보이는 움직임으로 여기기 시작했다. 기차에서 본 런던 남부 교외에 대한 아폴리네르의 인상은 "핏빛 안개의 상처"였다. 가끔은 그 풍경을 유기적인 현상으로 인식하는 것이 가능해 보였다.[6]

여기에서 킬러는 런던의 불 켜진 창문을 피가 흐르는 상처(핏빛 같은 불빛이 안개라는 흡묵지에 스며든 것)라고 표현한 아폴리네르의 멋진 이미지를 바탕으로 1980년대 런던을 스스로 성장을 통제하는 지각 있는 유기체이면서도 그것을 지배하는 정권에 어떤 식으로든 상처를 입은 유기체로 추론했다. 킬러는 에세이 후반부에서 프라이드치킨가게 밖에 떨어진 치킨 조각이 상처 입은 도시의 살점처럼 보인다고 적는다. 다시 말하자면 아폴리네르가 묘사한 에드워드시대 런던의 안개 이미지가 20세기 후반 상상 속 지형에서 특별한 사후세계를 창조한 셈이다.

상점과 펍이 있는 좀더 고요한 불 켜진 거리 풍경은 20세기 중엽의 예술가 에릭 래빌리어스의 석판화 시리즈에서 볼 수 있다. 이 작품은 J. M. 리처즈의 글과 함께 1938년에 『하이 스트리트High Street』라는 책으로 출판되었다.[7] 내 친구인 미술사학자 앨런 파워스가 적었듯 래빌리어스의 연작은 1930년대 영국 미술가들이 영국 대중 미술, 스태퍼드셔 피규어*와 회전목마, 펍 간판

---

* Staffordshire figures, 18세기부터 영국에서 제작된 작은 도자기.

과 상점 진열창에 몰두하여 거둔 훌륭한 결과물 중 하나다. 상점이나 식당 창문을 오락과 즐거움의 대상으로 바꾸는 전등의 현대적인 가능성과 독창성에 대한 찬미이기도 하다. 대부분 쾌활한 분위기를 풍기고 조립용 요트와 웨딩 케이크, 성직자 의복과 박제사 등 영국의 독특함과 특수성을 찬양한다. 하지만 밤의 상점을 보여주는 래빌리어스의 이미지에는 유령 같은 특징도 있다. 저녁 풍경을 묘사한 어떤 작품에서는 코티지 로프*로 가득한 창문이 등장하지만(도시 속 시골이다) 밤을 담은 그의 그림 대부분에는 조용하고도 기묘한 요소가 있다. 래빌리어스가 그린 도시 풍경에서는 사람을 간혹 찾아볼 수 있는데 밤 풍경에는 단 한 명도 없다. 간판에 켜진 불빛이 인적 끊긴 거리를 환하게 비추는 가게는 사람들이 떠난 축제 마당 같은 슬픔을 자아낸다. 역광을 받는 커다랗고 사랑스러운 색색깔 약병이 있는 약방은 지붕 위로 보이는 벌거벗은 나무와 달빛이 비치는 하늘 때문에 좀더 외로운 느낌이다. 나는 런던에 있는 수재나와 앨런의 높은 벽돌집에서 길 건너편을 내려다볼 때마다 비슷한 느낌을 받곤 했었다. 모퉁이 청과 가게의 개방된 정면과 밝은 조명이 노란빛을 비스듬히 내뿜는다. 안에서 새어나오는 밝은 빛 때문에 납작해진 손님들의 실루엣이 래빌리어스의 그림으로 들어간다. 요트 잡화 노포의 불 켜진 창문을 들여다보기 위해 앨런과 함께 섀프츠베리 애비뉴를 향해 남쪽으로 걸어간 기억이 난다. 전구 불빛에 반짝이는 놋쇠 제품들, 항해용 컴퍼스 렌즈, 난간이나 돛에 사용하는 매듭 로프. 앨런은 근처 하이홀본에 완구회사 배싯로크 매장이

---

* cottage loaf, 크기가 다른 둥근 빵 두 개를 포개놓은 영국의 전통 빵.

텅 빈 거리의 불 켜진 가게.
에릭 래빌리어스, 「하이 스트리트의 약국」, 1938.

있었다고 말했다. 래빌리어스가 매장 내부에 그림을 그리고 모형선들도 만들었다는 것이다. 요트 가게의 우아하면서도 유용한 물건들은 래빌리어스에게 매우 매력적이었을 것이다. 진열창은 그의 마음을 런던 중심부에서 이스트앵글리아의 개울과 염습지로, 거미줄 같은 통근 열차 노선 끄트머리에 자리한 잘 다듬어진 남쪽 해안 항구로 이끌었을 것이다.

요트 가게 진열창의 전쟁 이전 컬렉션은 오든의 시 「연설가들The Orators」의 가장 기묘한 구절을 떠올리게 한다. 1930년 가을에 처음 쓰였고 많은 수정을 거쳐 「망명자들The Exiles」이라는 제목으로 재인쇄된 시다.[8] 이 시에서 은퇴한 요원들 또는 한때 자신이 요원이었다고 믿는 공상가들이 스포츠 시설을 잘 갖춘 호텔을 안전가옥 삼아서 지낸다. 바다가 멀지 않고 겨울에는 눈과 함께 유령이 찾아온다. 그들은 밤에 불 켜진 거리를 보러 간다. 래빌리어스의 그림에 나오는 런던과 그 남쪽에 있는 전깃불로 환한 식당과 상점이 아니라 외딴 지방 도시, 가스등 켜진 상점이다.

구경할 만한 것을 찾아서 거리를 활보한다.
상점의 가스등,
배들의 운명,
그리고 오래된 상처를 건드리는
풍랑.

◆

G. K. 체스터턴은 겨울 저녁, 불 켜진 가게 창문의 평범한 아름

다움과 해가 저물면서 찾아오는 현대 도시의 시적이고 낭만적인 잠재력을 의식했다. 판타지 소설 『투명 인간』의 시작 부분에서 그는 제과점 창문, 즉 래빌리어스를 기쁘게 했던 진열창의 대중 예술에 집중한다(비록 체스터턴의 상점이 『하이 스트리트』 속 제과점 보다 더 고급스럽지만).

> 서늘하고 푸른 황혼에 잠긴 캠든 타운의 가파른 두 거리,
> 모퉁이 제과점이 시가 꽁초처럼 빛났다…… 뭉툭한 폭죽
> 끝처럼. 수많은 거울에 반사된 빛이 여러 색깔로 부서지
> 며 금을 입힌 듯 알록달록한 케이크와 사탕 위에서 춤추었
> 다…… 초콜릿은 전부 초콜릿보다 맛있어 보이는 빨간색과
> 금색, 녹색 메탈릭 컬러로 포장되었고 창가에 진열된 거대
> 한 흰색 웨딩 케이크는 북극 주민 전체가 다 먹을 수 있을
> 것처럼 약간 낯설면서도 만족스러운 느낌을 주었다.[9]

에드워드시대 거대한 런던이 해가 진 후에는 낭만적인 장소로 변한다는 것을 체스터턴은 알아차렸다. 그곳은 비밀과 범죄의 수호자 같은 도깨비의 눈 또는 고양이의 눈처럼 빛나는 가스등과 창문 불빛으로 밝혀진 어두운 대도시를 배경으로 하는 탐정소설의 수사와 미스터리에서 자연스럽게 시적으로 표현된다.[10] 체스터턴은 소설 줄거리에서 불 켜진 창문이라는 모티프를 광범위하게 사용하지는 않지만 낡거나 거의 버려진 시골집들의 황량함을 강조하는 묘사적 장치로 자주 등장시킨다. 저녁 무렵 가스등은 그가 도시를 환기하는 데 필수적이다. 대개 그의 서사는 영화처럼 어떤 장소를 살피는 것으로 시작하는데, 이는 일상

의 이상함을 강조한다. 예를 들어 장례식이 연상되는 차갑고 획일적인 불빛 없는 서부 교외에서는 사건이 시작되는 작은 펍에 켜진 불빛만이 생기를 더하는 식이다.[11]

도시의 다양성과 범위는 아서 코넌 도일이 쓴 인기 탐정 소설의 핵심 주제이며 불 켜진 창문은 줄거리 전개에 중요한 역할을 할 때가 많다. 코넌 도일의 런던 이야기에서 전체 분위기는 안개와 황혼, 가로등과 불 켜진 창문, 도심의 교외 주택지 또는 도시가 흐릿해지고 템스밸리 저지대 들판이 시작되는 그 교외 주택지 끄트머리에 자리한 고급 주택들에 숨겨진 미스터리에 의존한다(코넌 도일의 소설에서 가장 기묘하고 강력한 이야기 방식은 탐정 홈스가 사실 이 거대한 대도시 런던에 숨겨진 거의 모든 측면을 알고 이해하는 유일한 사람이라는 사실이 반복적으로 암시된다는 것이다. 그리고 베이커 스트리트에 있는 그의 방에 보관된 노트와 색인은 어떤 지식인도 이해하기 힘든, 한 도시의 너무도 방대하고 비밀스러운 방식이 기록된 거의 초자연적인 안내서다).

불 켜진 창문 자체는 여러 홈스 이야기에서 플롯 장치로 등장한다. 커튼이 열린 불 켜진 방을 관찰한다거나 가스등과 닫힌 블라인드 사이에서 움직이는 그림자 같은 것이다. 그리고 이 움직이는 형체는 결국 왓슨을 베이커 스트리트 하숙방으로, '보헤미아왕국 스캔들'이라는 모험으로 이끈다.

1888년 3월 20일 밤, 나는 왕진을 다녀오는 길에(그때 나는 다시 개업의로 돌아간 상태였다) 베이커 스트리트를 지났다. …… 그의 방에는 환하게 불이 켜져 있었고 키가 크고 체격이 다부진 그의 실루엣이 블라인드 너머에서 두 번 지나갔다. 그는 머리를 가슴 쪽으로 깊이 숙이고 두 손을 뒤로 깍지 긴 채 빠르게 방 안을 서성이고 있었다.[12]

이것은 외국 왕족과 관련된 협박과 음모 이야기다. 홈스가 마침내 협상 문서가 숨겨진 곳을 발견하는 이 사건은 왓슨이 조용한 교외 주택가에서 불 켜진 응접실 창을 관찰하며 시작된다.

홈스가 젊은 여성을 교묘한 살인 계략으로부터 구하는 「얼룩 끈의 비밀」에서 홈스와 왓슨은 런던 변두리를 떠나 한 마을로 간다. 그들은 마을 여관 창가에서 보초를 서며 불이 켜지고 꺼질 때 스토크 모란 저택에서 일어나는 불길한 사건들을 일련의 액자 속 삽화처럼 관찰한다.

홈스는 의심스러운 양아버지를 함정에 빠뜨리고자 범인의 다음 표적인 여성에게 빈방에 불을 밝히라고 지시한다.

양아버지가 돌아오면 머리가 아프다는 핑계로 방에만 있으시오. 그가 방으로 자러 들어가는 소리가 들리면 창의 덧문을 열고 걸쇠를 풀고 램프를 올려놓고 우리에게 신호를 보내시오. 그다음에는 조용히 예전에 쓰던 방으로 가시오.[13]

그후 일어나는 일은 홈스 시리즈에서 거의 전형적인 진행 방식이라고 할 수 있는데, 당시 시간과 공간 배경을 분명히 보여준다. 홈스와 왓슨은 경계 태세를 갖추고 금방이라도 끼어들 준비를 하고 기다린다. 안개 속에 어둠이 깔리고 집 안 불빛이 움직인다. 아무 일도 아닌 듯하지만 곧 살인이 벌어질 것이다.

이륜마차가 계속 달렸고 몇 분 후 우리는 거실에 램프가 켜지면서 나무 사이로 갑자기 빛이 튀어나오는 것을 보았다…… 9시쯤 나무 사이 불빛은 사라졌고 저택 사방이 캄캄해졌다.[14]

그래서 그들은 저택으로 다가가 살인자를 체포할 수 있을 때까지 어둠 속에서 기다린다.

모든 홈스 이야기에서 가장 강렬한 불 켜진 창문은 홈스가 충성스러운 친구 왓슨과 치명적인 적들에게 죽음을 위장한 후 런던으로 돌아오는 이야기에서 중심을 차지하는 바로 그 창문일 것이다. 홀로 은신하면서 조심스럽게 움직이는 홈스는 어느 요원의 완벽한 살인으로 큰 충격을 받는다. 어느 밤, 한 젊은이가 열린 창문 사이로 총에 맞았지만 아무도 그 소리를 듣지 못했고 뚜렷한 이유도 알 수 없었다. 홈스는 멋진 전략으로 암살자를 함정에 빠뜨린다. 먼저 그는 왓슨을 베이커 스트리트에 있는 옛 하숙집 맞은편, 다 허물어져가는 빈집으로 데려간다.

홈스는 차갑고 여윈 손가락으로 내 손목을 잡고 긴 복도를 걸어갔다. 문 너머로 희미하게 작은 창문이 보이자 홈스가 갑자기 오른쪽으로 돌았다. 우리는 크고 네모난 텅 빈 방에 와 있었다. 방구석에는 짙은 그림자가 드리워 있었지만 가운데는 저멀리 거리의 불빛이 희미하게 비쳤다. 근처에 램프도 없고 창문에는 먼지가 가득해서 그 방 안의 우리는 서로의 형체만 겨우 알아볼 수 있을 뿐이었다. 홈스가 내 어깨에 한 손을 얹고 귀에 대고 속삭였다.

"여기가 어딘지 알겠나?"

"당연히 베이커 스트리트지." 내가 희미한 창밖을 응시하며 대답했다.

"맞아. 우리는 지금 우리 옛 하숙집 맞은편에 있는 캠던 저택에 있다네…… 수고스럽겠지만 왓슨, 보이지 않도록 조심하면서 창문에 좀더 가까이 다가가 우리의 옛 방을 올려다보겠나? 이 작은 모험의 출발점이라네."[15]

홈스는 하숙집에 자신의 모형을 만들어두었다(팔걸이의자에 앉은 홈스 인형은 그가 거의 죽을 뻔했던 알프스 여행에서 가져온 밀랍 흉상이었다).

나는 살금살금 앞으로 다가가 맞은편 저택의 낯익은 창문을 바라보았다. 그곳에 시선이 머무는 순간 놀라서 비명을 지르며 숨을 헐떡거렸다. 블라인드가 내려져 있고 환한 불이 밝혀져 있었다. 방 안 의자에 앉아 있는 남자의 그림자가 밝은 창문에 뚜렷한 검은 윤곽을 드리웠다. 머리 위치, 다부진 어깨, 날카로운 이목구비. 얼굴은 반쯤 돌렸다. 나의 조부모님들이 액자에 넣기를 좋아했던 검은 실루엣이었다. 홈스를 본떠 만든 완벽한 모형이었다. 나는 너무 놀라서 홈스가 정말로 내 옆에 서 있는 게 맞는지 확인하려고 손을 뻗었다.[16]

홈스의 전략이 늘 성공으로 이어지듯, 불 켜진 블라인드 너머 홈스 인형도 결국 암살자를 함정에 빠뜨리고, 홈스와 왓슨이 어둠 속에서 기다리는 빈방으로 그를 끌어들인다. 그들은 블라인드에 비친 그림자를 향해 소음총을 쏘려는 남자를 붙잡는다. 범인은 홈스가 '런던에서 두번째로 위험한 남자'라고 평가할 만큼 그의 비밀 색인에서 매우 높은 순위를 차지하는 인물이다. 홈스 이야기에서 흔히 볼 수 있듯 이 줄거리는 반복되는 주제의 기발한 변형이다. 홈스는 적의 다음 행동을 예측하고 적이 범죄를 저지르는 순간에 잡을 기회를 만든다. 세상에 공개되지 않은, 전지적인 런던 안내서에 포함된 지식, 그 도시의 사실적이고 비밀스러운 본질을 담은 홈스의 색인은 항상 승리한다. 하지만 홈스 이야기에서 독자들의 마음에 가장 오래 남는 것은 런던의 희미한 가스등 불빛과 황혼, 거리의 날씨인 듯하다. 로버트 루이스 스티븐슨이 런던을 배경으로 쓴 소설 중 특히『뉴 아라비안 나이트New Arabian Nights』와 위어드 픽션*의 선구자 올리버 어니언스의 작품도 거의 그렇다고 할 수 있다. 어니언스의 에드워드시대 소설은 대부분 저녁 무렵 런던을 탐구하는 것으로 시작된다. 이를테면 불길한 느낌을 풍기는 중편『베코닝 페어 원The Beckoning Fair One』에서는 황폐한 조지왕조풍 집이 나오고 그 집에 사는 무언가가 주인공을 파멸로 끌어내린다.

이런 소설들 속 런던, 즉 안개와 비, 젖은 포장길에 반짝이는 가로등 불빛은 국외 거주자들, 자신이 없는 동안 런던이 변했다고 생각하고 싶지 않은 오랜 망명자들이 런던을 기억하는 방식이었던 듯하다. 패트릭 리 퍼머는 제1차세계대전 이후에도

---

* weird fiction, 19세기 말~20세기 초에 성행한 하위 장르로 호러, 판타지, 공상과학이 혼합된 소설.

블라인드에 비친
가짜 셜록 홈스의 그림자.
시드니 패짓, 『스트랜드
매거진』, 1903년 10월.

런던의 메이페어를 그렇게 기억했다. 그가 1938년 10월에 루마
니아 왕족인 칸타쿠제노스 가문 친구들과 몰다비아 외딴 시골집
에서 머물 때 쓴 편지다.

　얼마 전 해처즈 서점에서 보내온 큰 책 꾸러미를 받았는
데…… 가을 저녁 비가 내리는 피커딜리의 불빛이 생각났

다. 공원을 가로질러 굉음을 내는 바람. 해처즈의 내닫이창에 진열된 책들을 엿보는 나.

제1차세계대전이 끝났을 때 런던의 본질에 일어난 중요한 변화는 여성 작가와 화가들이 저녁과 밤에 자유로이 다닐 수 있는 자유를 얻은 것이었다. 실비아 타운센드 워너는 본가를 떠난 후 음악학자로 버는 그리 많지 않은 돈으로 살았고 밤마다 자유롭게 도시를 돌아다니면서 주변을 관찰하기를 즐겼다.

오, 싸구려 호텔 지하실에서 설거지하는 소리와 울적함으로 가득한 길고 답답한 여름밤이여![17]

1920년경, 런던의 밤에 대한 가장 유명하고 사려 깊은 탐색은 방금 말한 워너와 버지니아 울프 같은 여성들의 펜 끝에서 나왔다. 울프의 소설과 에세이에 나오는 불 켜진 창문들은 런던 거리와 불빛에 대한 가장 예리하고 지속적인 관찰 중 하나라고 할 수 있다. 울프가 환기하는 런던 중심부의 불 켜진 창문 이면에 존재하는 대위법적 삶은 이 도시를 보고 이해하는 새로운 방법을 정의했다. 제2차세계대전 당시 런던을 특히 모호한 특징과 등화관제의 시학까지 가장 강렬하게 묘사한 것은 워너의 글이다. 그녀는 이 도시가 집도 없고 빛도 없는 들판으로 돌아가고자 한다고 느낀다.

지금 런던의 가장 좋은 점은 등화관제다. 마치 시골인 것처럼 이 도시가 조용히 스스로를 어둠 속에 버리는 모습은 정말 감동적이다. 해가 순순히 저물고 창의 덧문이 완전히 닫히고 행인들은 서둘러 집으로 돌아가고 여기저기에서 중세의 수수한 작은 등불을 꺼내 지하철 입구 문턱에 놓는다. 어둠이 내리고 마치 밤이 빗질이라도 한 듯 소음이 한 덩어리에서 개별적인 소리로 솎아진다.[18]

어둠 속 불 켜진 창문에 대한 탐색에서 가장 이상한 측면은 좀더 이전 시대에 불 켜진 창문을 다룬 여성 화가와 작가들이 부재한다는 점이다. 19세기 초 드레스덴처럼 여성들이 문화생활에 풍부하게 이바지했을 때에도 밖에서 본 불 켜진 집이나 아파트를 표현한 경우는 찾아볼 수 없다. 근대 이전 사회에서 여성의 자유로운 이동이 제한되었기 때문만은 아니다. 드레스덴에서 여성 예술가들은 자유와 자율성을 누린 것으로 보인다. 특히 예나와 드레스덴, 바이마르 문화계의 주요 인사였던 화가이자 작가, 루이제 자이들러가 그러했다. 1811년에 게오르크 프리드리히 케르스팅이 열린 창문 옆에서 작업하는 그녀를 그림에 담기도 했다. 하지만 밤의 집과 도시가 자주 소재로 활용된 환경이었는데도 그녀가 그린 밤 풍경은 하나도 없다. 마찬가지로 프랑스에서는 마르탱 드롤랭과 그의 딸 루이즈아데온 드롤랭이 작업중인 여성 예술가들을 그리기는 했지만 그들은 항상 창문 너머에 있거나 낮에 도시 전망을 바라보는 모습이었으며 완벽한 추적을 위해 창유리를 광원으로 사용했다.[19]

이 모든 것은 20세기에 들어 변화를 겪는다. 이저벨 코드링턴Isabel Codrington의 그림 「저녁」은 워너의 글과 비슷한 자율적인 도시 생활을 보여준다. 장소는 부엌이지만 창밖 푸른 황혼과 불 켜진 창문들로 미루어 분명 아름다울 것으로 판단되는 도시 전망이 엿보인다. 경력 초기의 화가가 소박하지만 분명히 독립적으로 살아가는 다락방 부엌이다. 이 그림에서 가장 인상적인 특징은 부드러움, 즉 삶에서 직업이 주는 성취감과 기쁨을 조용히 축하하는 분위기이리라. 영국 전통 빵인 코티지 로프와 석간신문이 놓인 평범한 테이블이 애정을 가득 담아서 표현되었다. 테이블에 차려진 음식은 한 사람분이다. 화가는 평범한 차(그리고 빵과 버터, 통조림 과일, 비스킷)에서 잠시 손을 떼고 찻주전자와 접시를 테이블에 그대로 둔 채 이 순간을 기록하고자 한다. 이전 세대 여성에게는 분명 훨씬 어려웠을 이런 삶을. 그녀는 짝이 맞지 않는 소박한 중고 의자뿐만 아니라 창턱에 놓인 장미 화분처럼 아름답고 사치스러운 순간도 애정을 담아 표현한다. 창밖으로 푸르스름한 황혼과 불 켜진 창문들이 보이는 겨울 풍경 또한 마찬가지다. 저멀리 창 불빛과 창가 찬장에 놓인 냄비에 반사된 램프 불빛이 균형 잡히고 아름답게 처리되었다. 이 그림도 안에서 밖으로 향하는 풍경이지만 방은 여성 화가만의 공간이고 그녀는 바깥 도시를 자유롭게 다닐 수 있다.

조앤 어들리Joan Eardley는 제2차세계대전 이후 도시에서 생활했다. 그녀의 작업실은 사람은 많지만 쇠퇴하던 글래스고 중심부 공습지와 석조 공동주택 사이에 있었다. 그녀는 거리에서 노는 아이들, 전쟁 후 수년 동안 산산이 조각난 도시 풍경과 같은 주변을 그렸다. 전쟁으로 큰 트라우마가 생겼지만 가난한 도시를 불편해하지 않는 미술학교 친구가 가끔은 함께하기도 했다. 하지만 대개는 혼자 산책하고 그림을 그렸다. 공동주택과 거리 아이들을 그린 그림은 그녀만의 특색이 너무 강한데다 주제

런던을 바라보는 화가의 부엌.
이저벨 코드링턴, 「저녁」, 1925.

자체도 당시에는 잘 팔리지 않는 것이었다. 하지만 그라피티 가 득한 벽 앞에 서 있는 아이들의 얼굴은 전쟁 후 스코틀랜드 미술의 가장 대표적인 이미지가 되었다. 옛 킨카딘셔주 캐터라인 마을 절벽 꼭대기와 폭풍을 폭력적이고 완전히 추상적으로 표현한 그림도 그렇다. 그녀의 시골과 도시 그림은 워낙 유명해져서(세상을 떠난 후에 엄청난 성공을 거두었다) 그녀만의 독특한 표현법(후기 풍경화에서 두껍게 칠한 물감에 오브제를 끼워넣고 몇몇 파스텔화는 거친 사포 면에 그렸다)과 주제의 삭막함이 주는 강렬함도 시간이 지남에 따라 약해졌다.

어들리의 「글래스고 공동주택, 푸른 하늘」을 처음 보는 순간 가장 강렬한 것은 물감을 이용해 거칠고 튼튼한 석조물의 특징, 손상 및 수리 흔적, 떨어져나가서 부분적으로 초벽질한 외벽을 보여주는 탁월한 기술이다. 고요한 코발트색 하늘은 해가 진 이후임을 말해준다. 이 코발트색은 하늘의 맑은 고요함과 흉터 가득한 건물 질감 사이에 의도된 불협화음을 만들기도 한다. 하지만 건물이 위엄 있어 보이게 하는 효과도 있다. 허물어져가면서도 간직하고 있는 특별함을 강조한다. 석조물의 볼륨감, 중앙의 거대한 굴뚝, 건물 계단에서 뒤쪽 열린 공간(분명 폭격을 받았을 것이다)으로 이어지는 높고 우아한 문. 빨래를 너는 잔디밭이 있는 공동주택은 많지 않았을 것이다. 한마디로 우아한 하늘은 공동주택과 과거 스코틀랜드 성곽 건축의 유사점을 끌어내는 역할을 한다. 왼쪽으로 가로등과 자동차 헤드라이트를 나타내는 부분이 희미하지만 정교하게 처리되었다. 길 건너에는 또다른 공동주택이 있는데 저녁이라 흐릿하고 그렇게 대단치 않아 보인다. 빨랫줄에 널린 옷들의 밝은 색깔이 눈에 확 띈다. 늦은 시

전후 글래스고의 장엄함과 황량함.
조앤 어들리, 「글래스고 공동주택, 푸른 하늘」, 1950~55.

간에 문으로 들어가는 아이의 파란 원피스도 그렇다. 눈이 그림에 적응된 후에야 커튼이 쳐지거나 쳐지지 않은 창문들의 아주 희미한 불빛이 보이기 시작한다. 하얀 블라인드나 커튼이 달린 창문 또는 그냥 유리만 있는 창문들은 대부분 불이 켜지지 않았고 하루의 마지막 햇살을 받고 있다. 오른쪽의 그을린 듯한 검은색 건물의 블라인드 쳐진 몇몇 창문에는 희미하게 불이 켜져 있다. 맨 꼭대기 층에는 갈색 블라인드 뒤로 연하게 칠한 램프 불빛이 보인다. 스코틀랜드에서는 무거운 목재 덧문을 널리 사용해서 건물들이 저녁에 유난히 어두워 보일 수 있다. 어들리가 황폐하고 불안한 글래스고 중심부에서 그린 많은 그림 중 하나인 이 작품을 통해 폭격으로 쇠퇴한 도시를 자유롭게 돌아다니고 그릴 수 있었음을 확인할 수 있다.

글래스고는 다른 영국 도시들과 다르다. 가장 근접한 비교 대상은 함부르크나 보스턴일 것이다. 이 도시들에서는 잘 설계된 공동주택 건물 웨스트엔드 거리의 시각 효과라든가 강과 부두가 가까운 듯한 느낌을 포착할 수 있다. 하지만 글래스고는 모더니즘을 가장 진심으로 받아들인 유럽 도시 가운데 하나다. 현대미술에 대한 대규모 후원뿐만 아니라(어들리를 글래스고 중심부로 오게 한 미술학교도 그렇게 발전할 수 있었다) 기술 옹호, 자신들이 번영시킨 도시에서 계속 살고자 한 주요 기술자, 조선업자, 상인 들의 의지가 그러했다.

이러한 요소들은 완전히 독특한 도시 풍경을 만들었다. 폭격당한 중심부(현재는 모두 재건되었지만 고속도로로 난도질되어 형편없어졌다)뿐만 아니라 서쪽의 오래된 교외, 강 위 언덕이 모두 그렇다. 크고 튼튼한 세기말 아파트 건물로 이루어진 단조로운 구역들, 홈이 팬 채 쌓인 노란색 마름돌, 가공하지 않은 붉은 데코 사암, 가드너 스트리트를 따라 강가, 부두와 커다란 두루미가 있었던 곳까지 펼쳐지는 놀랍고 가파른 풍경. 언덕 꼭대기를 따라 이어지는 길에는 정원수가 가득하고 내리막길에서 자라는 빽빽한 나무가 배 주인들의 저택을 길에서 잘 보이지 않게 가려준다. 나뭇가지들 사이에서 지붕 위로 보이는 추운 겨울날 들쑥날쑥한 일몰이 항구의 삭막하고 기하학적인 철제 구조 위로 빠르게 지나간다. 대부분 19세기 중반, 세련된 최신식 고전주의 스타일로 꾸민 멋지고 아름다운 집들은 계곡이 내려다보이는 최고의 전망을 위해 언덕 경사면에 신중하게 자리잡았다. 지난 세기에는 해질 무렵이면 램프가 켜진 응접실과 벽난로 위에 걸린 파란색과 진홍색 후기인상주의 풍경화가 언뜻 보였을 것이다. 프리즘 색상으로 변한 갤러웨이나 웨스턴아일스를 그린 그림들. 그리고 밖으로는 드문드문 들어선 대저택들에서 나오는 충분한 불빛과 전경 정원에 어둠의 공백이 보일 것이다. 비탈길을 좀더 내려가면 보다 작은 집들의 촘촘한 불빛 패턴과 언덕 아래 공동주택의 불 켜진 창문들이 격자판처럼 나타난다. 그다음에는 오렌지색 가로등이 나온다. 과거에는 아크등 불빛이 강렬하게 빛나고 강에서는 안개가 반짝였을 것이다. 이런 글래스고와 비슷한 도시 풍경은 나무가 늘어선 거리의 고급 저택들, 언덕 아래 항만구역과 거대한 컨테이너 선박들이 있는 함부르크의 엘베하우제뿐이다. 항상 눈에 보이는 곳에 있는 부의 원천이다.

19세기 유럽 도시의 고전적인 묘사는 더 크고 위엄 있는 런던보다 새롭게 성장하는 글래스고와 맨체스터에 훨씬 정확하게 들어맞는다. 샤를 보들레르가 묘사한 도시에서는 석탄 연기 섞인 짙은 안개, 부분적으로만 보이는 별, 안개 때문에 흐릿한 달, 창가의 밝은 램프처럼 자연적인 것과 인공적인 것의 조합이 드러난다.

안개 사이로 보면 즐겁다
파란 하늘에 빛나는 별, 창가의 램프,
하늘로 피어오르는 석탄 연기,
달은 창백한 매혹을 쏟아낸다.[20]

피에르 아돌프 발레트Pierre Adolphe Valette의 그림에서 볼수 있듯 산업 도시는 그 자체의 미학을 지닌다. 19세기의 짙은 안개는 그의 작품의 본질이다. 그의 그림에서 안개는 조명을 정의할 뿐만 아니라 구성의 평면화라는 특징에 어느 정도 기여하는데 이는 유럽 화가들이 동경한 일본 판화의 아득한 기억이다. 발레트의 그림은 맨체스터 중심 거리를 기반으로 하는데, 관찰자 시점이 한결같이 낮은 지점에 자리함으로써 거대한 격자 같은 불 켜진 창문들이 있는 산업 시설의 절벽을 강조하고 같은 장소를 그린 과거 그림에서 하늘이 들어갔을 공간을 채운다. 아마도 이런 그림에서 불 켜진 창문들의 핵심은 그 볼륨감과 색이나 배치의 개별성 부재일 것이다. 완전한 도시 회화, 도시 중심 산업 회화이다. 아이러니하게도 이런 그림은 불 켜진 공장에 대한 표면적인 인식과 매우 유사한 효과를 낳는다. 바로 불 켜진 궁전이다. 찰스 디킨스는 그런 효과가 실용주의적인 가혹함에 대해 한순간도 생각하지 않은 채 기차를 타고 북부 도시들을 지나치는 사람들 때문이라고 했다.

> 불이 켜졌을 때 요정의 궁전처럼 보였던—적어도 급행열차를 탄 여행자들은 그렇게 말했다—거대한 공장의 불빛이 모두 사라졌다.[21]

발레트의 그림은 20세기로 이어진 다른 영국 산업 도시들을 그린 화파와는 단절된다. 그림쇼는 주로 잉글랜드 리즈 서쪽 교외, 즉 공장이 즐비한 교외를 낭만화한 작품을 그렸다. 공장 불꽃은 머나먼 빛으로, 연기는 그 시대의 부자연스러운 하늘 색

거대한 절벽 같은 불 켜진 창문들.
피에르 아돌프 발레트, 「맨체스터의 요크 스트리트」, 1913.

깔의 일부로만 보일 뿐이다. 발레트는 실제로 글래스고와 리버풀의 부두를 그렸다. 배 삭구의 모호한 복잡성 또는 젖은 자갈에 비친 가스등의 완벽한 예였다. 한번은 빅토리아시대 건물들이 들어선 엄숙한 거리인 리즈의 헤드로를 그리기도 했지만 그 도시를 세운 공장들은 눈에 띄지 않았다. 글래스고의 화가들도 비슷하다. 집 내부 그림과 정물화가 많고 도시 자체를 그리지 않는 경향이 있기는 했지만 그 대신 파이프나 갤러웨이의 해안 도시들, 클라이드 북쪽 연안 산이나 앞바다 섬들을 선택했다. 글래스고파는 안개 낀 풍경을 인상적으로 표현하기도 했는데 그 배경은 한결같이 시골이다.[22] 산업 도시를 뒤덮은 안개와 연기의 실상에 대한 시각적 어휘를 발견한 것은 발레트의 업적이다. 그가 사망하고 10년이 지나서야 조앤 어들리가 글래스고 중심부로 관심을 돌렸다.

•

보들레르가 묘사한 "창가의 램프"는 조용하고 시적인 런던을 그린 조지 클라우슨의 「램프 옆에서의 독서―황혼(내부)」에서 실현된다. 한 여성이 낮은 탁자를 비추는 파라핀 램프의 동그란 불빛 쪽으로 몸을 기대고 완전히 집중하며 책을 읽고 있다. 어느 모로 보나 그녀의 집이 분명해 보이는 편안한 거실이다. 어둑한 방과 램프 불빛, 온전히 집중한 독자의 모습을 보면 그보다 거의 한 세기 전에 게오르크 케르스팅이 그린 「램프 옆에서 책 읽는 남자」의 몰입에서 비롯한 고요함이 떠오른다. 계절은 늦은 봄이나 초여름인 듯하다. 창문에는 벌써 흰색 여름 커튼이 달렸고 테이블 위 유리잔에 라일락 몇 송이가 꽂혀 있다. 창문 너머로 도시의 황혼이 푸르스름하게 빛난다. 이 그림은 버지니아 울프가 쓴 소설 속 주인공들의 세계와 무척 가깝다. 그림에서 빛과 에너지가 존재하는 두 영역인 램프(벽면에 장식된 윤이 나는 접시를 비추어 위성처럼 보이게 한다)와 창문 너머 뚜렷한 황혼은 모두 개인의 자율성과 도시로 나갈 가능성을 암시한다.

◆

1930년에 쓴 산문집 『런던 거리 헤매기』에서 버지니아 울프가 바로 그렇게 한다. 이 책에서 그녀는 장소와 시간, 계절에 대해서만 길게 이야기한다. 그녀의 소설 속 인물들이 지나치면서 관찰하는 도시에 대한 확장적이고 명상적인 탐구라고 할 수 있다. 이 반자전적 작품 전체에는 20세기 런던의 저녁이 담겨 있다. 너무 정확하고 지속적인 울프의 글은 장소에 대한 글쓰기의 고전이 되었고, 또한 설명된 장소에 무형의 기여를 할 정도로 정확한 경험의 표기법이다. 블룸즈버리에서 스트랜드까지 남쪽으로 향하는 겨울 저녁 산책은 같은 구역을 걷는 모든 독자의 산책을 그림자처럼 따라간다. 광장 정원에서 그녀는 어두운 시골을 떠올린다. 있는 그대로의 정확한 사실이기도 하지만 런던은 시골에 대한 (아마도 양식화된) 갈망도 어느 정도 담고 있는 도시라는 느낌을 준다.

그럴 때 런던의 거리는 얼마나 아름다운가! 섬처럼 놓인 불빛과 길게 이어지는 어둑한 나무들. 한쪽으로 나무가 군데

가리지 않은 창문 옆의 램프.
조지 클라우슨, 「램프 옆에서의 독서-황혼(내부)」, 1909년경.

군데 심긴, 잔디 깔린 공간이 있어서 그곳에서 밤이 몸을 웅크리고 자연스럽게 잠이 들 것이다. 철제 난간을 지나갈 때는 주변에 고요한 들판이 펼쳐져 있기라도 한 듯 이파리 가 흔들리고 나뭇가지가 타닥거리는 소리가 들린다. 부엉 이 소리와 저멀리 덜커덩거리며 계곡 위를 지나는 기차 소 리도 들릴 것만 같다.[23]

울프는 런던 거리를 걸으면서 그곳에 혼합된 점유율도 정확하게 포착한다. 상점과 가정집 창문의 불빛 패턴이 광장의 웅덩이 같은 어둠과 번갈아 나타난다.

하지만 문득 깨닫는다. 여기는 런던이다. 저 높이 앙상한 나뭇가지 사이에 걸린 불그스름한 노란빛은 창문이다. 낮 게 뜬 별들처럼 한결같이 밝게 빛나는 점들은 전등불이다. 시골의 분위기와 평온함을 간직한 이 빈터는 주택과 사무 실로 둘러싸인 런던광장일 뿐이다. 이 늦은 시간에도 건물 안에서는 불빛이 지도와 서류, 책상을 비추고 책상에는 사 무원들이 앉아 집게손가락에 침을 묻혀가며 끝도 없는 서 신을 넘기고 있을지도 모른다. 아니면 벽난로 불빛이 흔들 리며 퍼지고 전등불이 내밀한 응접실 공간을 비출 수도 있 다. 안락의자와 신문, 도자기 그릇, 무늬가 새겨진 탁자, 찻 잎을 스푼으로 정확하게 계량하는 여인을 비춘다. 누군가 자신을 찾아와 아래층에서 초인종을 울리는 게 아닌가 하 듯이 여인이 문 쪽을 바라본다.[24]

또한 울프는 상점의 창문을 그 자체의 현상으로, 래빌리어스의 작품 주제로, 런던을 배경으로 쓴 체스터턴의 소설에서 나타나는 중요한 구조로 예리하게 관찰한다.

조금만 더 미적거리며 오직 표면에만 만족하도록 하자. 누리끼리한 옆구리살과 불그죽죽한 스테이크가 걸린 정육점의 육욕적인 광채, 꽃집 창문의 유리창 안에서 불타듯 화려하게 빛나는 푸르고 붉은 꽃다발들.[25]

집으로 돌아가기 위해 북쪽으로 걸으면서 울프가 마지막으로 관찰하는 것은 불 켜진 창문들의 패턴이 겨울 저녁에 얼마나 민감하게 반응하는지다. 이는 인파가 도심에서 빠져나가는 것과 비슷하다.

몇 분 만에…… 거리는 완전히 텅 비었다. 삶의 정경은 위층으로 물러나고 그곳에 램프가 켜졌다. 보도는 건조하고 딱딱하고 도로는 망치로 두드려서 편 은처럼 반짝였다.[26]

이 산문집의 유일한 주제로 표현되는 런던의 저녁에 대한 울프의 인식은 그녀의 소설『밤과 낮』에서도 활발하게 전개된다. 이 소설은 불 켜진 창문이라는 주제를 계속해서 우아하게 변주하다가 런던의 저녁으로 끝을 맺는다. 캐서린 힐버리와 랠프 데넘이 서로에 대한 사랑을 깨달으면서 갈등은 해소되는데, 그 과정에서 창문과 황혼이 계속 등장한다. 랠프가 캐서린의 집밖에서 여러 날을 서성거린 후[27], 갑자기 창문이 열리고 집 안으로 초대되면서 이 희극의 마지막 막이 오른다. 그후 약간 수그러든 캐서린이 랠프를 만나기 위해 그의 사무실이 있는 링컨즈 인 필즈 광장으로 찾아간다.

사무실 창가에 커다란 가스 샹들리에가 켜져 있었다. 그녀는 기다란 창문 세 개가 달린 앞쪽 방, 서류 더미가 놓인 커다란 테이블 중 하나에 그가 앉아 있을 것이라고 생각했다. 그의 위치를 확정한 그녀는 거리를 왔다갔다하기 시작했다.[28]

캐서린은 랠프를 기다리면서 방황하는 동안 거리의 '햇빛과 램프 불빛의 조합'에 매료되지만 그가 빨리 보고 싶다.

그녀는 서둘러 링컨즈 인 필즈로 방향을 바꾸었다. 목적지를 알려줄 불 켜진 기다란 창문 세 개를 찾으려 했지만 허사였다. 어느덧 날이 더욱 어두워져서 집들의 앞면이 서로 구분되지 않았다.[29]

이때 너그러운 친구 메리 대칫이 나서서 캐서린을 도와주려고 하지만 이날 저녁은 방해물이 가득하다. 결국 캐서린의 집으로 함께 돌아간 그들이 그곳에서 기다리는 랠프를 발견하면서 이야기는 결말로 넘어간다. 마지막 장에서 캐서린과 랠프는 함께 시내로 나간다. 이제 캐서린의 집은 그에게 활짝 열려 있지만 집밖 거리는 두 사람에게는 여전히, 그가 어둠 속에서 서성이며 그녀를 기다렸던 기억이 서린 곳이다.

그들은 몸을 돌려 창문이 금빛 테를 두른 고요한 집 앞쪽을 바라보았다. 그에게는 사랑의 성지였다…… 어쩌다 두 사람은 전등불이 많고 모퉁이가 환하게 빛나고 양쪽으로 합승 자동차가 계속 달리는 이 거리를 함께 걷게 되었을까.[30]

함께 걷던 그들은 메리 대칫의 집이 있는 거리에 이른다. 랠프가 잠시 그녀에게 감사 인사를 하고 오겠다고 말하고 캐서린은 밖에서 불빛을 보며 기다린다.

그가 가고 캐서린은 제자리에 서서 창문을 바라보았다. 곧 창문에서 움직이는 그림자가 나타날 줄 알았건만 아무것도 보이지 않았다. 블라인드에 아무런 그림자도 비치지 않았다. 불빛은 움직이지 않았지만 건너편 어두운 거리에 서 있는 그녀에게 신호를 보냈다. 그것은 이승에서 절대로 꺼지지 않고 영원히 빛날 승리의 신호였다.[31]

랠프가 돌아와 문을 두드릴 용기가 없었다고 말한다. 두 사람은 함께 서서 마음속으로 조용히 그들의 친구에게 고마움을 전한다.

그들은 조명이 비친 블라인드를 바라보며 잠시 서 있었다. 인간미 없는 물체이지만 창문 너머에 있는 여인의 평온함이 느껴졌다. 그 여인은 밤이 깊도록 계획을 세울 것이다. 그들은 영영 모를 세상을 위한 좋은 계획을.[32]

소설 마지막 구절에서 캐서린의 집 불빛은 두 사람을 축복하고 작별인사를 나누는 그들을 다정하게 감싼다. 이제는 밖에 서 있는 사람과 불 켜진 창문 너머에 있는 사람이 구분되지 않는다.

조용히 그들은 그 우호적인 장소를 살폈다. 그들이 올 줄 알아서인지, 아직 로드니가 커샌드라와 이야기를 나누고 있기 때문인지, 불이 켜져 있었다. 캐서린은 문을 반쯤 열고 문지방에 섰다. 빛은 고요하게 잠든 집의 깊은 어둠에 뿌려진 부드러운 황금 알갱이였다. 그들은 잠시 후에 손을 놓았다.[33]

이렇게 연속적인 밤의 풍경이 끝에 이르고 소설 마지막을 장식한다. 집이나 사무실의 불 켜진 창문은 이야기 진행에 일조했고 때로는 창문 너머에 사는 사람이나 그곳에서 일하는 사람을 대신하기도 했다. 연인들은 황금색으로 빛나는 문가에 함께 서 있다. 빛이 거리로 쏟아진다. 빛이 안과 밖에 모두 있다.

『런던 거리 헤매기』에는 골동 장신구를 파는 가게에서 출발하는 환상이 등장한다. 여름밤이 새벽을 향해 나아갈 때 울프 자신이 고급 주택과 상점이 모여 있는 런던 메이페어에서 고른 우아한 장신구를 착용하고 파티가 막 끝난 창가에 서 있는 상상이다.

이 시각에는 자동차만 지나다닐 뿐이라 공허하고 한적하고 고립된 흥겨움이 느껴진다. 진주 장식을 하고 실크 옷을 입

고 잠든 메이페어의 정원들이 내려다보이는 발코니로 나간
다. 궁정에서 돌아온 대귀족들과 긴 비단 양말을 신은 하인
들, 정치인들의 손을 꽉 쥐었던 미망인들의 침실에 켜진 불
빛이 보인다.[34]

이 부분은 모든 소설을 통틀어 런던의 밤이 가장 아름답
게 표현되며 마무리되는 울프의 1925년 작품 『댈러웨이 부인』의
세계를 다시 방문한 것이다. 『댈러웨이 부인』에서 울프는 런던
의 여름에 대한 신선하고 명확한 인식을 매우 노련한 장치를 통
해 전달한다. 오랜 외국 생활 후에 고향으로 돌아와 모든 것을 새
롭게 바라보는 사람의 시선이다. 피터 월시는 클라리사 댈러웨
이가 여는 파티에 참석하기 위해 나선다. 그는 묵고 있는 호텔에
서 저녁식사를 마치면서 전후 런던의 해질 무렵이 새로운 하루
의 시작과 같다고 말한다.

누군가는 런던의 하루가 막 시작되었다고 생각할 수도 있
다…… 하루가…… 먼지, 열기, 색깔, 잦아드는 차량, 느
릿느릿한 화물차를 이어 짤랑거리며 빠르게 달리는 자동차
들, 광장의 빽빽한 잎사귀 사이로 비치는 강렬한 햇살……
윌렛 씨의 위대한 서머타임 혁명은 피터 월시가 영국을 마
지막으로 방문한 이후의 일이어서 긴 저녁 시간은 피터 월
시에게 새로운 것이었다. 꽤 고무적이었다…… 광장의 나
뭇잎들이 마치 바닷물에 담그기라도 한 것처럼 시퍼렇게
빛났다. 그는 물에 잠긴 잎사귀 같은 도시의 아름다움에 놀
랐다.[35]

그는 파티가 열리는 웨스트민스터에 있는 댈러웨이 부부의 집을 향해 블룸즈버리에서 남쪽으로 걷기 시작한다. 그의 생각이 지인들의 죽음으로 향한다. 거의 무의식적으로 신문을 사서 크리켓 점수만 확인하고 버린다. 잠시 후 기억과 추측은 사라지고 그는 주변에 완전히 주의를 기울인다.

어쨌든 아름다움이다. 보는 사람에 따라 달라지는 조잡한 아름다움이 아니다. 순수하고 소박한 아름다움이 아니었다. 러셀광장으로 들어가는 베드퍼드플레이스. 물론 그것은 직선과 공허함이고 복도의 대칭이었다. 하지만 그것은 또한 불 켜진 창문, 피아노, 축음기 소리이기도 했다. 즐거움의 느낌은 숨겨져 있었지만 커튼 없는 창문을 통해 계속 다시 나타났다. 열린 창문 너머 테이블에 앉아 있는 사람들, 천천히 돌아다니는 젊은 사람들, 남녀 간의 대화, 하릴없이 밖을 내다보는 하녀들…… 맨 위 선반에 넣어둔 긴 양말, 앵무새, 식물들이 보였다. 흡인력 있고 불가사의하며 무한한 풍요가 있는 이 삶.[36]

이 작품에서 울프는 현대 도시의 복잡성을 인식한다. 삶과 감성, 직업에 대한 생각이 모두 한꺼번에 존재하는 가운데 눈으로 보고 인식하는 모든 것을 문장에 정확하게 떨어뜨려 열거함으로써 도시의 밤에 대한 대위법이 만들어진다.

후반부에서 이야기는 다시 클라리사 댈러웨이를 그림자처럼 따라다니며, 파티를 주최한 안주인으로서 그녀의 성공을 기록한다(이상하게도 그녀는 겨울바람에 커튼이 방 안쪽으로 펄럭이는 것을 보고 성공을 확신한다).

낙원의 새들이 날아다니는 커튼이 다시 바람에 펄럭였다. 클라리사는 랠프 라이언이 반격하며 계속 말하는 것을 보았다. 결국, 실패가 아니었다! 이제 괜찮을 것이다. 그녀의 파티는.[37]

파티가 최고조에 달한 늦은 저녁, 클라리사는 밖을 내다보기 위해 잠시 자리를 비운다. 이때 울프는 맞은편 집에서 조용히 잠자리에 들려는 이웃의 모습을 통해 다시 한번 도시 전체를 삶과 감각의 거대한 조화로 인식하는 대위법을 제공한다.

그녀는 창문 쪽으로 걸어가…… 커튼을 열고 밖을 보았다. 정말 놀라운 일이었다! 맞은편 방에서 노부인이 그녀를 똑바로 쳐다보았다! 맞은편 방의 노부인은…… 막 잠자리에 들려는 참이었다. 방에서 이리저리 움직이고 창가로 다가오는 모습이 매우 흥미로웠다. 노부인에게도 그녀가 보일까? 아직 응접실에서 사람들이 웃고 떠들고 있는데 조용히 혼자 잠자리에 들려는 그 노부인의 모습을 지켜보는 것은 흥미로운 일이었다. 노부인이 블라인드를 내렸다…… 그래! 불이 꺼졌다.[38]

◆

상황이 더 나빠지고 암울해진 10년 후, 피터 월시가 저녁에 걷던 런던 거리에서 그리 멀지 않은 런던 중심부 조지 왕조풍 거리와 광장에서 미스터리한 사건이 일어났다. 유령과 불 켜진 창문에 관한 이 이야기는 부조화에서 힘을 얻는다. 이야기 배경은 1930년대 런던 사교계 변두리로 클라리사 댈러웨이의 세계보다 10년 이상 지난 시점이다. 오스버트 시트웰은 친구들과 동시대 사람들에 대한 기억을 담은 자서전 『노블 에센스Noble Essences』에서 제2차세계대전 직전에 런던 사교계 인물들의 초상화를 다수 그린 화가 렉스 휘슬러Rex Whistler가 창문에서 본 초자연적인 환영, 즉 도플갱어에 대해 이야기한다. 어떤 면에서 휘슬러의 재능 자체도 유령과 같았다. 그의 거의 모든 작품이 역사주의 스타일로 이미 세상을 떠난 사람들을 흉내낸다는 점에서 그러했다. 휘슬러가 불 켜진 창문에 비친 환영을 본 것은 1930년대 후반, 어느 여름날 한밤중에 피츠로이 스트리트에서였다. 그는 늦게까지 일하고 피츠로이광장 우체통으로 갔다. 1층 아파트의 긴 창문에는 불이 켜진 채였다.

> 밤은 어두웠고 새벽 2시가 조금 지난 시각이었다. 거리 반대편을 따라 집에 거의 다다랐을 때 그는 저멀리 창문에서 자신의 것이 분명한 책상에 앉아 일하고 있는 남자를 보고 깜짝 놀랐다. 이 예상치 못한 침입은 그에게 혼란과 불안을 주었다. 그는 가만히 서서 지켜보았다. 순간 그 형체가 고개를 들고 그를 똑바로 쳐다보는 게 아닌가. 그 남자는 바로 그 자신이었다. 그가 충격으로 허우적거리는 사이 맞은편의 형체는 사라졌다.[39]

이 대단히 사적인 폭로와 재앙의 예언을 어떻게 받아들여야 할지 좀처럼 판단이 서지 않는다. 더욱이 제1, 2차세계대전 사이 오랜 기간 시골이나 다름없던 런던 웨스트엔드에서 지낸 다소 우울한 젊은 화가가 겪은 이야기니까 말이다. 전쟁 화가였던 휘슬러는 안전한 파견지를 찾는 것에 저항했고 실제로 전쟁터에서 사망했다. 그후 남은 20세기 동안 그의 명성은 거의 완전히 사라졌다. 미술사학자인 친구 앨런 파워스는 역시나 이미 1970년대 후반에 휘슬러의 작품에 대해 정보에 입각하여 사려 깊이 인식하고 있었다. 그는 휘슬러가 짧은 일생의 마지막 몇 년 동안 누린 높은 명성을 기억했고 최근 그의 작품이 어느 정도 부활한 것에 기대를 품고 있었다. 앨런과 함께 자주 산책하던 시절, 우리는 피츠로이 스트리트에 갈 때마다 휘슬러가 불 켜진 창문에서 본 도플갱어를 떠올렸다. 이후 그 유령의 의미가 바뀌어 그 거리는 우리가 태어난 세상을 만든 전쟁의 시작을 기억하게 하는 장소가 되었다.

앨런과 함께한 런던 저녁 산책은 정말 좋았고 많은 것을 배운 시간이었다. 우리는 그와 수재나의 아파트(나중에는 단독주택에서 살았다)에서 출발해 원을 그리면서 점점 멀어져 세인트팽크러스역 바로 남쪽까지 걸어가곤 했다. 가끔은 조용한 저녁 지하철을 타고 몇 정거장을 지나 새로운 출발점으로 이동할 때도 있었다. 위쪽 공원을 지나 세인트존스우드의 치장 벽토 집들 사이를 걸은 것은 한두 번뿐이었지만, 조지 클라우슨의 「세인트존스우드의 여름밤」은 우리가 했던 모든 산책의 분위기를 잘 표현해준다. 이 그림은 클라우슨이 20세기 초부터 런던 대공습 전까지 살았던 칼턴 힐 61번지, 그의 집 전면 유리창에서 바라본 풍경

"즐거운 느낌은 숨겨져 있어도 계속 다시 나타났다."
조지 클라우슨, 「세인트존스우드의 여름밤」.

이다. 짙은 여름 하늘을 배경으로 커다란 19세기 저택 두 채가 들어선 거리 앞부분이 보인다. 평화로운 느낌(20세기 후반까지만 해도 런던은 놀라울 정도로 조용했다)과 고요함, 안정적인 행복감이 어우러진다. 이런 분위기는 밝은 하늘에 막 떠오른 별들과 램프 불빛에 빛나는 커튼으로 표현되었다.

　　우리는 주로 블룸즈버리 주변을 걸었고 좀더 남쪽으로 코번트가든과 소호, 세븐다이얼스까지 갈 때도 많았다. 자주 스트랜드를 건너 템스강 둑길을 따라 앞으로 나아갔고 가끔 술 한

잔이나(앨런의 머릿속에 가득한 수많은 지도 중에는 예술수공예운동*의 영향을 받은 런던 펍 지도도 있었다) 식사를 위해 멈추기도 했지만 저녁 시간에 얼마나 많은 것을 볼 수 있는지 잘 알기에 절대로 미적거리지는 않았다. 우리는 법학원인 인스오브코트(당시에는 저녁에도 보행자에게 개방되었던 것으로 기억한다)를 통과하거나 어델피의 잔해까지 내려갔다. 철교 옆 그늘진 정원에 고립된 바로크 양식 수문이 있는 곳이었다.

내 기억으로 스피털필즈 주변을 걸은 적은 몇 번밖에 없는데(당시는 지금과 아주 다른 모습이었다) 한때 고급스러웠을 집들이 늘어선 거리 끄트머리에서 우는 듯 너덜너덜한 노을이 색색이 지는 어느 가을 일요일 오후의 산책은 내 기억에 매우 선명하게 남아 있다. 호크스무어가 설계한 여러 교회들에서 바깥쪽으로 동심원을 그리듯 나아가며 이스트엔드를 좀더 널찍하게 산책한 날들도 그렇다(이 글을 쓰는 것만으로 호크스무어 작품인 그리니치에 있는 세인트알페지교회 정면의 이상한 제단 장식이 떠오른다. 위에서 휘장이 드리우고 애도하는 표정의 천사들이 조각된 모습인데, 산책 마지막 경로에서 반대편 거리 상점들에 불이 켜졌던 어느 날 발견했다). (당시에는) 거의 사용되지 않거나 작은 공장 또는 사무실로 개조된 우아한 주택들이 있는 옛 거리에 우리는 매료되었다. 그곳에는 검게 그은 낡은 벽돌, 배수로에서 깃발처럼 자라는 식물, 좁은 길에 늘어선 높고 멋진 건물들이 있었다. 우리는 당시 폐허와 뒷골목의 장엄함을 담은 화가 제임스 프라이드James Pryde를 공통 관

---

* Arts and Crafts, 산업혁명의 부작용에 반발해 수공예로 돌아가고자 한 운동으로 19세기 후반과 20세기 초 건축과 장식 분야에서 일어났다.

심사로 두었던 탓에 앨런과 나는 거의 개인적인 도시 미학을 발전시켰다. 그을린 테리빌리타*를 자랑하는 호크스무어의 거대한 석조 첨탑 아래 거리에서 램프나 기다란 형광등 불빛에 멋진 방들이 언뜻 보이는 밤 풍경. 우리는 그 방들의 내부와 외부에 모두 매료되었다. 심지어 프라이드의 실내 장면 속 방과 같은 장식 패널이나 문 상부 장식, 벽난로 바로 윗부분을 그림으로 꾸민, 겉으로는 다 똑같아 보이는 방들이 어떤 가능성을 담고 있을지에 끌렸다. 앨런이 런던 거리 뒤에 숨겨진 것에 대해 많은 것을 알았고 『런던 답사The Survey of London』**에 나오는 설명을 다 기억하고 있었다는 사실은 지금도 놀랍기만 하다.

　　우리는 부처로에 있는 세인트캐서린재단의 마스터스 하우스에 그려진 그림을 감상하기로 계획을 세웠다. 『런던 답사』에서 읽은 바로는 해변과 망루, 전경과 지평선 사이 앞바다에 떠 있는 배가 섬세하게 그려진 풍경이라고 했다. 소호에도 계단에 이탈리아 하늘 아래의 배가 그려진 집이 있었다. 18세기에 방랑하던 화가라면 누구나 어렵지 않게 그릴 수 있는 수준이었다. 아주 오래전에 출간된 『런던 답사』에서 읽은 내용이라 전쟁중에 사라졌을 수도 있지만 배와 파란 바다가 그려진 런던의 방들은 특히 근처에 강이 있다는 사실 때문에 더더욱 유령 같은 느낌을 풍긴다. 앨런 역시 클레어빌그로브에 있는 집 다이닝룸의 네 벽에 고딕풍 폐허와 나무를 파노라마로 그리는 동안에도 이따금 우리는

---

* terribilitá, 예술작품에서 뿜어나오는 압도적인 위엄.
** 런던 건축물을 집대성한 시리즈로 1900년에 1권이 출간된 이후로 아직까지 진행중이다.

황혼 무렵,
블룸즈버리 그레이트
러셀 스트리트의
불 켜진 창문을
통해서 본 18세기
그림이 그려진 천장.

그림이 그려진 런던의 오래된 방들이, 렉스 휘슬러의 시대에 뒤떨어지는 독특한 미학에 어떤 역할을 했는지 궁금했다.

　비교적 최근이었던 어느 여름날 저녁, 우리는 블룸즈버리를 지나 남쪽으로 걸었다. 또다른 18세기 그림이 그려진 천장을 발견하는 것이 산책 목적이었다. 날씨는 온화했고, 가로등은 잎사귀 가장자리를 비췄으며, 카페들은 환하게 불을 밝히고 있었다. 마치몬트 스트리트에서 늦은 시간까지 영업하는 가게 건물 위층 창에서는 불빛이 새어나왔다. 우리가 정원을 빙 돌아 미술관의 소박한 측벽을 지나쳐 사랑스러운 곡선을 그리는 거대한 난간이 있는 모퉁이에서 방향을 틀 때까지도 러셀광장은 여전히 사람들로 넘쳐났다. 애벗 앤드 홀더 화랑의 불 켜진 창문 창살 뒤로 진열된 물건들을 보기 위해 잠시 고개를 돌렸을 때 그레이트 러셀 스트리트에 있는 술집 앞이 북적거리고 있었다. 우리는 서쪽으로 향했다. 신호등을 지나고 점점 좁아지는 그레이트 러셀 스트리트를 따라가다가 99번지에 멈추어 담황색으로 칠해진 대칭적인 치장 벽토 저택의 정면을 바라보았다.[40] 어느덧 하늘은 여름날의 밝은 코발트색으로 변했고 창문에는 불이 켜져 있었다. 그림 그려진 천장이 거의 3세기 동안 그래왔던 것처럼 환하게 빛났다. 장식용 스웨그 밸런스 커튼*이 달린 창문이 마치 액자처럼 불 켜진 방 안을, 벽에 붙은 계단이 가파르게 위로 올라가는 방 안을 보여준다. 그 액자에는 찬란한 구름이 있는 천국의 그림이 담겼다.

불타는 듯 밝게 빛나는 2층 창문의 창살 뒤로 버려진 아리아드네와 담쟁이덩굴로 장식한 지팡이를 든 젊은 디오니소스, 시중드는 천사가 모두 가상의 공간에 떠 있다.

---

* swagged curtain, 위아래로 파도 모양을 이루는 밸런스 커튼.

3
시골 풍경 속 창문

30년 전 나는 앤드루와 함께 밤에 '마을 들판'을 걷고 있다. 인적 드문 중세 마을에 남은 것은 집과 정원 울타리가 있던 풀밭에 흩어진 구유와 습지뿐이라서 우리는 그 사이를 지나 한때 넓은 거리 또는 좁은 마을 녹지였던 곳으로 올라간다. 수 세기 동안 양들이 방목되면서 풀이 워낙 촘촘하게 깎인 바람에 11월 달빛에 비친 능선들은 꼭 미니멀리즘으로 촘촘하고 일정하게 꾸민 정원 같다. 이 추운 날의 산책은 해질 무렵에 강가 오솔길을 거니는 것으로 시작되었고 달이 뜬 후에는 마을에서 떨어진 고리 같은 옥스퍼드 커낼을 걸었다. 물에 비친 밝게 빛나는 은빛에 이끌려 우리는 긴 평지 순환로를 걸어(여름 저녁에는 같은 경로를 달리곤 했다. 꽃 피는 생울타리 사이에서는 속도를 줄이고 이야기도 나누었다) 한때 옛 마을이 있었고 지금은 언덕 위에 새 마을이 들어선 들판에 도착했다. 잉글랜드의 경첩과도 같은 에지 힐이다. 중부 점토 지대에 솟아오른 급경사면인 이곳부터는 중부의 억양이 r 발음이 강한 남부와 서부의 억양에 자리를 양보한다.

내전으로 파괴된 후 버려진 튜더식 대저택 주변 경사면에 약 30가구가 들어선 외딴 마을이 있다. 대저택 뜰과 정원이 있던 돌무더기 폐허에 시간이 흐르면서 슬그머니 과수원과 시골집들이 생겼다. 언덕 위 들판에는 다 자란 참나무가 군데군데 서 있고 소나무와 삼나무로 이루어진 표목들이 자라나면서 집들 사이 녹색 공간을 채웠다. 언덕 전체에 나무가 울창해서 가을바람이 내쉬는 아주 작은 숨결조차도 흐르는 시냇물소리처럼 메아리치고 계곡 위를 달리는 기차 소리는 저멀리 바다에 떠 있는 배의 사이렌이 된다.

이 추운 밤, 달에 비친 앙상한 나뭇가지가 드러나고 마을로 올라가는 길에 가까워질수록 산비탈 작은 집의 불빛이 언뜻 나뭇가지 사이로 별처럼 보인다. 우리는 울창한 고목 아래 어둠 속을 잠시 걷는다. 산비탈 연못에 은색 하늘이 비치고 나무에 찢긴 은박지 같은 달빛 조각이 발치에 걸린다. 더 높은 경사면, 차가운 달빛이 비추는 세상으로 나가자 교회 아래 집들에서 흘러나오는 노란 빛이 언뜻 보인다. 그 위로는 은빛 나무 연기 기둥이 은빛 공기 중에 아직 머물러 있다. 언덕에 앉은 회색 석조 교회는 달빛에 흠뻑 젖었다. 앞쪽 나무 아치 끝에는 한때 영지 입구를 지켰던 석조 문탑 위쪽 창문에 불이 켜져 있다. 사라진 영주의 저택은 삼나무 가지 아래 자리잡은 마을 광장이 되었다. 풀밭에 여과된 달빛이 쏟아지고 아치형 통로를 통해 눈부신 달빛이 시냇물처럼 흐른다. 위쪽 창문에는 호박색 불빛이 있다. 앞쪽으로 흰색 은빛과 황금색 노란빛이 있고 삼나무 가지는 검푸른 녹색이다.

경사면 꼭대기에 이르자 오른쪽으로 나무와 생울타리가 솟아지고 저 앞으로 뻗은 동네들이 달빛에 어렴풋이 보인다. 나무가 흩어진 들판과 저멀리로 낮은 언덕이 펼쳐졌다. 나무에 감싸인 잉글랜드. 고정된 별처럼 은빛으로 물든 계곡의 창문 불빛들, 먼 도로를 빠르게 지나는 자동차의 하얀 헤드라이트. 우리 왼쪽에는 거대한 까만 덩어리 같은 매너 농장이 있다. 납 창틀에 끼운 유리에서 달빛 조각들이 흔들린다. 이곳은 영주의 저택에서 유일하게 남은 훌륭한 방들을 대충 짜깁기해서 만든 커다란 농가 주택 구역이다. 그래도 교회 묘지로 내려가는 길을 향해 난 중간 문설주가 있는 기다란 창이라든지, 지붕을 따라 총안을 낸 흉벽이라든지 16세기의 특징은 여전히 남아 있다. 이 집은 마당과 과수원도 잠을 자고 사색에 잠기며, 가끔 런던에서 오는 손님을 맞지만 거의 대부분 조용하고 불빛이 없다. 참나무와 B급 도로* 사이에 깊숙이 자리한 달빛 속 과수원과 커다란 빈집은 이 한적한 마을의 시가詩歌 한가운데를 차지한다. 그 공허함은 초자연적인 존재에 대한 상상력을 부추기기보다 잉글랜드 산골의 보이지 않는 힘의 일부인 듯하다. 추방되거나 떠도는 대지주의 귀환을 기다리는 불 꺼진 집, 기다림의 세월에 따르는 부재감과 불완전함.

이것은 영국인들의 상상 속에 묻힌 자코바이트**의 은유와도 같다. 합법적인 권력자가 바다 너머로 도망쳤고 조국에는 가짜와 왕위 찬탈, 공허함만이 남았다. 존 미드 포크너의 소설, 『네뷸리 코트The Nebuly Coat』에 나오는 죽어가는 마을 쿨런 근처 텅 빈 영주 주택, 덧문이 꽉 닫히고 비를 맞은 『황폐한 집』의 체스니월드, 『나사의 회전』에 나오는 블라이 저택에는 아이들과 가정교사뿐이고 M. R. 제임스의 유령 이야기에서 과거와 현재의 총각 골동품상과 주술사들은 문제 많은 외딴 저택의 일부 방

---

* B-road, 작은 도시나 마을을 잇는 도로.
** Jacobite, 1688년 영국에서 일어난 명예혁명의 반혁명 세력의 통칭.

에서만 생활한다. 키플링과 델러 메어의 소설에서처럼 오랫동안 비어 있는 집, 특히 외딴 마을의 옛집은 누군가를 불러들일 가능성이 있다. 주말에 런던에서 방문하는 주인이 이 음울한 집을 얼마나 제집처럼 편안하게 느낄지 궁금하다. 겨울, 어느 금요일 저녁에 열쇠로 자물쇠를 여는 순간 재빨리 침묵이 찾아오고 다시 조용해질까?

우리는 달빛이 밝은 출입구의 아치 아래로 들어간다. 여름 저녁(이 추운 밤에는 거의 상상하기 힘든)에는 가끔 정식 코트만큼이나 큰 이 입구에서 벽 앞뒤로 공을 치며 파이브스 게임을 하기도 한다. 장갑 낀 손으로 아치 옆 벽 모퉁이로 공을 친다. 300년 전에 심심한 도제들이나 게으름 부리는 학부생들도 자주 그랬을 것이다. 우리가 아치를 통과할 때 회색 숨결이 은빛 사이로 퍼진다. 문탑과 문지기 숙소로 이루어진 타워 코티지 정원에서 반짝이는 서리에 피라미드 모양 식물 버팀대가 윤곽을 드러낸다. 8월에 필 접시꽃을 기다리는 지팡이다. 정원 생울타리와 텅 빈 마구간 벽 사이 잔디밭을 걷는다. 서리가 가시처럼 돋은 장미 줄기들이 돌 위에 뻗어 있다.

우리 앞으로 달빛이 비치는 마을의 거리가 펼쳐진다. 풀이 자란 넓은 도로변, 시골집 입구의 버드나무와 주목. 잘 깎은 생울타리 뒤쪽에는 아래층에 불이 하나 켜진 옛 목사관. 서리가 내려앉은 넓적한 돌 기와에 비친 희미한 불빛. 아무런 소리도 없는 겨울 공기. 작은 돌집 열 채 가운데 한 집에서도 스패니얼이나 테리어가 낑낑거리는 소리도, 사람 목소리도 들리지 않고 차 소리도, 기차 소리도 없다. 시간이 멈춘 듯한 이 빛나는 달밤을 주택 전등불이나 부산함과 바꾸고 싶지 않아서 잠시 멈춘다. 냉기가 겨울 재킷과 두꺼운 스웨터를 뚫고 들어오지만 아직은 실내로 들어갈 수 없다. 이 겨울의 환한 달빛과 그 은색과 청록색 그림자는 여느 여름 저녁에 나무 꼭대기 사이에 들어선 탑에서 쉬거나 별을 감상하거나 초록 나무 그늘에서 공을 가지고 노는 것 못지않게 근사하다. 마치 서리가 추위의 힘으로 영국 전체를 감싸안아 조용히 시키기라도 한 것처럼 고요함만이 가득하다.

추위에 이끌려 우리는 벽의 문을 연다. 벽돌로 포장된 어둑한 통로를 지나 분명 예전에 영주 저택의 주방이었을 곳에 도착한다. 우리가 머무는 낮고 기다란 농가는 대저택의 북쪽을 채운다. 정원 담 너머에는 작은 돌집의 지붕과 과일나무 우듬지가 있다. 농장에서 침울한 구역들은 그림자와 나뭇가지에 가려 저 멀리 있는 것처럼 느껴진다. 달빛이 비치는 지붕 위로 문 탑이 솟아 있다. 위층 큰 응접실의 납 창틀 유리 너머로 램프 불빛이 켜졌고 부엌 창문에서 나오는 버터 같은 노란빛은 서리 덮인 마당에 깔린다. 문의 유리를 통해 방이 보인다. 노란 벽, 파란 목조부, 한쪽 끄트머리에 이미 네 명을 위한 준비를 갖춰놓은 커다란 테이블. 테이블 다른 쪽 끝에는 테라코타 화분에 심긴 향긋한 제라늄이 있다. 이제 우리는 은빛 달밤을 뒤로하고 안으로 들어간다. 불 켜진 부엌 창문에는 집으로 돌아온다는 행위의 모든 의미가 압축되어 있다. 해가 저문 후에 집으로 돌아가는 모든 발걸음은 이미 지나간 시간과 앞으로 다가올 시간에 모두 닿는다. 초저녁에 뜬 큰 별이 통금을 알렸던 오랜 과거를 소환하고 데릭 마흔의 시집, 『허드슨 편지The Hudson Letter』에 나오는 것처럼 모든 집의 정수가 담긴 집을 기대하게 한다.

우리가 오래전에 출발했던 곳으로 데려가주오
잃어버린 땅의 마법 정원,
억수로 쏟아지는 빗줄기 사이로 언뜻 보이는 잠들지 않은
불빛[1]

◆

나무들로 둘러싸여 반쯤 숨어 있는 산비탈 마을의 고립감은 새
뮤얼 파머의 잉크 드로잉 「나무 사이의 마을 교회」에서 정확히
드러난다. 이 그림 속 계절은 늦여름이고 캐노피 같은 나무들과
전경을 차지하는 양떼의 풍성한 털 위로 은은한 달빛이 가득 쏟
아진다. 울창한 나무가 교회를 감싼다. 작은 첨탑은 나뭇잎에 완
전히 가려 날씨로부터, 곧 다가올 차가운 가을 달로부터 보호받
는다. 이 이미지는 한 마을의 모습을 보여주기보다는 일반적으
로 잘 가꿔진 깊숙한 시골 마을, 귀향과 안전함을 느끼게 한다.
가장 강력한 디테일은 가장 마지막으로 다가온다. 목초지에서
마을 오르막길이 시작되는 수평선에 작고 네모난 흰 종이 같은
것이 있다. 이 작은 틈새는 잉크 드로잉의 어두운 색조에서 불 켜
진 오두막 창문을 효과적으로 표현한다. 촛불 또는 석유램프에
서 나오는 빛일 뿐이지만, 전체적으로 어두운 밤 풍경에 적응된
눈으로 볼 때 이 빛은 그림자와 흐린 달빛을 뚫고 멀리까지 전달
된다. 이 작은 빛의 틈새는 귀가의 상징이고 초저녁에 뜬 큰 별이
얽힌 커다란 나무들은 피난처와 보호의 상징이다.
　　존 밀턴의 「코모스Comus」에서 길 잃은 형제들이 숲에서
찾는 오두막 불빛도 비슷하다. 약하지만 그들에게는 별처럼 사

랑스러운 빛이다.

은은한 촛불.
진흙 집 고리버들 구멍에서 새어나온
골풀 양초일지라도
우리에게는 기다란 측량자처럼 흘러와
아르카디아의 별이 되어준다.[2]

젊은 워즈워스가 저녁에 호수에서 노를 젓고 호숫가를
걸으면서 보았던 물에 비친 집들의 불 켜진 창문 불빛도 마찬가
지다.

……나는 작은 골짜기와 시내와
사라진 숲이 달래는 듯한 속삭임을 듣는다
개밥바라기가 빛나기 시작할 때
어두운 산비탈 오두막집에 불이 켜지고
호수에 기다란 빛의 그림자가 비친다.[3]

제라드 맨리 홉킨스의 시에서 안개가 자욱한 밤, 지친 성
직자가 터벅터벅 혼자 걸어가면서 본 오두막집의 촛불도 그렇다.

나는 생각에 잠긴다
촛불의 존재가 어떻게 촉촉한 노란 빛으로
온화한 밤의 모든 것을 흐리게 하는 어둠을 축복으로 물리
치는지

저 창가에서는 누가 무슨 일을 하고 있을까……**4**

파머의 고요함과 잉글랜드 외딴 시골, 나뭇잎 떨어지는 계절의 침묵은 토머스 하디의 1886년 소설 『숲 사람들The Wood-landers』 첫 장을 지배한다. 이발사가 "지나간 겨울날, 눈이 쏟아질 듯 날씨가 험악한 저녁"에 리틀힌톡으로 와서 깊은 숲속에 둘러싸인 집들 쪽으로 걸어간다.

[그는] 작은 마을 길을 조심스럽게 걸었다. 길이 낙엽에 거의 파묻힐 정도였다. 어두워진 후에는 그들을 제외하고 이 길을 지나는 이들이 극소수였기 때문에 리틀힌톡 주민들은 창문 커튼이 불필요하다고 생각했다. 이날의 방문자는 집이 나올 때마다 여닫이창 맞은편에서 멈추는 것을 목표로 삼았다.

이 고요함은 그가 찾는 집에서 들려오는 환한 난롯불이 탁탁거리며 타는 소리에 깨진다. 이 문단은 희미한 불빛이 흘러나오고 나무 태우는 연기가 차가운 공기 중으로 퍼지는, 얼마 안 된 과거의 기억을 떠올리게 한다. 하디가 불러내는 이 느낌은 마치 한밤중, 깊은 산골짜기 집들에 드문드문 켜진 불빛 사이에 서 있는 듯, 파머의 초기 풍경화에서 나무 사이에 옹기종기 모인 집들의 지붕을 떠올리게 한다.

아무런 성과 없이 여섯 집을 지나쳤다. 키 큰 나무 맞은편에 서 있는 다음 집은 유난히 환하게 빛났는데, 안에서 깜

켄트 같은 시골의 계시.
새뮤얼 파머, 「까만 나무 사이로 부서지는 밝은 빛」, 인디언 잉크 드로잉, 1830년경.

빤이는 밝은 빛이 새어나오는 굴뚝에서 피어오르는 연기가
꼭 밝은 안개 같았다. 창문을 통해 보이는 집 안은 그로 하
여금 이 집이 마지막이라는 느낌으로 다가가 들여다보게
했다. 시골집치고 꽤 컸다. 거실로 곧바로 이어지는 문의
열린 틈새로 떠 같은 빛이 쏟아져나와서 밖이 어두컴컴하
지 않았다. 이따금 늦은 계절의 노쇠한 나방이 밖으로 쏟아
지는 광선 속에서 잠시 날아다니다가 밤 속으로 사라졌다.[5]

새뮤얼 파머의 인디언 잉크 스케치 「까만 나무 사이로 부서지는 밝은 빛」에서는 캄캄한 시골의 이상한 빛을 볼 수 있다.⁶ 빅토리아앤드앨버트미술관에 소장된 이 그림은 개략적이고 신속하게 완성되었고 궁극적으로 신비롭지만 장소와 시간은 구체적이다. 비탈에 수확을 끝낸 옥수수밭이 있는 언덕에서 좁은 계곡이 내려다보이고 그 너머는 탁 트였다. 달빛이 높은 하늘을 휩쓸고 중간 지점의 연기와 물을 비추며 계곡에서 자라는 커다란 나무 두 그루 꼭대기의 소용돌이에 닿아 윤곽을 분명하게 드러낸다. 전경에는 가족으로 보이는 세 사람의 대략적인 형체가 있다. 여성이 머리에 얹은 바구니에서 이삭 줍는 룻*이 연상되고 이들이 이집트로 도피했음을 암시한다. 나무 사이에서 나오는 직사각형 빛이 마치 열린 문에서 흘러나오는 등불처럼 신비로움을 자아낸다. 이 빛은 등불이나 촛불보다 훨씬 밝아서 언덕 윤곽을 분명하게 드러내고 위쪽 나뭇잎으로까지 비춘다.

이 그림은 의도적으로 수수께끼를 제공하는 것처럼 보인다. 문 달린 주거지의 흔적은 보이지 않는다. 나무 사이에는 집이 들어갈 공간이 거의 없다. 신성한 수확 시기라는 배경과 전경에 약간 신성한 인물들이 보이는 파머의 이 그림에서 이 눈부시게 밝은 빛과 어두운 풍경의 갑작스럽고 의도적인 결합은 신비로움을 풍긴다. 잉글랜드의 전통 가요와 마찬가지로, 파머의 초기 작품들에는 뚜렷하게 분리된 이미지들의 시적 병치를 통한 흥미로운 직접성이 있다. 엄마와 아빠, 아이는 이삭 한 톨 남기지 않고 수확을 마친 들판을 가로질러, 비바람이 들이치지 않는 계곡의

---

* 구약성서 '룻기'에 등장하는 여성.

물가 골목의 형언할 수 없는 빛.
가와세 하스이, '도쿄의 열두 장면' 시리즈 중 「신카와의 밤」, 목판화, 1919.

환하게 빛나는 집을 향하고 있다. 섭정시대* 켄트 지방의 추수 밭과 밤나무 숲에는 신이 있다. 이 그림은 요한복음서의 첫 장에 나오는 정복할 수 없는 빛과 주변을 둘러싼(그러나 집어삼키지 않는) 어둠을 떠오르게 한다. 잉글랜드의 빛의 세계가 기이하면서도 직접적으로 표현되었다.

　　가와세 하스이의 1925년 목판화 「신카와의 밤」에도 어둠 속의 미스터리하고 찬란한 빛이 있다.[7] 그러나 이 작품에는 순간의 신비가 포착된 느낌뿐, 이해할 수 있는 영적인 의미는 없다. 보이지 않는 근원에서 나오는 빛이 물가로 이어지는 작은 골목길에서 빛난다. 길 양쪽은 창고일 수도 있다. 위쪽에는 코발트색 하늘에서 선명하게 빛나는 밝은 별이 두 개 있어서 박공지붕 뒤로 달이 떠 있음을 암시한다. 이미지는 매우 단순하다. 덧문을 내린 건물벽에는 디테일이 거의 없고 돌 둑과 그 아래 까만 물이 최소한의 드로잉과 미묘한 색상 변화로 능숙하게 표현되었다. 전체적인 색조는 절제되었다. 밝은 별들과 추측할 수 없는 근원에서 나오는 희미한 빛이 중앙에서 안정적인 빛의 삼각형을 이룸으로써 지극히 평범한 풍경이 대단히 아름다워지는 순간을 포착한다.

◆

달빛이 비치는 겨울밤, 시골집 창문에 켜진 석유 램프와 양초가

은은하게 뿜어내는 불빛은 로빈 태너Robin Tanner의 1929년 에칭 작품 「크리스마스」에서 완벽하게 표현되었다. 태너가 판화를 하게 된 것은 제1차세계대전 이후 새뮤얼 파머에 대한 관심이 되살아났기 때문이다. 그의 작품 속에서 볼 수 있는, 마을 너머 헐벗은 나무에 달빛이 비치는 풍경은 파머에게서 큰 영향을 받았다. 윌트셔주 캐슬 쿰 마을의 세인트앤드루교회 탑에서 교차로에 있는 버터크로스*의 지붕을 내려다보는 이 풍경에는 차가운 달빛이 비치는 마을 거리가 묘사되었다. 헐벗은 나무들과 지평선을 향해 뻗은 완만한 농경지까지 달빛이 마을 구석구석을 밝힌다. 거리에는 여관을 떠나거나 교회에서 돌아오는 듯한 이웃 몇몇이 이야기를 나누며 걷고 있다. 창문에는 여러 강도로 아름답게 꾸민 불빛들이 있다. 이 작은 빛들이 달밤에 끼치는 영향은 얼마나 작은가. 문가를 밝히는 불빛은 탑 때문에 그늘진 전경 거리에서 떠나는 손님들과 현관 들보에 매달린 공 모양 하루살이 장식의 형체를 흐릿하게 보여줄 정도로 밝을 뿐이다.

　　달이 뜨고 서리가 내린 고요한 겨울밤에 탑 위에서 이 작품을 그리는 것은 무척이나 외롭고 낯선 일이었을 것이다. 거리의 부산한 삶으로부터 몇 시간 동안 단절된 채 박공지붕이 있는 집과 중간 문설주가 있는 창문에서 램프와 촛불이 하나씩 꺼지는 것을 보아야 했으리라. 그리고 동이 트기 전 어두컴컴한 새벽에 탑 계단을 내려와 낡은 시계를 지나쳐 지친 몸으로 크리스마스를 맞이했을 것이다. 새벽녘의 귀가, 문 걸쇠의 차가운 감촉,

---

* 버터나 달걀 등을 사고팔던 영국 중세 마을의 광장에 있던 건물로 지붕에 십자가가 달렸다.

교회 탑에서 본 윌트셔의 캐슬 쿰.
로빈 태너, 「크리스마스」, 에칭, 1929.

납 창틀 유리 너머로 빠르게 떠오르는 힘없는 겨울 태양, 아침이 면 차갑게 식는 난로의 장작 재가 있는 광경은 어렵지 않게 상상 할 수 있다.

◆

케네스 그레이엄의 『버드나무에 부는 바람』에는 전쟁 이전이기 는 하지만 매우 유사한 마을 길이 등장한다. 동물 캐릭터들이 인 간 거주지는 물론이고 그들 자신의 인간적인 면에도 가까워지는 장면에서다. 쥐와 두더지가 겨울밤에 시골 탐험을 마치고 집으 로 돌아가는 길에 양떼를 만난다.

> 옹기종기 모인 양들이 머리를 뒤로 젖힌 채 좁은 콧구멍으 로 숨을 내뿜고 가느다란 앞발을 내밀어 울타리를 넘었다. 양 우리에서 하얀 김이 피어올랐다.[8]

그들은 평소 멀리하던 인간 세상에 가까이 다가가는 위 험을 무릅쓴다. 겨울 저녁에는 모든 인간이 난롯가에 모여 있어 서 안전하기 때문이다.

> 12월 중순이라 작은 마을에 금방 어둠이 깔렸다. 두 친구 는 가루처럼 가볍게 내리는 눈을 살금살금 밟았다. 어둑어 둑해서 주위가 잘 보이지 않았지만, 길가에 쭉 서 있는 오 두막집마다 여닫이창으로 새어나오는 다홍빛 난롯불과 등 잔불이 그나마 어둠을 밝혀주었다. 격자 모양 창문에는 대

쥐와 두더지는 불 켜진 마을 길을 지나면서 집을 그리워한다.
제임스 린치, 「즐거운 나의 집」, 1994(『버드나무에 부는 바람』에 수록된 삽화).

부분 가리개가 없어서 안이 들여다보였다. 집 안에 있는 사람들은 테이블에 모여 차를 마시거나 뭔가를 하거나 손짓과 함께 웃으며 이야기를 나누었다. 아무리 훌륭한 배우라도 흉내낼 수 없을 만큼 행복한 표정이었다. 보는 사람이 있다는 것을 모를 때만 나올 수 있는 너무도 자연스러운 표정이었다. 두 친구는 관객이 되어 이 극장에서 저 극장으로 옮겨가며 구경했다. 아직 그들의 집은 멀리 떨어져 있었다. 주인이 고양이를 쓰다듬어주거나 졸린 아이를 안아서 침대로 옮기거나 피곤해진 남자가 기지개를 켜고 불타는 통나무 끝에 파이프를 두드리는 모습을 볼 때마다 그들의 눈에는 부러움이 가득했다.[9]

하디의 19세기와 마찬가지로 20세기 초에도 많은 가정에서는 난로만으로 불을 밝혔다. 평범한 날 저녁에 사치스럽게 촛불을 켜놓는 집은 없었다. 흥미롭게도 이 작품에서 불 켜진 창문을 통해 인간 집을 극장 삼아 구경하던 쥐와 두더지는 따뜻한 집 안에 있는 새장 속 새를 보고 가장 강렬한 감정을 느낀다.

하지만 집의 느낌을 가장 강하게 풍긴 것은 어둠 속에서 텅 빈 투명함처럼 보이는 커튼 쳐진 작은 창문이었다. 작은 커튼으로 피곤한 자연 세계를 차단하고 잊어버린 채 생기에 넘치는 벽 너머의 세상. 흰색 커튼 가까이에 새장 윤곽이 뚜렷하게 보였다. 창살과 횃대를 비롯해 모든 것들을 알아볼 수 있었다. 어제 먹다 남긴 가장자리가 뭉툭해진 설탕 덩어리까지. 횃대 가운데에 새가 몸을 웅크리고 앉아 있었다. 쓰다듬으려고 하면 쓰다듬을 수도 있을 만큼 가까웠다. 환한 커튼에 볼록한 깃털 끝부분까지 비쳐 보였다…… 그 때 목덜미로 세찬 바람이 불어와 차디찬 진눈깨비가 몸에 닿으며 그들은 꿈에서 깨어났다. 집까지 가려면 한참 멀었 는데 발가락이 얼고 다리가 아팠다.[10]

이것은 모든 독자가 기억하는 장면일 것이다. 그레이엄 의 따뜻한 우화에서 가장 슬픈 장면을 열어주는 부분이기도 하 다. 작고 깔끔하며 매우 빅토리아왕조풍의 자신의 굴로 돌아가 고 싶은 두더지의 갈망이다. 캐럴 소리로 완성되는 즉흥적인 크 리스마스 파티라는 유쾌한 해결책과 함께 이 장은 마무리된다.

이것은 런던 근처 정신병원에 갇혀 있던 시인 존 클레어 가 1841년에 배고프고 지칠 대로 지친 상태로 노샘프턴셔주의 고향 마을로, 여전히 그를 기다리고 있을 거라고 믿지만 실은 이 미 죽은 아내에게로 돌아가기 위해 걸어가는 길의 강렬한 외부 성과 극명한 대조를 이룬다.

이제 어둠이 빠르게 깔리기 시작하고 길 위, 불이 켜지는 이상한 집들의 매우 편안한 내부와 매우 불편하고 끔찍한 나의 내부가 드러났다.[11]

불 켜진 시골집 내부는 그가 잃어버린 것들이고 그는 정 신병과 가난, 순전한 불행으로 그것들과 차단된 채 어두운 길을 걷고 있다.

·

재발견된 19세기 영국 미술의 지배적인 스타일로 잉글랜드의 서쪽 아름다운 외딴 마을을 담아낸 에칭 판화가, 로빈 태너는 제2차세계대전 이후 혼란스러운 세계를 피해 시골 외딴 마을의 조용한 등불이 주는 위안으로 물러났다. 존 카우퍼 포위스의 소설 『울프 솔렌트Wolf Solent』(태너의 「크리스마스」와 마찬가지로 1929년에 출판되었다)에서도 고통스러울 정도로 자의식이 강한 주인공은 시골 마을 여관에서 시간을 보낸 후 저녁에 집으로 걸어가는 길에 촛불이 켜진 오두막집 창문에서 위안을 얻어 현대성, 즉 '전깃불과 콘크리트 도로'로 파괴된 잉글랜드에 대한 두려움을 달랜다.

어떤 이유에서인지 커튼도 블라인드도 닫히지 않은 좀더 작은 집들 가운데 울프는 촛불 두 개가 켜진 작은 테이블에서 누군가가 책을 읽고 있는 것을 보았다. 그는 밸리 씨의 팔을 만졌고 두 사람은 그들의 존재를 알아채지 못한 채 책을 읽고 있는 사람을 한동안 바라보며 서 있었다. 두 개의 촛불 옆에서 책을 읽고 있는 사람은 나이든 여성이었다. 한 팔로 턱을 괴고 다른 팔은 테이블 위로 쭉 뻗었다. 여자의 얼굴에는 그다지 특이한 점이 없었다. 그녀가 읽는 책은 모양과 생김새로 보아 싸구려 소설이 분명했다…… 그들 주변에는 시골 들판이 이슬에 젖은 무심한 고요함 속에 끝없이 펼쳐져 있었다. 하지만 선명한 두 불꽃 옆에서 고립된 한 인간은 오래도록 익숙한 관심을 잃지 않았다. 사랑과 탄생, 죽음, 모든 파란만장한 인간사에 대한 관심을. 인적 없는 광활한 밤의 한가운데에서 안경을 쓴 그 평범하고 창백한 얼굴은 그에게 인간 의식의 온기가 느껴지는 작은 섬이 되어주었다.[12]

주인공은 그 자신과 독자 모두를 놀라게 할 정도로 강렬한 감정으로 반응한다. 그에게 시골집 창가에서 책 읽는 여인은 밤의 어둠이 드리운 시골을 파괴하는 눈부시게 밝은 인공 빛, 그 파괴적인 현대화로부터 지켜야 할 아름다움의 전형이다. 실제로 그가 창가에서 책 읽는 여인에게 너무 깊이 몰입한 나머지, 그녀는 거의 초자연적인 인물이 된다. 그가 생각하는 미래 이야기를 읽는 운명의 실을 잣는 사람이다.

토머스 하디의 이상한 시 「기다림으로 보다Seen by the Waits」에도 기이한 요소가 나타난다. 이 시의 배경도 잉글랜드 남서부, 12월 밤이다. 혼란스럽고 강렬한 짧은 이야기인 이 시는 외딴 영주 저택의 불 켜진 창문 하나와 홀로 춤을 추며 외로운 일탈을 즐기는 대지주의 미망인을 마을 사람들이 캐럴을 부르며 힐끗거리는 모습을 보여준다. 진실과 슬픔, 모르는 게 더 나은 비밀의 의도치 않은 발견으로 불안함이 느껴진다. 캐럴을 부르다 마을 불빛을 향해 집으로 돌아가는 주민들 위로 차가운 달빛과 나무 그림자가 드리웠지만, 로빈 태너의 에칭에 나오는 달빛 비치는 밤과 달리 주민들은 그들이 본 장면 때문에 깊은 생각과 침묵 속으로 빠져든다.

왜 그녀가 황혼 아래에서 춤을 추었을까
우리는 생각했지만 입 밖으로 내지 않았다.[13]

◆

창문과 불행한 결혼은 하디의 또다른 시 「나방-신호The Moth-Signal」에도 등장하는 장면이자 주제다. 늦은 여름, 선사시대의 긴 무덤 근처 황무지에 있는 시골집 창문이다. 시의 분위기는 모호하다. 집 안에 켜진 촛불로 달려들어 자신을 파괴하는 나방은 아내와 외도중인 연인이 집밖에서 보내는 신호다.[14]

"뭘 그리 생각하고 있소?"
남편이 막연한 추측으로 물었다.
"빛나는 커다란 눈동자를 깜박이지 않고
촛불을 보면서."

"오, 촛불 속에서 타는
불쌍한 나방을 보고 있어요" 그녀가 말했다.

아내의 부정을 전혀 의심하지 못하는 남편은 진부하지만 가을로 넘어가는 시기에 빛과 피난처를 찾아야만 하는 모든 연약한 존재들에 대한 연민이 담긴 답을 내놓는다.

"나방은 황무지에서 날아오지." 그가 말했다.
"이제 낮이 짧아지고 있으니까."

아내는 달의 변화를 보고 오겠다고 말하는데 사실은 고분 옆에서 기다리는 애인을 만나러 간다. 하지만 그녀는 애인을 보고 반가워하지 않고 쓰라린 후회가 담긴 말을 내뱉을 뿐이다. 불에 타 죽은 나방이 그들의 미래에 대한 예언이라는 생각으로.

"당신이 문틈으로 보낸
창백한 날개 달린 징표를 보았어요." 그녀가 한숨을 쉬었다.
"당신이 날 불러낸 그 나방은
불타고 으스러졌어요."[15]

마지막 연은 거의 쓸모없어진 기념물들이 있는 황야의 깊은 시간으로 돌아간다. 고분 안 시체는 인간의 삐딱한 마음이 거의 변하지 않았다는 사실에 미소 짓는다. 이 시는 발라드 연에 감정의 의미를 매우 특별하고 함축적으로 압축해놓았다. 시간과 장소에 대한 환기, 긴 고분 옆 외딴집의 고요한 기이함, 남편과도 애인과도 행복할 수 없는 여자의 다가올 슬픔에 대한 불행한 예언. 한 해가 저물고 나방은 스스로를 파괴하며 행복은 사회 통념에 어긋나고 손에 닿지 않는다.

늦은 여름밤, 시골집 창문은 1899년에 쓰인 하디의 가장 독특한 자전시 「8월의 한밤중An August Midnight」에도 나온다. 60대 시인이 홀로 앉아 있는 모습을 관찰하며 그리는 어조는 애정 넘치고 초연하다. 집 안에서 희미하게 들리는 시곗소리가 침묵을 더욱더 깊게 한다.

갓을 씌운 램프와 흔들리는 블라인드,
멀리 다른 층에서 들리는 시곗소리
이 풍경에 날개와 뿔, 척추가 있는

장님거미, 나방, 왕풍뎅이가 등장한다[16]

곤충 '손님들'이 잉크를 번지게 하고 기름 램프로 달려들어 그의 작업 계획을 방해한다. 이 고요한 밤, 수많은 생명체 가운데 이 하찮은 생물들이 왜 그와 램프 주위로 모여들었는지에 대한 즐거운 추측으로 시인의 생각이 방향을 튼다. 이 시에서는 아무 일도 일어나지 않지만 성찰하는 사람에게는 모든 순간이 삶과 결과의 교차점이라는 풍부하고도 함축적인 의미가 들어 있다.

◆

부활절 봉기 이후 어두컴컴한 아일랜드에서 보이는 불 켜진 창문은 W. B. 예이츠에게 이중적인 중요성을 띤다. 때론 학자나 현자가 평화로운 은둔 생활을 하는 탑의 방을 비추는 램프이기도 한 것이다. 그의 후기 작품에서 불타버린 큰 집들의 창문에서 흘러나오는 불빛은 아일랜드 역사의 오류와 괴리를 묘하게 재현하는 유령이다.

그의 작품에 나타나는 불 켜진 창문의 긍정적인 연상은 모두 밀턴과 밀턴의 시 「사색하는 사람Il Penseroso」의 화자인 고독한 플라톤주의자와 관련 있다.

……한밤중에 나의 등불이
외로운 높은 탑에서 비치네
큰곰자리까지 보이는 이곳[17]

예이츠에게 훨씬 더 중요한 것은 새뮤얼 파머가 시적인 에칭 「외로운 탑」에서 밀턴을 표현한 방식이었다.[18] 예이츠는 아일랜드 투르밸릴리에 있는 탑 딸린 자신의 집을 파머의 작품에 나오는 탑과 동일시했다. 그는 그 탑을 구입했지만 아직 그리로 이사하기 전인 1916년에 「나는 너의 주인이다Ego Dominus Tuus」라는 시에서 그 자신의 또다른 허구의 자아가 불 켜진 탑 창문 아래를 걷는 모습을 상상했다.

> 히크*. 얕은 개울가 회색 모래 위
> 바람이 몰아치는 당신의 오래된 탑 아래
> 탑 안에는 펼쳐진 책 옆에서 계속 램프가 타오른다[19]

몇 년 후 예이츠는 실제로 탑에서 여름을 보낼 때 쓴 「내전시의 명상들Meditations in Time of Civil War」에서 그 불안한 시기, 밖을 지나는 사람들에게 불 켜진 창문은 명상적인 은둔 생활의 상징처럼 보이리라고 상상했다.

> 구불구불한 계단, 돌 아치가 있는 방,
> 활짝 트인 회색 돌 벽난로,
> 촛불과 글씨가 적힌 페이지.
> 「사색하는 사람」의 플라톤주의자도
> 저런 방에서 고생했을 것이다……

---

* 이 시에는 히크Hic와 일레Ille라는 두 캐릭터가 등장하며 각각 이 남자, 저 남자라는 뜻이다.

"한밤중에 나의 등불이 / 높은 외로운 탑에서 비치네". 새뮤얼 파머, 「외로운 탑」, 1868.

시장과 박람회에 다녀오는
무지몽매한 여행자들은
한밤중에 그의 촛불이 켜진 것을 보았다.[20]

마지막 세 줄에서 예이츠는 투르밸릴리에 있는 그의 탑을 밀턴이나 파머의 탑과 매우 밀접하게 동일시한 나머지, 고요한 복잡성을 통해 파머의 에칭을 그가 사는 탑에 대한 운율 또는 복제품으로 독자들에게 제공한다. 이러한 연상은 예이츠의 시에 담긴 불가사의하고 시적인 기원祈願에 깊이를 더한다. 이것은 시간의 다층 구조, 즉 창문 안쪽 시간이 저 아래 들판의 시간과 똑같은 속도로 흐르지 않을 수도 있음을 암시한다.

파머의 에칭 작품에도 이와 유사한 시간과 장소의 다층 구조가 있다. 19세기 초, 잉글랜드인 동시에 베르길리우스의 이탈리아가 배경인 이 판화에서는 밀턴의 시에 나오는 르네상스 시대 불빛이 상상의 집합점을 비춘다. 건초를 실어나르는 짐수레와 마부, 바람에 날리는 가시나무 가지는 잉글랜드 그 자체이지만 전경에 있는 목자들의 옷은 고대 그리스·로마의 특징을 띤다. 영국 원숭이올빼미는 아테나 신의 작은 올빼미를 대신한다. 달이 떠오르는 곳의 평평한 지면에는 환상열석*을 스케치한 흔적이 있는 듯하다. 산과 탑은 어둑하고 모호하며 잉글랜드의 페나인산맥인 동시에 이탈리아의 아펜니노산맥이다. 형체로만 보이는 탑은 잉글랜드의 탑일 수도 있고 베르길리우스의 무덤이라고 알려진 캄파니아의 유적일 수도 있다. 풍경이 바뀌었거나 영성이 부여되었음을 표시하는 가로누운 초승달과 그 뒤에 자리한 보름달의 유령이 지평선에 놓여 있다. 그러나 다른 세계 같다는 느낌을 이 작품에 부여하는 것은 밤하늘이다. 반딧불이와 나방, 거대한 황금 벌 같은 크고 작은 별들이 마치 호의적인 마법에 이끌리듯 탑 창문이 내뿜는 찬란한 빛 주변으로 몰려든다.

◆

W. B. 예이츠의 후기 작품으로, 1930년대에 쓰인 절망적인 시 「크롬웰의 저주The Curse of Cromwell」에도 불 켜진 시골집이 등장하

---

* stone circle, 고대 거석기념물의 일종.

지만 불빛과 집 자체가 환영이고 유령임이 판명된다.

나는 한밤중에 큰 집에 도착했다.
열린 문에도 창문에도 불이 켜져 있었다.
내 친구들이 전부 거기에 있었고 나를 환영해주었다.
그러나 나는 바람이 울부짖는 엣 폐허에서 깨어났다.²¹

이 시는 잉글랜드를 맹렬하게 비난한다. 제목뿐만 아니라 저항적인 태도에서도 그 사실을 알 수 있다. 유령의 집은 바로잡을 수 없을 정도로 현재가 잘못되었다는 강한 확신과 함께 애석한 과거의 순간적인 환영을 제공한다. 시의 모든 연을 닫은 다음 후렴구는 돌이킬 수 없음, 반항적인 공허함, 대화나 의미에 대한 분노 가득한 거절을 조금도 모호하지 않게 드러낸다.

오, 그래서 어쩌란 말인가, 어쩌란 말인가,
무슨 할말이 더 남아 있는가?

역시 활동 후기에 예이츠는 황량한 느낌을 자아내는 짧은 희곡 『연옥Purgatory』을 썼는데, 그 작품의 핵심 이미지도 과거의 빛에 의해 잠시 불이 켜진 폐가다. 여기에서도 모든 것이 망가졌고 희망이 전혀 없다.²² 예이츠는 이 작품을 썼을 무렵, 아일랜드의 미래에 깊이 낙심했었다. 그를 상원의원으로 만들어준 온건파들이 공직을 떠났고 데벌레라De Valera가 이끄는 보수 혁명가들이 권력을 잡았다. 아일랜드 역사의 미완성을 분석한 그의 또다른 작품이자 노르만인들을 아일랜드로 불러들인 용서받지 못한 아일랜드 통치자들의 유령이 등장하는 「뼈의 꿈The Dreaming of the Bones」과 마찬가지로 『연옥』은 일본의 고전극 노能가 적절하게 전복된 형태를 띤다. 여행자가 유령의 장소를 방문하는 것은 문제 해결에 아무런 도움이 되지 않는다.

　『연옥』에서 기념일에 폐허가 된 집을 방문하는 행위는 반복과 재현을 불러올 뿐이다. 불 켜진 창문에 옛 유령들을 불러낸다. 결혼이 파국으로 치달은 그 집의 딸, 집을 폐허로 만든 존경받을 자격 없는 남편. 주인공인 그들의 아들은 길을 떠도는 거지 신세가 되고 아무것도 모르는 제 아들을 죽인다. 아들을 죽음으로 희생하면 어머니의 영혼을 해방하거나 치유할 수 있다는 확고한 믿음 때문이다. 그러나 유령들이 돌아오고 희생은 실패로 끝난다. 떠도는 유령의 존재는 반복된다. 이 연극에서 행동의 암울한 비논리성에 대한 성찰은 「뼈의 꿈」에서 유사성을 찾을 수 있다. 불행한 결혼과 부당한 주인에 대한 아직도 끝나지 않은 이야기(가족 이야기든 국가 이야기든)는 어떤 방법으로든 결코 해결될 수 없으며 악순환을 끊어주리라고 생각되는 폭력이 오히려 문제를 영구화한다는 점에서 그렇다.

　사람이 살지 않지만 이따금 불이 켜지는 폐가가 등장하는 문학작품들은 그 밖에도 많다. 이를테면 앨런 가너의 판타지 소설 『곰래스의 달The Moon of Gomrath』에 등장하는 빅토리아시대 대저택처럼 달과 밤이 찾아오면 현실과 비현실이 번갈아 나타난다. 이 소설은 전체 서사 자체가 멋진 발명품이다. 맨체스터 인근, 여기저기 낙후되어가는 마을에서 벌어지는 빛과 어둠의 싸움이 주요 줄거리인데, 그 싸움에 휘말리는 20세기 중반의 주인공들이 죽음을 보고 만지며, 지상 낙원에 잠시 머무르는 것이 어

떤 느낌일지를 상상의 나래를 펼쳐 침착하고 진지하게 표현한
다. 또한 우회로와 새로 지어진 사유지에서 몇 미터 이내에 있는
옛길과 장소들이 빛을 깜빡이며 살아나는 듯한 아름다운 느낌이
지속된다. 마지막 대결은 어둠의 힘에 현혹된 빅토리아시대 사
업가가 아이를 인질로 붙잡고 있는 망가진 저택을 중심으로 진
행된다. 악의 세력이 고대의 것이든 진정성이 있든 상관없이 손
에 잡히는 것을 닥치는 대로 이용하려는 모습 때문에 더욱 위협
적으로 느껴지는 장면이다.

> 오솔길은 계단식 잔디밭과 맞닿았고 잔디밭에는 지난 세기
> 이탈리아 양식으로 지어진 육중한 석조 저택이 서 있었다.
> 모든 창문이 달빛보다 더 환하게 빛났지만 그 어디에서도
> 생명의 기운이 느껴지지 않았다.[23]

주인공을 구하러 온 사람들은 해가 저물면 시작될 공격
을 막기 위해 불을 피우려고 19세기 저택에 딸린 대정원에 무성
하게 자라난 철쭉나무 가지를 꺾는다.[24] 달이 뜨자 마법에 걸린
집에서 나오는 죽음의 빛이 불꽃을 피우기 시작한다.

> 그것이 내뿜는 빛은 작고 불꽃을 흐리게 하지도 못했지만
> 폐허에 닿는 순간 아지랑이에 휩싸인 것처럼 빛났고 위쪽
> 집으로 녹아들었다. 창문에서 잔디밭으로 죽음의 광채가
> 쏟아지며 불꽃 속에 하얀 웅덩이를 만들었다.[25]

달 뜬 밤에만 되살아나는 저택으로 주인공을 구하러 온

사람들이 달이 아직 구름 속에 있고 집이 여전히 인간 세계의 폐허일 때 창문 너머로 완전히 텅 빈 다른 세계의 전조를 보는 장면은 이 독창적인 서사에서 가장 인상적이다.

> 그들은 그가 부서진 창문 옆에 서서 휑뎅그렁한 갱도처럼 고요한, 헤집고 들어갈 수 없는 밤을 내다보는 것을 보았다.
> "계곡에서 보면 이 집은 달이 떴을 때만 '여기' 존재하고 다른 때는 존재하지 않지만 이 집에서 보면 계곡은 오직 달의 '거기'에 존재하지. 나는 지금 '저기'에 무엇이 있는지 생각하지만 그 답을 알고 싶지는 않아. 달이 떠오르는 것을 이 창문으로 지켜보자."[26]

현실이 아닌 다른 세계의 초자연적인 빛으로 빛나는 창문은 가너의 시적이고 심오한 소설에서 반복되는 모티프다. 여러 작품에서 잉글랜드 올더리에지 마을 저택이 등장하고, 『엘리도어Elidor』에서는 폐허가 된 맨체스터 교회의 부서진 창문이 다른 세계의 빛으로 빛난다.

◆

황혼의 매력은 밀턴의 「사색하는 사람」을 묘사한 새뮤얼 파머의 에칭 작품 「야경꾼」의 주제이기도 하다. 이 작품은 삽화라기보다는 밀턴이 열거한 조용한 밤의 소리에 영감을 받아서 나온 파머만의 시적인 고안에 더 가깝다.

즐거움을 주는 모든 소리는 사라지고,

난로 위 귀뚜라미와,

집집이 돌면서 안전을 기원하는,

야경꾼의 나른한 주문 소리만 들린다.[27]

일부 국가에서는 야경꾼이 마을을 순회할 때 잠든 집들에 신의 가호가 있기를 기원하며 운율이 있는 기도 같은 노래를 부르는 관습이 있었던 듯하다. 바그너의 〈뉘른베르크의 명가수〉 2막 끝에서 뉘른베르크의 야경꾼이 그렇고[28] 캐럴라인 시인* 로버트 헤릭이 잠깐 불러내는 야경꾼[29]도 마찬가지다. 둘 다 밤의 초자연적인 위험으로부터 안전을 기원한다. 파머의 야경꾼(파머가 상상한 낙원의 들판에서 양치기나 농부처럼 밀짚모자에 작업복 차림으로 수고하는 사람)은 달밤에 잉글랜드 마을을 돌아다니면서 안전을 기원하고 통금 시각을 알린다. 그 마을은 커다란 산 아래에 자리잡았고 언덕 위에서 떠오르는 달이 마을을 환하게 비춘다. 달빛이 구름 위로 퍼지고 양초 모양 꽃이 핀 커다란 칠엽수 사이에서 빛나며 전경의 잠자는 소들의 뿔에 닿는다. 모호하면서도 마법 같은 장소다. 섭정시대 영국 같기도 하고 오래전 이탈리아 같기도 하다.

격자무늬 창문이 있고 등불이 밝혀진 작은 성채, 마을을 향하는 내리막길이 이중 아치를 통해 이어지고 저 앞에서 창문 불빛이 건물들의 윤곽선을 분명하게 드러낸다. 살짝 볼록한 초

---

* Caroline Poet, 17세기 중반에 의회가 아닌 찰스 1세의 편에 섰던 시인들을 가리킨다.

격사창과 촛불이 보이는 작은 성채.
새뮤얼 파머, 「야경꾼」, 1879.

가지붕들은 잠자는 소들을 감싸는 물결 모양 울타리와 닮았다.
왼쪽의 멋진 엘리자베스시대 집 밖에는 안에서 새어나오는 불
빛으로 밝혀진 정자에 사이좋아 보이는 부부가 앉아 있다. 일과
를 끝낸 후 잘 익은 사과를 먹고 있는 베르길리우스의 양치기들
을 파머가 자신의 방식대로 표현한 것처럼 보인다. 산과 은빛으
로 물든 하늘 위로 교회 탑이 시선을 끈다. 달빛이 언덕길에도 떨
어지고 나무를 때어 하늘로 피어오르는 연기에도 답한다. 나무
들과 그림자들 사이로 솟아오른 고지대 산비탈 농가들의 창문에
드문드문 불빛이 있다. 이 불빛들을 따라 보는 이의 시선이 부드

러운 나선형을 그리면서 달 밝은 두 산꼭대기로 향한다.

콜더데일을 벗어나 헵턴스톨 마을 너머 황무지로 들어서는 가파른 도로를 달려 헵든 브리지를 가로지르는 비탈길에 들어서서 사암 테라스 뒤로 불 켜진 창문들을 지나는 경험도 이와 비슷하다. 계곡을 빠져나가면서 도로가 구불구불해지고 숲 뒤쪽으로 하드캐슬 크랙스 폭포 소리가 들린다. 처음에는 왼쪽 계곡에 불빛 몇 개만이 보일 뿐이다. 실비아 플라스의 시 「폭풍의 언덕」에서처럼 시골집의 불빛이 드문드문 흩어져 있다.

가방처럼 좁고
새까만 계곡에서, 집들의 불빛이
작은 동전처럼 빛난다.[30]

위로 올라갈수록 사이드미러에 비친 희미한 빛의 점들이 점점 더 가까워지더니 합쳐진다. 가파른 계곡에 들어선 작은 공장 마을의 거리와 창문들. 자동차 헤드라이트 불빛에 돌로 지은 마을이 쭉 펼쳐진다. 위층 창문에 불이 켜졌지만 문 닫힌 술집을 지나치자 자동차는 어둠에 잠긴 황무지 갓길을 올라간다. 곧바로 별자리 같은 가로등 불빛과 위층 창문에 불이 켜진 사유지들, 구슬을 꿴 듯한 주변 도로의 불빛이 사이드미러를 가득 채운다. 강 계곡 사이와 운하 옆을 따라 마을과 도시가 펼쳐져 있다. 별 몇 개와 수 킬로미터까지 부는 바람, 마른풀과 어둠만 있을 뿐이다.

하워스 동쪽, 비바람 피할 곳 하나 없는 이 황무지는 플라스의 시에서처럼 브론테 자매의 소설들, 특히 에밀리 브론테의 『폭풍의 언덕』과 밀접한 연관성이 있다. 고지대와 안전한 언덕 아래, 즉 세찬 바람이 부는 언덕 위에서 편안하게 지낼 수 있는 사람들과 온화하고 안전한 언덕 아래가 더 익숙한 (더 세속적이고 세련된) 사람들의 구분은 이 작품에 담긴 많은 이중성 가운데 하나다. 이 이중성은 특히 어린 캐시와 히스클리프가 밤에 몰래 황무지로 나가 린튼 집 안 정원으로 내려가서 불이 켜진 응접실 창문을 통해 가족들을 관찰하는 모습으로 극화된다. 두 사람은 결국 발각되고 캐시가 개에게 물려 다치면서 나쁘게 끝나지만 이 이야기를 할 때의 히스클리프는 처음으로 경험 이외의 무언가, 즉 따뜻함과 정중함을 드러내는 것처럼 보인다.

> 덧문을 닫지 않고 커튼도 반쯤만 닫혀 있어서 우리는 받침돌 위에 올라서서 창문에 매달려 안을 들여다볼 수 있었어. 참 아름다운 방이었어. 진홍색 융단이 깔려 있고 의자와 탁자도 진홍색으로 씌웠고 금빛으로 테를 두른 하얀 천장과 그 가운데 은사슬로 매단 촛대에는 그림 무늬가 있는 유리가 주렁주렁 매달려 불빛을 반사하고 있었어. 린튼 부부는 거기에 없었고 에드거 남매가 그 방을 차지하고 있었지. 그러니 그들이 행복하지 않았겠어? 우리 같으면 천국이라고 생각했을 거야![31]

슬픈 점은 아이들이 학대받는 개를 두고 심하게 다툰 일이다. 하지만 이 장면에는 척박한 계곡 위와는 완전히 다른 차분하고 안전한 삶을 잠시나마 엿보게 해주는 힘이 있다. 이 작품의 시적인 힘은 대조에서 나오는데, 이 장면에서 묘사되는 방의 따뜻함과 조용함, 그리고 유령이 나오는 저 밖의 풍경을 휩쓰는 험악한 날씨라는 대조를 통해 가장 두드러진다.

　그 황무지를 방문한 여정의 끝에서 로브래들리로 향하는 좀더 완만한 비탈길을 내려오면 봄날 저녁에 마을 창문들이 환하게 빛나고 까만 황무지 꼭대기 부분이 사방에 솟아 있으며 저 멀리 가로등과 큰길은 움푹 들어간 비탈길에 가려져 있다. 친구 집에 도착하자, 달빛이 납 창틀에 끼워진 다이아몬드 모양 판유리에 부서져서 주목 옆구리에 닿더니 정원 돌담 곡선을 따라간다. 집 뒤쪽 언덕에서 차가운 공기가 떨어지고 달은 다시 구름에 가려졌지만 언덕 위 집의 불빛은 밝다.

　이 황무지 여행은 벨기에 극작가 모리스 마테를링크의 1899년 작품 『지혜와 운명La Sagesse et la destinée』의 한 구절에서 묘사한 고지대 국가의 불 켜진 창문과 여행에 대한 고찰을 떠오르게 한다.

> 해가 저물 무렵 산에 오르면 나무와 집들, 첨탑과 들판, 과수원, 도로, 그리고 강까지도 점점 작아지고 희미해지다가 마침내 계곡으로 스며드는 어둠 속으로 사라질 것이다. 그러나 사람들이 사는 집에서 새어나오는 빛줄기가 새까만 밤을 관통하고 밝게 빛난다. 정상으로 향하는 모든 발걸음마다 당신의 발치에 잠든 작은 마을에서 더 많은 빛이 드러난다. 빛은 비록 매우 연약하지만 거대함을 마주해도 자기 모습을 조금도 잃지 않는 유일한 것이다.[32]

어두워지는 풍경 속에서 빛나는 작은 빛은 20세기 중반 일본 판화에서 반복적으로 나타나는 주제다. 작은 집들 뒤쪽으로 아직 밝은 후지산이 우뚝 서 있는 다카하시 쇼테이高橋松亭의 목판화가 있다. 쇼테이는 1871년부터 1945년까지 살았는데, 이 작품 「미즈쿠부에서 본 후지산」은 그의 생애 말기에 만들어졌다. 저녁 무렵의 불그스름한 햇빛이 눈 쌓인 산 정상에 남아 있다. 전경의 작은 목조 주택들은 이미 저녁 그림자에 뒤덮였다. 산등성이를 따라 소박한 집들이 들어선 작은 마을이고 마을 일부분을 에워싼 오래된 돌담과 개울이 있다. 색채는 낮은 지면에서 뒤쪽 산꼭대기와 하늘로 물러났다. 그 사이에서 단색 바위 그림자와 흔들리는 안개가 회색 저녁을 불러낸다. 근처 집들의 종이 바른 창문에서 작은 등불의 희미한 불빛이 흘러나온다. 그 창문에서 밖을 보면 세상은 이미 어둠으로 사라지고 있는 듯 보일 것이다.

이 그림의 낯선 건물 양식은 아득하게 멀리 떨어진 느낌을 준다. 그와 동시에 스코틀랜드 애버딘셔의 베너치와 탭오노스 주변 화강암 산꼭대기와 가파른 경사면을 떠올리게 한다는 점에서 익숙하기도 하다. 익숙함이 워낙 커서 이 그림 속 풍경을 다른 각도에서 바라보는 상상을 할 수 있을 정도다. 산꼭대기에서 바라보면 태양이 서쪽에서 긴 광선을 쏘고 안개와 회색 황혼이 계곡을 가득 채우며 태양이 지평선 아래로 떨어지자마자 산허리 집들에서 새어나오는 작은 불빛이 어둠을 뚫을 것이다.

산 아래 작은 불빛.
다카하시 쇼테이, 「미즈쿠부에서 본 후지산」, 목판화, 1930년대.

우리는 탁 트인 시골의 어둠 속에서 홀로 있는 느낌을 잃었다. 저
멀리에서 보이는 빛 하나가 얼마나 거세게 감정을 휘젓는지도
잊어버렸다. 보기 위해 안간힘을 쓰는 행동 자체는 기억에 대한
방아쇠 역할을 함으로써, 빛이라고는 오직 별들과 길을 따라 늘
어선 시골집들의 드문드문한 별자리 같은 등불밖에 없었던 과거
의 여행길을 불러낸다. 프루스트의 『잃어버린 시간을 찾아서』에
서 잠 못 이루는 화자는 저멀리 기차 소리를 듣고 작은 기차역을
나서서 제1차세계대전 이전, 칠흑처럼 새까만 유럽 시골 마을을
걷던 경험을 떠올린다.

가까이 다가오는 것인지 멀어지는 것인지, 멀리에서 숲속 새의 노래 같은 기적 소리가 들렸다. 여행자가 다음 역으로 급하게 발걸음을 옮기는 인적 드문 시골길이 떠올랐다. 그 시골길은 그의 기억에 영원히 박제될 것이다. 새로운 장소와 익숙하지 않은 행동, 낯선 사람의 등불 아래서 나누는 대화와 작별에 대한 기대감은 집으로 돌아가는 행복이 다가올 때까지 밤의 침묵 속에서 그와 함께할 것이다.[33]

이 장면은 빛이 없거나 달빛이 비치는 시골길 풍경을 불러온다(시제는 복잡하지만 아름답다. 여행에 대한 기대감으로 부풀었지만 집으로 돌아가는 마지막 걸음에 대한 상상이 그 기대감을 억누른다). 수많은 분기선이 있는 조용한 철도와 사람 없는 작은 역들, 그리고 시골 간이역과 주택 불빛 사이 들판을 가로지르는, 절대적으로 익숙한 경로가 떠오른다. 이런 것들은 옛 철광석 마을을 다시 한번 떠오르게 한다. 커다란 돛 같은 나무들 사이로 바람이 부는 밤, 서쪽에서 불어온 돌풍을 싣고 밴버리에서 코번트리로 가는 기차 소리. 또는 지붕 기와에 서리가 두껍게 내린 한겨울 밤, 얼어붙은 공기를 뚫고 덜컹거리면서 달리는 기차 바퀴와 철로가 딸깍거리는 소리. 어두컴컴한 시골에서 저멀리 들리는 기차 소리는 위안을 주지만 아득한 느낌도 있다. 기차가 멈추지 않고 이 마을에서 저 마을을 지나가기 때문이다. (신문에 실린 부고의 멋진 마지막 문장이 기억난다. 죽은 사람의 목소리는 오래전 버려진 철도가 지나는 계곡에서 저녁이면 들려오던 기차 소리처럼 과거에 속한다는 내용이었다.)

에릭 래빌리어스의 작품 「밤에 다리 위를 달리는 기차」

요란한 기차 소리, 들판의 희미한 고요함.
에릭 래빌리어스, 「밤에 다리 위를 달리는 기차」, 1935.

는 이 괴리를 강조한다. 불이 환하게 켜진 기차는 지나치는 텅 빈
시골과 거의 다른 차원에 존재하는 듯한 느낌마저 준다. 기차는
도시를 싣고 도시들 사이를 이동하므로 지나치는 장소와는 거의
아무런 관련이 없다. 이 그림의 모든 것은 그 사실을 강조한다.
달리는 기차의 불빛과 시끄러운 소음, 연기, 희미한 달빛이 비치
는 고요한 들판. 기차의 빛은 아주 잠깐 풍경을 바꿀 뿐이다. 그
빛은 탑승장 근처, 가지가 멋대로 뻗은 나무 두 그루를 비추어 순
간적으로 형체를 드러내고 다리 난간에서 반사된다. 기차 엔진,

굴뚝에서 나오는 희고 뚜렷한 연기, 보일러 용광로의 불꽃을 등진 기관사의 희미한 형체로 시선이 향한다.

존 미드 포크너가 쓴 기묘한 에드워드시대 소설 『네뷸리코트』에서도 같은 현상이 관찰된다. 도싯주 외딴 마을을 배경으로 한 이 이야기는 사라진 상속자들과 비밀 결혼이라는 소재 자체에는 큰 특징이 없지만 독특하고 기이한 서술 기법과 간접적인 시점을 통해 불안감을 준다. 맑은 날씨에 우편 열차가 어떤 모습인지 관찰하여 길고 정교하게 설명한 후 안개 낀 밤에 외딴 분기역에서 중요한 발견을 하는 혼란스러운 상황이 일반적으로 나타난다.

> 맑은 밤이면 여행자는 옛 항구 도시에서 1.6킬로미터 지났을 때 저멀리 쿨런 로드에 있는 기차역의 등불을 볼 수 있다…… 점점 커지는 기차 소리만이 그가 목표에 가까워진다는 것을 알려주고 급행열차들이 돌진하면서 전력으로 우르릉거리는 소리가 점차 덜컹거리는 굉음으로 변한다. 맑은 겨울날에 기차들은 새하얀 털실 같은 자국을 남기고 밤에는 열린 용광로 문이 구름에 찬란한 광채를 내던질 때 불붙은 뱀이 그 뒤를 따른다.[34]

이 이상한 그림에서 래빌리어스는 용광로 불빛이 반사되고 연기가 확산되는 효과를 담는다. 그의 작품에서 풍기는 강렬한 느낌은 대부분 평범한 장소를 평범하지 않은 조건에서 바라보는 선택에서 비롯된다. 이 그림은 마지막 기차에서 내려 시골역에서 집으로 걸어가기 시작한 여행자만 볼 수 있는 일시적인 경이로움을 포착한다. 달리는 기차의 환한 빛과 불꽃 때문에 기차가 지나가버린 후에도 한동안 눈이 부셔서 흐릿한 달빛과 집으로 가는 길이 잘 보이지 않을 것이다.

◆

저멀리 들판을 가로지르는 불빛이 전부 유령이나 환영인 것은 아니다. 안개 낀 가을날, 웰시마치스의 언덕길을 내려가 헤러퍼드셔를 지난 여행을 기억한다. 겨울 초입, 오후가 저녁으로 바뀐 시간이었다. 은은한 노란 점들이 습한 공기 중에 얼룩을 만들었다. 농장들의 불빛이 드문드문 이어졌다. 광활한 풍경에 은은하게 빛나는 그 구두점들이 반갑고 믿음직스러웠고 위안까지 되었다. 다른 차들은 거의 보이지 않는 젖은 도로에서 고요함을 헤치며 나아가는 그 길에서 농가마다 새어나오는 불빛이 단색 생울타리와 어둑한 들판을 비추었다. 웰시마치스에 전기가 들어온 것은 제2차세계대전이 끝난 이후이므로 그전까지는 저멀리 산비탈 농장들은 석유램프나 반딧불 같은 양초처럼 작은 빛의 얼룩만 보여주었을 것이다.

오래도록 시골 저녁을 밝힌 이 빛의 패턴은 프루스트가 어린 시절을 보낸 콩브레 풍경을 회상할 때 정확하게 되살아난다. 특히 비 오는 오후가 저녁으로 접어드는 시간이다.

때때로 날씨가 나빠지면 집으로 돌아가 집 안에만 처박혀 있어야 했다. 어둠과 습기 때문에 저멀리 시골 마을이 꼭 바다처럼 보였다. 밤과 물에 잠긴 산허리 외딴집들은 돛을

비 내리는 밤의 작은 빛.
이시와타 고이쓰, 「비 오는 밤, 가나가와의 이발소」, 목판화, 1931

접고 닻을 내리고 밤새도록 움직이지 않는 바다에 드문드문 흩어진 작은 배들처럼 빛났다.[35]

비 내리는 깜깜한 시골의 소박하고 은은한 빛은 이시와타 고이쓰石渡江逸의 「비 오는 밤, 가나가와의 이발소」에서도 볼 수 있다. 이 목판화는 매우 제한된 팔레트를 사용해 큰 효과를 낸다. 퍼붓는 비에 목조 건물과 초가지붕이 젖고 길이 잠겨서 (문 옆 관목에 회녹색이 살짝 들어간 것을 제외하고) 그림 전체가 검은색과 잿빛이다. 문 열린 가게의 창백한 램프 불빛은 희미한 노란색인데, 젊은 이발사와 고객의 어깨에 걸친 흰색 시트와 대조를 이룬다. 마찬가지로 소박한 집 위층 창문에서도 창백한 빛이 비친다. 그 빛은 강하지 않지만 집밖, 비에 흠뻑 젖은 검은 밤과 대조를 이루는 인간의 작은 불빛이 모든 어둠으로부터 안식처를 제공한다.

◆

대학원생 시절, 케임브리지 외곽 시골에 사는 제프리 케인스를 자주 방문했다. 조용하고 널찍한 그의 집을 떠나 자전거를 타고 기차역으로 가는 길은 과거에서 현재로 여행하는 느낌과 비슷했다. 저녁식사 후 곧바로 그 집을 나서면 덜링엄역에서 출발하는 마지막 기차를 탈 수 있었다. 그는 항상 현관까지 나와 밝은 불빛 아래에서 손님을 포옹으로 배웅해주곤 했다. 나에게 그 방문은 충격적일 정도로 차가운 겨울 공기와 집 앞 자갈길로 떨어지는 불빛 속에서 모락모락 피어오르던 입김으로 기억된다. 그 집의 문이 닫히면 나는 집을 빙 둘러서 마구간으로 자전거를 가지러

갔다. 시간 여유가 거의 없었지만 불 켜진 그 집 창문을 항상 바라보곤 했다. 제프리가 성인이 된 1914년 이전부터 아주 오랜 세월 동안 모은 물건들로 채워지고 바뀐, 그 자체로 거의 과거의 망령이라고 할 수 있는 방들을 바라보았다. 현관 오른쪽이 그의 서재였는데 엄청난 장서가 꽂힌 책꽂이가 있었고 은색 광채가 도는 벽난로 선반 위에는 도자기 접시가 놓여 있었으며 그 옆에는 에드워드 캘버트Edward Calvert의 작은 템페라* 그림 「귀가」가 걸려 있었다. 지극히 영국적인 풍경을 배경으로 성경 속 양치기가 집으로 돌아가는 모습이 담긴 판화로 잘 알려졌지만 채색된 원본은 이상하고 거친 색깔 때문에 훨씬 강렬한 느낌을 준다. 저녁 하늘이 거의 적갈색에 가깝고 언덕은 짙은 남색이다. 제프리의 집 측면에 난 창문으로 지금은 다이닝룸 역할을 하는 판석을 깐 부엌과 저녁 식탁을 치우는 가정부, 하얀 페인트칠을 한 조리대 위 화려한 문양이 그려진 다기, 벽에 걸린 튜더 초상화와 섭정시대 지도가 보였다. 나는 마구간으로 들어가면서 어둠에 익숙해지려고 일부러 눈을 감았다. 집의 불 켜진 창문들과 그 모든 다채로운 색깔이 여전히 눈시울에 남아 있었다.

이내 마을과 나무들을 뒤로한 채 서리 덮인 어둠을 헤치고 텅 빈 도로를 달렸다. 교차로에서는 굳이 위험을 무릅쓰지 않고 자전거 전조등의 클립을 풀고 길 안내 표지판을 읽었다. 눈이 어둠에 익숙해지면 평지 저멀리까지 비추는 불 켜진 철도 신호소가 시야에 들어왔다. 동풍과 강한 우박이 몰아치는 어느 매

---

* tempera, 안료에 달걀노른자, 꿀 등을 섞은 물감 혹은 그것으로 그린 그림. 유화 이전에 고대, 중세 서양미술의 기본 재료로 사용되었다.

서운 밤에는 플랫폼에 있다가 신호소 안으로 초대되어 차를 대접받았다. 얼어붙은 도랑과 젖은 들판을 달리느라 늦게 도착한 기차의 불 켜진 창문이 보일 때까지 나는 그 안에 머물곤 했다. 그다음에는 매서운 바람을 뚫고 자전거와 사투를 벌이며 기차에 올라타면 당시 슬램도어 기차의 특징이었던 문이 쾅 닫히는 소리가 뒤따랐다. 드문드문 이어지는 과거의 불빛과 차가운 소택지와 침묵을 벗어나 찬란한 오렌지색 가로등 불이 빛나는 케임브리지로 기차가 나를 데려다주는 데는 20분밖에 걸리지 않았다.

4

북쪽 도시 풍경과 서쪽 교외

지금은 저녁이고 나는 집으로 걸어가고 있다. 남쪽으로 솔즈베리 크랙스에 마지막 햇빛이 모이고, 진지하고 고전적인 거리에서 처음 보이는 방들에 불이 켜지기 시작하자 사람들이 창문으로 이끌린다. 나는 반려견과 함께 리젠트 테라스를 걷는다. 뉴타운 거리에서 하얀 전구들이 깜빡이는 가운데, 차가운 황혼이 돌모자 쓴 듯한 에든버러 언덕들에 내려앉는다. 걷는 동안 칼턴 힐의 세 면을 감싸는 테라스가 이어지는 커다란 주택들을 힐끗 본다. 방 천장이 높고 창 덧문은 닫히지 않았다. 천재적인 도시 계획으로 이 거리에 일렬로 늘어선 집들은 앞면만 보인다. 뒷면 비탈길에는 개인 정원이 자리했고 내리막길의 경사진 공공 정원들이 내려다보인다. 테라스의 곡선을 따라 이동하면 풍경이 바뀐다. 남쪽으로 홀리루드공원과 울퉁불퉁한 노두露頭, 남동쪽으로는 지붕이 점점 줄어들고 동쪽으로 연립주택과 강이 있다. 이곳 화강암 자갈길은 북부의 짧은 여름 동안에는 나무들로부터 보호받지만 평소에는 바람이 심하다. 건축가 로버트 애덤Robert Adam이 상상으로 그린 고전적인 성들의 기둥식 성벽처럼 소박하지만 웅장하다. 바람 부는 방향으로 지어진 칙칙한 북부 저택의 높은 응접실에서는 기나긴 겨울 풍경이 보인다.

불 켜진 창문을 통해 언뜻 보이는 방들은 자서전 같다. 어두운 벽, 남성적인 도서관 또는 서재, 벽에 걸린 색칠된 노, 대학 뜰이나 사각형 안뜰이 위에서 내려다본 시점으로 그려진 커다란 판화 한 쌍. 초록색 갓을 씌운 램프, 깜박이는 벽난로 불꽃, 벽난로 옆 안락의자. 젊은 시절에는 운동선수였고 지금은 전문직에 종사하는 남자의 겨울 요새다. 판석 깔린 인도를 따라 우윳빛 가로등 불 목걸이가 그림자 드리운 돌 위를 비춘다. 어둑하고 널찍한 현관 입구를 두른 파르테논 신전의 프리즈*를 흉내낸 석고 장식에 난 작은 창문으로 안이 얼핏 들여다보인다. 또다른 응접실 창문에 중년 여성이 서 있고 녹색 벽에는 빛이 아른거리는 그림들이 걸렸다. 20세기 초 인상주의 작가가 그린, 스코틀랜드 여름 해변과 추수가 이루어지는 들판의 붉은 타일 지붕 그림이다. 유럽 대륙을 연구한 스코틀랜드 화가들의 이런 훌륭한 그림은 르네상스와 계몽주의 스코틀랜드의 세계적인 네트워크를 보여주는 마지막 작품이다. 이런 특징을 띠는 그림들은 내가 지금 걷고 있는 이 거리에서 그려졌다. 화가 프랜시스 캐델Francis Cadell이 이곳에 살았던 1930년대에 그의 널찍한 방들은 러시아 발레단의 코발트와 에메랄드, 오렌지색으로 장식되었다.

하얀 불빛을 따라 이동하다가 칼턴 테라스 스트리트에 있는 화가 친구 빅토리아 크로Victoria Crowe의 작업실 밖에서 멈춘다. 그녀가 초상화와 저녁과 시간의 흐름에 대한 특별하고 시

---

* frieze, 서양 고전 건축에서 건물 상단에 띠 모양으로 그림이나 조각 장식을 한 부분.

적인 풍경화를 그리는 크고 고요한 그 방은 불이 꺼지고 블라인드가 쳐졌다. 그녀의 작품들은 대개 황혼이나 흐린 달밤의 끝을 보여준다. 카메라는 잡아내지 못하고 오직 인간 눈으로만 이해할 수 있는, 빛이 절제된 풍경이다. 그녀의 그림「달이 숨겨진 풍경」에서 시점은 빅토리아시대 표본 나무들이 섞인 숲속 깊은 곳에 있다. 저멀리 작은 집들의 불빛이 보이는 시골 대저택에 딸린 사유 공원이다. 천천히 아래로 스며드는 빛이 달빛에 잠긴 은은한 파란 하늘을 배경으로 나뭇가지들은 겨우 형태만 보인다. 나무줄기들은 숲 바닥에 얼룩진 달빛 사이로 그림자를 흘려보낸다. 왼쪽 멀리에서는 울창한 나무 사이로 정확하게 구분되는 두 종류의 파란 물감이 병치되어 지평선을 암시한다. 구도의 균형을 이루는 것은 저멀리 작은 집들의 창문에 켜진 불빛인데 숲의 고요함을 해치지 않은 채 숲 가장자리 윤곽을 드러낸다. 암시된 집들의 경계선은 드문드문 불이 켜진 시골길일 것이다. 화가와 관찰자가 온전하게 담아낸 이 빛들은(붉은빛 섞인 노란색이 전경의 파란색, 회색과 대조를 이룬다) 서로 단절되었고 고요하다. 이 시골 집들은 낯선 이들이 찾아오지도 않지만 안식처도 아니다. 달밤의 대안이 되어주지는 않지만 전체적으로 조용한 관심의 일부분이다.

　　창문과 거울은 크로의 작품에서 반복적으로 나타나는 주제다. 아침과 저녁의 빛을 받는 작업실 창문 맞은편에 얽힌 겨울 나뭇가지들. 눈 내리는 북부 지방의 오후를 가장자리에서 비스듬히 반사하고 굴절시키는 베네치아 거울. 바깥 겨울 풍경이 시야에서 사라지고 창문이 까맣게 변할 때 창유리에 비치는 꽃줄기. 언젠가 크로는 내게 꽃과 맞은편 창문의 빛에 대한 글을 써서 보냈다.

어두운 겨울 동안 내 부엌 창문턱에는 훌륭한 대비를 이루는 하얀 난초가 놓여 있었어. 환한 창문에는 앙상한 나뭇가지의 실루엣이 비치고 말이야…… 새하얀 전깃불 속 새하얀 꽃잎을 어떻게 그려야 할까?

그녀는 이것이 북부 화가들에게 매우 중요한 퍼즐이라는 것을 단번에 알아보았다. 황혼의 모든 파란색뿐만 아니라 흰색의 미묘한 차이와 반투명함을 어떻게 표현해야 하는지.

◆

눈송이가 주저하듯 드문드문 떨어진다. 나는 반려견과 함께 칼턴 테라스 스트리트가 끝나고 상당히 긴 로열 테라스 스트리트가 시작되는 곳을 지난다. 진주알 같은 가로등들이 점점 멀어지고 작아진다. 모퉁이 너머에 집 몇 채가 있고, 덧문이 열린 1층 창문이 있다. 하얀 반바지와 조끼 차림인 젊은 남자가 달리기하러 나가기 전에 창가에 서서 길 건너와 어두워지는 정원을 내다보며 날씨를 확인한다. 그는 팔을 휘두르며 어깨를 푼다. 매서운 저녁 날씨에 저렇게 가벼운 차림인 것으로 보아 빠르게 달릴 생각임이 분명하다. 문이 딸깍 닫히는 소리와 함께 그는 나와 반려견을 앞지르고 달빛에 잠긴 하얀 가로등이 만드는 빛의 웅덩이 사이를 빠르게 움직이는 하얀 형체로 변한다. 그 형체는 상트페테르부르크궁전처럼 거대한 로열 테라스 스트리트를 따라 달리며 작은 창문과 덧문이 닫히지 않은 창문에서 쏟아지는 빛으로 들어갔다 나왔다 하면서 깜빡거린다. 잠깐 동안 그는 앨런 홀링허스트의 소설에 나오는 스파숄트의 유령 같았다가 긴 시야의 맨 끝에서 어둠 속으로 사라진다. 꾸밈없으면서도 대단한 저녁 도시 풍경을 거대한 규모로 구상한 모습이다. 황혼과 함께 첫 눈송이가 떨어지는 이 풍경은 압도적인 광활함과 불 켜진 창문을 통해 얼핏 보이는 서늘한 웅장함이 서린 신고전주의적인 북부, 상상 속 발트해의 전형이다.

내가 몇 년간 살았던 에든버러의 공동주택 꼭대기 층, 2층짜리 이상한 아파트에서도 앙상한 겨울 나뭇가지 사이로 똑같은 빛을 볼 수 있었다. 창문에서 비 내리는 좁은 리스 워크 스트리트 너머 런던 로드 대로가 내다보였다. 거리 불빛이 뻗어나가면서 점점 희미해지다가 사라졌고 저멀리 왼쪽에는 스포츠 경기장의 투광등이 있었다. 나는 친구 소피와 함께 창가 원탁에 앉아 있었다. 덧문을 열어둔 창가에는 재스민과 꽃망울 맺힌 제라늄이 놓여 있었다. 미술사학자인 소피는 수년간 발트해 연안에서 살았는데 독일 화가 카스파어 다피트 프리드리히가 어린 시절 그라이프스발트에 있는 아버지 집에서 그에게 부적과도 같았던 엘데나의 수도원 유적까지 걸었던 산책길을 한 걸음 한 걸음 다 꿰뚫고 있었다. 그녀는 많은 북유럽 도시를 돌아다니며 미술 작품들을 연구했는데 19세기 초 독일에서 20세기 초 스칸디나비아까지, 북부 국가 회화의 모든 것이 그녀의 마음속에 들어 있다. 북부의 겨울 저녁, 집에 돌아온 기분을 느끼게 하는 에위올프 수 Eyolf Soot의 아름다운 1885년 그림에 대해 처음 알려준 사람도 소피였다. 석유램프를 들고 창가에 서 있는 신비로운 여인을 그린 작품이었다. 우리집 원탁에 놓인 석유램프와 북부에서 막차를 타고 도착한 그녀를 환영하기 위해 꺼내놓은 쿠겔호프 케이크와 린덴 꽃차는 모두 그녀에게 친숙한 집 풍경이 담긴 낭만적인 비더마이어* 회화에 대한 조용한 오마주다. 우리는 그녀가 연구하거나 방문한 곳들, 즉 눈 내리는 풍경과 해안, 여름 섬들, 기나긴 겨울 저녁이면 창문에 비치는 노란 불빛들을 오가며 대화를 나눈다.

원탁에 앉은 우리는 길 건너 기념비적인 공동주택 건물에 사는 그 누군가에게도 우리가 있는 곳의 불 켜진 창문이 보일지 궁금해지기 시작했다. 그들은 소피가 잘 아는 1820년대 덴마크나 독일 그림과 비슷한 풍경을 볼 것이다. 그늘진 빛, 탁자 위에 켜진 작은 유리 석유램프가 있는 풍경 말이다. 높은 천장 돌림띠 아래 그림자가 모인 방. 움직이는 전등 불빛, 조용히 앉아서 창밖 비와 줄어드는 도로 불빛과 그 그림자를, 창밖 세계를 바라보는 우리 세 사람.

규칙적인 빛의 패턴은 에든버러의 이쪽 동네가 신고전주의 도시로 향하는 개선문으로 설계되었음을 알려준다. 그러나 이곳은 북부 고전주의와 계몽주의의 에너지가 모두 고갈되어 갈 때 지어졌고 결국 남쪽에서 에든버러로 들어오는 공식 입구는 칼턴 힐 반대편으로 옮겨졌다. 칼턴 힐 돌출부에 테라스를, 바다를 향해 1.6킬로미터 정도 뻗은 완만한 내리막길에는 대로와 크레센트**를 배치한 거리들이 매우 위풍당당하고 고무적이지만

---

* Biedermeyer, 19세기 독일 3월 혁명 이전 시대의 문화 및 예술 양식.
** crescent, 집들이 앞면을 보인 채 죽 늘어선 굽은 거리.

아름다운 방안, 주황색 블라인드에서 새어나오는 빛.
프랜시스 캐델, 「주황색 블라인드가 있는 실내」, 1928.

건축 작업이 매우 느려서 반세기 동안이나 질질 끌리다 부지 가치가 하락한 채 자리를 차지하고 있었다. 결과적으로 낮 풍경은 매우 들쑥날쑥하다. 얼기설기 엮인 투기용 건물과 상점들, 나무가 우거진 높은 경사면에 들어선 로열 테라스 스트리트의 궁전 같은 앞면 아래 널찍한 거리에 넘쳐나는 차들. 그러나 밤이 되면 디자인의 미세한 틀이 모습을 드러낸다. 가로등과 창문에 불이 켜지면서 장엄함이 스며든다. 특히 비나 눈이 내려 은은하게 윤곽이 드러날 때면 더욱 그렇다.

그 비 내리는 밤, 그 이상한 2층짜리 아파트 창문으로 건너편 모퉁이 대로를 바라보는데 좀처럼 불이 켜지지 않던 창문에 강렬한 천장 조명이 켜진 것이 보였다. 하얀 벽에 아무런 장식도 걸리지 않은 허전한 방에서 젊은 남녀가 왈츠를 추는 아름다운 모습도 보였다. 밝게 빛나면서도 아득하게 멀리 떨어진 듯한 그 우아하게 춤추는 모습은 너무도 황홀했다. 귀에 들리지는 않지만 그들의 아파트를 가득 채웠을 왈츠의 선율이 눈에 보이는 듯했다. 우리는 그들이 19세기 초 음악을 틀어놓았을 거라고 상상했다. 우리가 나누던 대화와 그들의 춤을 엮어주는 음악이었다. 슈베르트가 작곡한 렌틀러 같은 초기 빈 왈츠. 춤은 그들이 덧문을 닫을 때까지 1~2분밖에 지속되지 않았고 우리는 그 창문에 불이 켜진 것을 다시는 보지 못했다.

저녁이 마무리되고 친구들이 내부 계단을 통해 다락 침실로 올라간 후, 나는 아직 덧문을 열어둔 아파트 뒤쪽 서재로 책을 가지러 갔다. 그곳에서 밖을 내다보면 비 내리는 날에 불 켜진 창들의 세계를 관찰할 수 있었다. 유니언 스트리트에 있는 조지 왕조풍 주택과 공동주택 뒤쪽 창들이 다채롭게 빛났다. 저마다

바닷가 비탈길의 작은 지붕들.
가와세 하스이, 「오시마, 오카다」, 목판화, 1930년대.

다양한 램프 불빛, 다른 색상 블라인드, 창가에 촛불을 켜놓은 채
밤늦게까지 이어지는 어느 아파트의 저녁 파티, 뉴타운이 포스
강을 향해 내리막으로 기울어지는 가운데 별자리를 이루는 가로
등과 창문 불빛. 어두운 강 틈새와 저 너머 파이프해안의 불빛도
있다. 주도로의 노란 불빛, 오래된 가로등이 켜진 뉴타운 거리에
서 하늘로 퍼지는 연한 진주와 오팔색 불빛, 게이필드광장에 자
라는 무늬가 들어간 규칙적인 창들에 둘러싸인 우물 같은 까만
나무들.
　　그 모습과 아득한 시각적 운율을 이루는 다른 풍경으로
생각이 옮겨갔다. 자욱하게 안개가 낀 밤, 물가 비탈길에 들어선
집들의 창문이 황혼 속에서 빛난다. 가와세 하스이의 「오시마,

오카다」는 공기 중에 습기가 가득해서 옅은 안개가 밝지 않은 회색으로 균일하게 절제된 저녁의 어촌 마을을, 목판화라는 매체를 통해 대단히 섬세하고 뛰어난 기술로 보여준다. 관찰자 시점이 가파르고 독창적이어서 지면보다 더 높은 곳에서 집들을 바라보므로 안개 낀 회색 물결 너머 움직이지 않는 배 한 척이 빽빽한 공기 때문에 그림자처럼 보인다. 노란 창문 불빛과 안개의 균일한 창백함이 이루는 강한 대비가 공기 중과 바다의 안개 색을 하나로 합치는 효과를 강화하는 역할을 한다.

소피는 지붕과 굴뚝, 저멀리 언덕이 보이는 다락방 창문과 캐노피 침대가 있는 손님 방으로 쉬러 갔다. 그 자체로 그녀가 사랑하는 19세기 초 분위기를 풍기는 방이다. 비더마이어 소설에 나오는 젊고 훌륭한 여가수 또는 화가의 숙소 같은 느낌이다. 나는 잠시 침실 뒤쪽 창가에 서 있었다. 이 이상한 아파트의 또다른 특이한 점은 벽난로와 아치형 천장이 있는 이 주±침실이 꼭 성에서 볼 법한 커다란 방 같다는 것이다. 조지 왕조풍 아파트 꼭대기 층보다는 파이프에 있는 망루 딸린 중세 저택에 더 어울린다. 나는 강 너머와 북쪽 해안 거리 불빛에 시선을 고정한 채 가장 높은 동쪽 지대를 바라보았다. 파이프 지역 도시들 뒤쪽 산비탈에 불빛이 드문드문 보였다. 농가와 오두막, 돌담으로 둘러싸인 정원과 바람을 막아주는 나무들이 자라는 요새 같은 집.

◆

텅 빈 집의 불빛, 사람 없는 방에서 움직이는 불빛은 아직도 입소문을 타고 전해지는 사소한 괴담에서 빠지지 않는 특징이다. 좀더 미묘한 이야기에서는 명백하게 다른 시대의 불빛이라거나, 촛불 또는 이 방에서 저 방으로 휙휙 움직이는 석유램프의 불꽃이다. 내가 어릴 때 이스트파이프에 있는 망루 딸린 중세 저택들과 그보다 작은 요새 집들에는 '문제가 있거나' 유령이 나온다는 소문이 자자했다. 세인트 앤드루스 도롯가 나무들 사이로 절반 정도만 보이는, 담으로 둘러싸인 정원만 남은 집이 있었다. 그 집에서는 저절로 불이 났는데 널리 보도된 바에 따르면 맹렬한 폴터가이스트 공격의 결과였다. 더운 8월, 정오에 그 집을 둘러본 적이 있었다. 바람 한 점 없는 답답한 공기를 뚫고 저택 진입로에서 작은 먼지들이 소용돌이처럼 춤추는 광경과 함께 그 모험은 갑작스럽게 끝나고 말았다. 살던 가족들이 집을 비울 때면 켈리성에도 생명이 불어넣어지는 듯했다. 너도밤나무 위 꼭대기 층 창문에서 해안 마을을 향해 불빛이 비쳤고 전속력으로 달려오던 경찰차가 자갈 깔린 마당에서 갑자기 멈춰서 잠긴 텅 빈 탑에서 불빛이 하나둘 꺼지는 것을 지켜보았다.

세번째 집도 있다. 셋 중에서도 가장 끔찍한 그 성은 곶 위에 빽빽하게 들어선 새까만 나무들 사이에 자리했으며 이름이 불길했고 소문은 더 나빴다. 하지만 매우 아름다운 집이었다. 아니, 아름다운 집의 잔해라고 해야 할까. 그 집에서 자라던 잡목림 끄트머리에서 바라보면 보리밭과 강어귀가 한눈에 보였다. 앵거스언덕까지, 저멀리 로디언주* 해안까지. 나는 수십 년 전 초여름 저녁에 그 길을 걷곤 했는데, 익어가는 곡식과 털 색깔이 똑같은

---

* Lothians, 스코틀랜드 서남부의 세 개 주인 이스트로디언, 미드로디언, 웨스트로디언을 모두 가리킨다.

리트리버와 함께였다. 비록 검은딸기나무에 뒤덮인 콘크리트 사격 진지 가까운 곳에 바다가 있고 이 조용한 곳이 오래전에는 포스강과 거기 있던 항구들의 수호지로서 매우 중요했다는 사실이 떠올랐지만, 고요하고 목가적인 스코틀랜드 풍경이 주변에 펼쳐졌다. 길모퉁이에 작은 너도밤나무가 서 있었고 보리밭 저쪽에는 지붕이 붉은 시골집들이 들쑥날쑥했다. 모든 것이 황갈색이었고 햇살을 가득 받고 있었다. 저멀리 바다에서는 빛이 반짝이며 한데 모였다.

하지만 근처 성을 둘러싼 숲은 고요했고 나뭇가지 아래에서 움직이는 곤충 하나 없었다. 나무 그늘로 두 걸음만 더 들어가면 바스락거리는 들판 소음이 사라졌다. 청록색 나무 터널 안으로 몇 걸음 더 나아가면 문장이 조각된 집 문틀이 보일 터였다. 대개 저녁 빛을 받은 숲속 성은 향수를 불러일으키거나 심지어 매혹적이겠지만 그곳의 고요함은 언제나 억압적이었고 침묵 자체가 주변과 전혀 어울리지 않았다. 해가 저문 이후에는 그곳에 있고 싶지 않다는 느낌이 들었다. 저 죽은 창문에서 불이 켜질지도 모른다는 비이성적인 두려움 때문이었다. 그리고 날이 저물수록 그 불빛은 점점 더 의식되었다. 패널로 장식된 아무도 없는 방 한구석에 촛불을 켜놓은 것처럼 다른 창문들보다 덜 어두워 보이는 창문이 나타날 것 같다는 생각이 들었다. 아마 대모가 해준 이야기 때문이었을 것이다. 대모가 자신의 대모에게서 들었다는 그 이야기는 나무 사이에 있던 침울한 집에 관한 것이었다. 그 집은 전쟁을 겪는 동안 사람이 살지 않을 때가 많았고 마지못해 친척들이 돌아가며 맡아주었지만 그 집에 사는 사람들에게는 엄청난 불행이 닥쳤다. 수십 년이 흐른 지금 그 집은 수리를 거쳐

다시 사람이 살고 있다. 정원에 식물을 다시 심었고 잡목림도 덜 빽빽해졌다. 그 집에 살던 유령이 위로받고 노여움을 풀었거나 소원을 이루었거나 아니면 단순히 그곳이 싫증나서 다른 곳으로 옮겨갔는지도 모른다. 실비아 타운센드 워너의 표현을 빌리자면 그런 존재들의 방문은 필연적으로 "경박하고 조소적"이며 바로 그 경솔함에서 공포가 나온다.

나는 그 오래전 여름 저녁에 희미해지는 나무들의 회랑 아래에서 몇 분간 더 서 있다가 빛이 비치고 속삼임이 살랑거리는 들판으로 기꺼이 돌아갔다. 부모님 집으로 가서 반려견에게 먹이를 주고 맨 꼭대기, 아름다운 방에서 책을 읽다가 그림이 그려진 대들보 아래에서 잠이 들었다. 바닷바람과 섬 등대에서 나오는 빛줄기가 방문하는 집이었다. 창살 액자에 담긴 네모난 빛이 천장에 그려진 화환과 매듭을 빙빙 돌았고 농경지의 황토색과 연한 청색, 먼지 낀 장미색 같은 여린 색깔 위를 밤새도록 움직이며 어슴푸레하게 문짝선을 비추었다.

◆

어둠 속에서 얼음과 섬들 위로 얇은 눈송이가 끊임없이 떨어졌다. 1월, 한낮에도 저녁처럼 어둠이 깔린 영하 7도의 스톡홀름 중심부를 나는 걷고 있었다. 이미 뉘브로가탄으로 내려가는 길에 마주친 가게와 창문들에 불이 켜져 있었고 찬란한 불빛이 이어지는 좁은 길 끄트머리에는 탁 트인 공간이 보였다. 대학에서 국립박물관을 향해 시내로 들어설 때 갑자기 해가 저물었다. 하지만 나는 서두르지 않았다. 사람들 대부분이 집으로 발걸음을 옮기기 전의 조용한 거리를, 건조한 추위를, 허공에 깜빡이는 눈송이를, 상점들의 밝은 진열창을 음미했다.

길 거의 끄트머리에 있는 골동품 가게에서 잠시 멈추고 창문을 들여다보았다. 그곳에 진열된 모든 물건은 순식간에 지나가는 빛이라는 겨울 저녁의 전체적인 미학과 잘 어울리는 것처럼 보였다. 님프 또는 여신의 대리석 머리와 어깨, 고유하고 차가운 조명을 머금은 반짝이는 표면. 회색 패널로 장식된 살롱의 긴 창문 사이에는 초꽂이가 달린 단순한 직사각형 거울들이 걸려 있어서 저녁이 되자 불꽃이 두 배가 되었다. 빛의 폭포 같은 긴 샹들리에, 크리스털 별, 다면 유리 글로브.

탁 트인 공간으로 나가자 가로등 불빛에 거리 반대쪽 물이 얼어 있는 모습이 보였다. 까만 얼음 위에 이미 눈이 쌓이고 있었다. 하루나 이틀만 지나면 꽁꽁 언 수면이 땅과 구분되지 않을 것이다. 내 왼쪽에는 하얀 유리 구체가 매달린 멋진 가로등 기둥의 수호를 받는 스웨덴 왕립오페라극장이 있다. 19세기 기준에 따라 만들어진 그 가로등에는 달 같은 전등이 한 쌍 달려 있다. 에든버러 뉴타운의 부드럽고 진주알 같은 가로등보다 더 높고 더 환해서 금박 입힌 가로등 기둥 맨 윗부분과 극장 정문 양쪽 도금 조각상들을 환하게 비춰준다. 떨어지는 은색 눈송이가 가로등 불빛과 합쳐진다.

나는 뉘브로플란으로 건너가 옛 왕실 정원 쿤스트래드가르덴을 거닐었다. 눈송이를 맞아 예리하게 드러난 잘 깎인 생울타리가 이어졌다. 높은 화강암 주춧돌에 올려진, 전사이자 발트해 영웅의 실물보다 큰 황동 동상. 공격적이면서도 로코코적으로 보이는 카를 12세가 바다 너머 어둠을 향해 청동검을 흔들며 앞으로 힘차게 걷는다. 가로등이 설치된 다리와 나무가 우거진 작은 섬들을 가로질러 간다. 프로이센 방향으로 길게 뻗은 차가운 바다를 가로질러 간다. 그의 황동색 어깨 위에 눈이 쌓이고 있었다.

고요하고 장엄한 겨울 도시를 걸었던 이 산책은, 돌이켜 생각해보면 어딘지 몽환적이었다. 뉘브로플란의 기념물에서 내 기억은 완전히 꿈에 속하는 무언가를 만들었다. 내가 기억하는 것은 나무와 새까만 관목이 있던 널따란 광장이다. 그 조용한 오후의 소리가 점점 거세지는 눈발에 더욱 가려졌다. 나는 화강암 주춧돌 위에서 손짓하는 또다른 영웅적인 왕의 동상을 우연히 발견했다. 그 동상에 꽤 가까워졌을 때 실물보다 훨씬 더 크고 위협적인 그것이 날개 달린 시간의 청동상이라는 것을 깨달았다. 주춧돌에 영웅의 업적과 고통, 미덕을 새기는 행위로 시간이 표현되었다. 그 형상이 너무 크고 가까워서 조용한 그곳의 유일한 행인이었던 나는 깜짝 놀라 뒤로 물러났다. 그 작품은 주제와 매체, 규모로 볼 때 경이로웠다. 눈으로 덮인 해안 요새들에 대한 필사적인 공격이었던 기억에서 잊힌 북부의 전쟁과 얼음 전투에 대한 적절한 기념비였다.

그런데 문제는 실제로 그런 광장도, 조각상들도 존재하지 않는다는 것이다. 몇 년 후 나는 옥스퍼드에서 스웨덴계 미국인 친구 헨리의 도움으로 이 기억의 매듭을 풀고자 했다. 우리는 출처가 어디든 모든 정보를 하나씩 다 살펴보았다. 헨리는 그것이 내가 꿈 또는 꿈 같은 기억 속에서 뉘브로플란에 있는 19세기 발명가 욘 에릭손의 기념비 기둥에 뭔가를 새기는 어떤 인물과 스웨덴 국립박물관 근처 부두 주추에 올려진 청동 날개 한 쌍을

물에 비친 빛의 별자리.
외젠 얀손, 「스톡홀름 리다르피에르덴」, 1899.

합친 결과물이라는 훌륭한 답을 내놓았다.

　나는 스코틀랜드 농부들이 입는 트위드 코트 주머니 깊숙이 손을 찔러넣은 채 추위를 뚫고 왕립오페라극장을 지나쳤다. 평범한 석조 건물인 이곳은 측면이 부두를 향한다. 얼어붙은 물 건너편에서는 거대한 스웨덴 왕궁이 희미하게 빛난다. 오페라극장의 한쪽 옆 문 위는 로코코양식을 부활시킨 캐노피로만 장식되었으며 마치 왕의 캐노피 침대처럼 왕관 세 개로 이루어진 왕실 문양이 들어갔지만 금속 소재다. 그리고 이 오래된 오페라극장 건물 양쪽으로는 평범한 유리 상자 같은 구조물이 돌출되었는데 유리 너머로 아직 비어 있는 레스토랑의 테이블이 비쳤다. 나는 국립박물관으로 이어지는 부두를 따라 걸었다. 환한 박물관 홀로 들어서기 직전, 박공지붕과 탑이 솟은 맞은편 섬을 돌아보았다. 나무들이 눈의 무게를 힘겨워하고 있었다. 이곳은 거대한 수도의 중심부라기보다는 북쪽의 외딴 장소, 산속 호수에 있는 요새처럼 보였다.

　국립박물관이 문을 닫기 한 시간 전이라 방문객은 나뿐이었고 전시관에 직원들도 몇 명 없었다. 낯선 그림들이 대부분인 방들을 혼자 돌아다니자 또다시 몽환적인 저녁 분위기가 느껴졌다. 수년 전 스위스 바젤에 있는 쿤스트할레*를 둘러볼 때의 불안감이 떠올랐다. 친구들이 이탈리아 집으로 운전해서 가는 길에 나를 호텔에 내려주었고 나는 그 겨울 도시에 혼자였다. 해질녘에 쿤스트할레로 향했는데 내가 유일한 관람객이었다. 어떤 컬렉션인지 전혀 몰랐고 20세기 중반에 많은 수집가와 예술가들

* Kunsthalle, 유럽을 순회하며 열리는 임시 미술 전시장.

이 전쟁과 박해를 피하고자 바젤로 떠났다는 사실도 몰랐기 때문에, 이 방 저 방 옮겨다니면서 전시장 하나에 그렇게 유명한 작품이 많이 걸려 있다는 것에 놀랐었다. 나는 완전히 혼자였고 창밖은 캄캄했다. 그 전시장은 잃어버린 물건들의 박물관 같았다. 그렇게나 많은 친숙한 작품들이 그렇게나 낯선 곳에 모인 것을 보면서 환영인가 싶은 생각마저 들기 시작했다.

스톡홀름의 그 인적 없는 전시장에서 20세기 초 '국민낭만주의*' 그림들을 접했을 때 복제품을 통해 알던 작품들이 눈에 띄었다. 미술사학자 친구 소피와 이야기 나눈 작품들이었다. 여름 섬, 눈 내리는 저녁, 좀처럼 물러나지 않는 북부의 어둠. 17세기 네덜란드 미술이나 덴마크 비더마이어양식처럼 일상과 주변 환경으로 관심을 돌린 미술 사조였다.

불 켜진 창문은 리카르드 베르그Richard Bergh가 1890년대에 그린 「바르베리 요새」에서 가장 먼저 눈에 띄는 부분이다. 스웨덴 해안에 자리한 험악한 별 모양 돌 요새를 둘러싼 성곽 안 낮은 건물에서 인공적인 불빛 하나가 빛난다. 삭막한 요새 건축물과 단 하나의 빛을 발하는 집이라는 특징 사이에 긴장감을 살짝 자아내는 그림이다. 이 긴장감은 방어벽의 단단한 기하학적 구조와 좀더 부드러운 여름밤 풍경 사이에서도 느껴진다. 부드럽고 널찍한 붓 터치가 방어벽 주변에 모래언덕처럼 보이는 윤곽을 만들고 부드러운 바람이 가지치기한 나무의 잎사귀를 휘젓고 창백한 하늘에서 별이 떠오르고 밝은 지평선은 물에 반사된

---

* national romanticism, 유럽에서 18~19세기의 문학과 정치의 낭만주의를 기원으로 미술과 음악, 건축 등 다양한 예술 영역에 파급된 운동.

바닷가 요새의 단 하나뿐인 빛.
리카르드 베르그, 「바르베리 요새」, 1894.

그림자와 바다의 근접성을 암시한다. 그러나 전반적인 분위기는
고요하다. 갈등이 오래전에 해소되어 이제는 기억 속에만 남은
느낌이다. 과거의 갈등이 남긴 거대한 구조물에 깃든 현재의 평
화가 느껴진다. 그리고 바람이 훑고 간 자리가 선명한 모래언덕
과 나무들이 별 모양 요새의 성곽 주변을 부드럽게 감싼다.

　　이것은 예테보리미술관이 소장한 칼 노르드스트룀Karl
Nordström의 「로스락스툴의 겨울 저녁」에 나타나는 외로움과 대
조된다. 색깔은 이 그림의 지배적인 요소다. 파란 초저녁 하늘

아직 완공되지 않은 교외의 유령 가로등.
칼 노르드스트룀, 「로스락스툴의 겨울 저녁」, 1897.

과 희미한 저녁 햇빛을 받아 연한 파란색으로 변한 눈이 짙은 노란색 가로등 불빛과 전경의 군데군데 불 켜진 창문들과 강한 대비를 이룬다. 시골과 도시의 경계를 보여주는 풍경이다. 농경지와 삼림지대였던 곳에 교외 마을이 건설되고 있다. 새로운 공동주택들이 담장으로 둘러싸인 마당과 나무들이 있는 농가에 이미 바짝 접근했다. 눈 덮인 언덕에 가로등이 비스듬하게 한 줄로 세워졌고 거리로 변해가는 중인 시골길을 따라 새로운 건물들이 들어설 것이다. 왼쪽에 홀로 밝혀진 가로등은 아직 지어지지 않은 집의 환영이다. 저멀리 빛을 발하는 건물 뒤편은 20세기 초 개

발이 이루어졌던 스톡홀름 최북단 숲과 맞닿아 있고 그림에서는 아직 시골이다. 멀지 않은 곳에 물이 있다. 뒤로 물러나는 그늘진 눈밭과 나뭇가지의 패턴이 조용히 시선을 끈다. 색채는 미세하게 조정되었다. 그 효과로 침울하고 심지어 외로운 느낌까지 풍긴다. 관찰자는 눈 덮인 언덕에 고립되었다. 사람의 발길이 닿지 않는, 눈이 잔뜩 쌓인 전경 경사면에서 불 켜진 도시 거리를 외면하고 더이상 시골스럽지 않은 풍경 쪽을 바라본다.

나는 오페라 카페에서 동료를 만나기 위해 겨울밤이 다가온 밖으로 나가 부두를 걸었다. 추위가 거세지고 어둠 속에서 얼음과 섬 위로 쉬지 않고 작은 눈송이가 떨어졌다.

◆

미국 프린스턴에 도착했을 때는 이미 이틀 전부터 계속 눈이 내리고 있었다. 나는 신세 지고 있던 동료에게 한겨울 오후에 미사를 마치고 곧게 뻗은 시내 중심가를 따라 혼자 집으로 돌아올 수 있다고 안심시켰다. 그는 교회에 간다는 것만으로도 이미 매우 이상한데 걸어서 집으로 돌아온다는 것은 더더욱 이상한 일이라고 생각하는 것 같았다. 어두워지기 시작하는 오후에 밖으로 나갔을 때는 교회 건물이 훌륭하다고 생각했다. 소박한 영국 고딕양식과 정교한 이탈리아 양식의 중간이었고 곳곳에서 장인의 손길이 느껴졌다. 몇 년 후, 지나치게 더운 6월 저녁 로마, 미국 그 지역 출신으로 신부가 된 친구가 과거에 이탈리아 마르케주의 두 마을에 살던 장인들이 교회를 짓기 위해 미국 뉴저지로 대거 이주했었다고 말해주었다. 그 교회가 이탈리아 장인들이 지은 건물 중 하나였다. 훌륭한 고딕양식의 부흥이 이상하게 느껴졌다. 내가 걸으면서 지나친 목조 주택들이 보여주었듯, 일반적인 주택들도 세련된 최신 팔라디오양식으로 지어져 있었다. 대칭을 이룬 건물 중앙 문 주위로 창문들이 한 치도 어긋남 없이 배치되어 있었다. 프린스턴 시내 번화가 오른쪽에 들어선 상점 절반이 흑백 튜더양식 목재 건물이었다. 관공서 건물에 절제된 19세기 고대 그리스 건축양식이 부흥한 것도 그렇다. 외관 장식이 아닌 비율에서 고전적인 특징이 나타나고 이따금 절제된 꾸밈이 엿보였다. 뭉툭한 포르티코* 안 인안티스**에 자리잡은 페디민드***. 세로로 홈이 팬 기둥 한 쌍. 그리고 모든 거리의 나무들. 파머광장을 지나 식민지 시대풍 벽돌집들이 늘어선 곳을 지나칠 때 켜지기 시작한 가로등이 19세기 초 벽돌 및 목조 건물에 나무들의 그림자를 드리웠다. 골동품가게 창문에는 벌써 불이 켜져 있었다. 그곳에는 격식을 차려 그린 듯한, 18세기 스타일로 보이는 낯선 제복을 입은 어느 장교의 초상화가 걸려 있었다.

시내 중심가에서 거의 벗어났을 때 불빛 없는 고딕양식 대학 건물들은 사라지고 양쪽 길가에 균일한 녹색 덧문이 달린 고전적인 하얀 집들이 나타났다. 그다음에는 오른쪽에 있는 집들의 시야가 경계를 이루는 나무들과 울타리에 가려지고 넓었던 인도는 좁아지고 풀이 나 있었다. 어느덧 오후가 빠르게 저물기

---

* portico, 건축 앞면 출입구 부분에 설치된 열주랑 부분. 주랑현관으로 고전주의 건축에서 페디먼트가 있는 신전 형식 파사드.
** in antis, 그리스 신전의 한 형식. 기둥이 아니라 당의 좌우 양벽이 연장되어 현관을 이룬 것으로 '벽단주 안'이라는 뜻.
***pediment, 고대 그리스 건축에서 건물 입구 위 삼각 부분.

시작해 나무들 뒤로 한참 떨어진 많은 창유리에서 불빛이 몇 개 나타났다. 나를 완전히 집어삼키거나 눈을 찌르며 지나가는 자동차들의 전조등이 의식되지 않을 수 없었다. 황혼이 깔리자 땅에 쌓인 눈이 파랗게 변했고 도로 반대편 눈밭에서 솟아난 새하얀 팔라디오양식 저택이 시야에서 사라지고 있었다.

그다음에는 큰길을 벗어나 거의 칠흑 같은 어둠과 눈의 유령, 빽빽한 나무들의 그림자가 있는 곳으로 들어섰다. 인도가 없어서 아스팔트로 포장된 도로 가장자리를 일행들과 일렬로 서서 걸어갔다. 다행히 울타리가 쳐지지 않은 잔디밭의 진흙투성이 길가가 얼어붙어 있어서 나무가 우거진 구불구불한 교외 거리에 갑자기 나타나는 자동차를 피할 수 있었다. 차들을 불안해하며 계속 걷다가 넓은 부지에 들어선 교외 주택들의 불 켜진 창문의 새로운 패턴을 알아차리기 시작했다. 고전적인 주택들에 규칙적인 격자무늬가 보였다. 국제적이고 현대적인 기다란 수평 줄무늬. 계속 걸을수록 불편한 마음이 커졌다. 이곳을 걷는 사람이 우리 말고 아무도 없는데다 애초에 걷도록 만들어진 길이 아니라는 느낌이 커졌기 때문이다. 이 교외는 청소부와 정원사들도 차를 타고 와야만 하는 곳이었다.

나는 분리를 강요하는 장소들과 겨울나무 사이에 멀리 흩어져 고립된 빛들에 대해 생각하면서 이 미국적인 분위기가 현대 화가 린든 프레더릭Linden Frederick이나 사진작가 토드 히도 Todd Hido와 그레고리 크루드슨Gregory Crewdson의 작품에서 정확하게 포착되었다는 사실을 떠올렸다.[1] 한편으로 그들의 작품은 우울하고 소외된 19세기 도시 풍경에 전기로 불빛을 밝힌 버전이다. 세 작가의 작품에는 유령의 특징도 나타나는데 이는 대개

인물들의 부재(또는 신중한 위치 설정)에 의존하며 언제나 관찰자의 위치에서 비롯된다.

이 장에 수록된 「주립 고속도로」라는 작품을 그린 프레더릭은 엄밀히 말하면 기술적인 측면에서 그림쇼보다 훨씬 훌륭한 화가일 뿐만 아니라, 관객들에게 다가가 그들의 경험에 공감을 일으키고 겨울밤 소도시와 텅 빈 거리에서 고독한 시를 만들어내는 그림쇼의 능력도 모두 갖추었다. 그림쇼와 마찬가지로 프레더릭의 작품에 담긴 시적인 특징은 대부분 관찰자로부터 어느 정도 떨어진 곳에 있는 불 켜진 창문으로 표현된다. 역시나 그림쇼와 마찬가지로 프레더릭의 작품에서 관찰자의 심정은 불안하거나 슬플 때가 많다. 길고 지치는 야간운전중에 타인의 불 켜진 집을 본다거나 모두가 잠자리에 들 준비를 하는 조용한 교외로 침입해 불안감을 자아낸다거나 더이상 안전하지 않은 인적 드문 도심에서 늦은 시간까지 머무른다. 종종 그의 작품은 자기가 알지 못하는 평범한 장소에서 사는 기분이 어떨지 궁금해하는 외부인의 경험을 다룬다. 크루드슨이나 히도와 마찬가지로 프레더릭의 작품은 우울하며 고요함이 깨지기 직전임을 강력하게 암시한다. 프레더릭은 그의 그림에 사람이 없는 이유에 대해 "보는 사람에 관한 작품이기 때문"이라고 적었다.[2] 이 생각은 다피트 프리드리히의 감성적인 풍경이 관찰자의 위치를 통해 전달된다고 한 미술사학자 조지프 레오 코어너의 분석을 떠올리게 한다. 서로 방식은 달라도 히도와 크루드슨이 허물어져가는 미국 교외라는 공간, 편의 시설과 인물의 부재에 초점을 맞추는 반면, 프레더릭은 긴 유료 도로로 고립된 깊은 시골과 먼 해안을 따라 흩어진 여름 별장들을 자주 그린다. 다른 집이나 다른 마을이 반드시

눈 내리는 밤 텅 빈 길의 외로운 시.
린든 프레더릭, 「주립 고속도로」, 리넨에 유채, 2004.

시야에 들어오는 과거의 정착 방식과는 너무나 다르다. 이렇게 신중하게 틀을 잡고 구성한 불 켜진 집들의 풍경은 주변에 거대하고 어두컴컴한 땅이 있다는 사실을 깨닫게 한다. 이런 느낌은 해안 그림에서 더 강력하다. 땅과 바다에 드리운 두 광활한 어둠 사이에 들어선 작은 주택지.

크루드슨과 히도, 프레더릭(어느 정도만), 이 세 시각예술가들을 하나로 묶는 단어는 바로 쇠락이다. 무언가를 있는 그대로가 아닌 다른 모습으로 만들려는 의지와 자원 또는 기회의 부족을 나타내는 시각 징후. 특히 히도와 크루드슨은 돈과 선택권이 별로 없는, 눈에 보이지 않는 사람들이 사는 도시 풍경을 보여준다. 한때 근사하게 꾸미려는 시도가 있었을지 모르지만 지금은 하나같이 초라한 건물들이며, 주변은 방치되었고 황량하기까지 하다.

히도의 작품에서 밤의 어둠이 깔린 교외의 황량함과 불안함은 부분적으로 관찰자의 위치에서 비롯된다. 그림쇼의 영국 거리 풍경처럼 관찰자는 움직이고 있다. 그는 그 어떤 방문객이라도 위협이 되는, 걷지 말아야 할 곳에서 걷고 있다. '불은 켜졌지만 따뜻함은 느껴지지 않는 집들'의 이미지에는 불경기와 억제된 삶의 분위기가 어디에나 가득하다.³ 히도는 '타인의 삶에 대한 고찰'을 나타내는 집 사진에서 '하얀 페인트칠이 떨어진 말뚝 울타리'를 거리의 특징으로 내세운다.⁴

히도의 작품 중에서도 안개 낀 여름밤을 배경으로 노란색으로 칠한 소박한 목조 주택의 불 켜진 창문 사진은 특히 강렬하다. 벽돌 굴뚝이 있고 박공벽에 창문이 높이 위치한 작은 단층집이다. 집 주변에 안개가 모여든다. 비가 방금 그쳐서 공기가 물을 머금은 느낌이 있다. 이 이미지에는 거의 낭만주의를 표현하는 듯한 면도 있다. 안개에 감싸인 집 뒤쪽 소나무라든지, 아래쪽 창문에서 은은하게 퍼지는 불빛이 그렇다. 하지만 눈이 희미한 빛에 적응하기 시작하면서 깎지 않은 잔디밭과 작은 집 주변으로 무성하게 자란 관목, 여기저기 움푹 팬 아스팔트 도로가 보인

"불은 켜졌지만 따뜻함은 느껴지지 않는 집들".
토드 히도, 1997.

다. 색채와 구도의 미학적인 매력에도, 이 이미지의 압도적인 분위기는 쓸쓸함이다.

절망적인 도시 풍경은 데릭 월컷의 크리스마스 시「만백성 기뻐하여라God Rest Ye Merry, Gentlemen」의 주제이기도 하다. 미국 뉴어크 중심지가 배경인 이 시에서 시인은 주변의 박탈감 속에서 예수 탄생의 숨겨진 울림을 찾는다. 겨울밤을 배경으로 월컷은 어쩌면 축하할 일이라고는 전혀 없을 도심으로 떠밀려온 사람들의 슬프고 부당한 삶을 보여준 후 지극히 평범한 전등불과 기적의 빛과 별을 유사한 것으로 비교한다.

아들의 딸, 어머니와 처녀,
고층 빌딩의 거대한 반짝임에도
산성 웅덩이에도, 상점 창의 황금색 별에도 위대함이 있네.[5]

이 시는 그리스도의 고통과 이 도시와 이전 도시들의 절망적인 슬픔에서 유사함을 찾는 것으로 끝난다.

크루드슨은 19세기 야간 풍경화에 담긴 불안감을 이어간다. 때로는 텅 빈 저녁 거리와 때로는 치밀하게 연출된 사람들 무리를 담은 그의 사진은 미국 교외가 균형에서 살짝 기울어졌음을 보여준다. 음산한 빅토리아시대의 야상곡에 암시된 재앙들이 그 모습을 드러내기 시작한 것이다. 재앙의 상상이 이제 막 뚜렷한 형태를 갖추었다. 보통 이것은 포즈를 취한 인물들의 반응이나 설명할 수 없는 행동으로 전달된다. 이를테면 세련되게 차려입은 남자가 폭우 쏟아지는 거리 한가운데에 차를 버린 채 꼼짝없이 서 있다. 우리가 볼 수 없는 무언가를 알아차린 여자는 믿

황량하고 불안한 거리.
그레고리 크루드슨, 「무제」, 2006~08.

을 수 없다는 표정이다. 한때는 깔끔하게 다듬어졌었지만 이제는 폐허일 뿐인 교외 정원에 놓인 매트리스에서 어떤 사건으로부터 살아남은 듯한 남녀가 알몸으로 자는 사진도 있다. 이처럼 크루드슨의 사진 속 주인공들의 표정이나 몸짓은 유명한 재난 영화에 나올 법하다. 하지만 그의 작품에서는 매우 거대한 재앙이 무엇인지 밝혀지지 않으며 언제나 진짜라는 의미가 함축되어 있다.

「무제」는 허름한 느낌이 뚜렷한 목조 주택들이 들어선 거리를 보여준다. 해가 진 후, 분홍색과 회색 구름이 있는 거의 로코코양식처럼 느껴지는 하늘과 그 아래 좁은 부지에 빽빽하게 들어선 건물들이 멋진 대비를 이룬다. 관찰자의 시점은 다소 높다. 길에 지붕이라도 씌우듯 지저분하게 엉킨 전신주와 전선들의 구도에서 마치 중심을 차지하는 높은 현관에서 바라보는 듯하다. 이 교외 거리에 늘어선 집들 중 한 채 이상에 영향을 미치는 어떤 변화가 있음을 말해주는 첫번째 암시가 있다. 비교적 높은 조도에도 불 켜진 방의 커튼을 방어적으로 쳐놓은 집이 많다는 역설적인 모습이다. 분명히 따뜻한 여름 저녁이고 몇몇 창문은 열려 있지만 현관 밖에는 사람이 하나도 없다. 사방에 웃자란 생울타리와 대충 손질한 정원이 있다. 더 슬픈 것은 어떤 집 정원에 보이는 키가 굉장히 낮은 울타리다(방어물로서 실패했다는 점에서 그 자체로 황량한 물체이고 교외의 세련됨을 패러디한 것이기도 하다). 이 집에 사는 사람은 화초를 심어서 정원을 정리하거나 새롭게 하려고 시도했다. 전선들이 뒤엉켰고 인도에 잡초가 자라났지만 오래전 페인트칠을 한 듯한 낡은 목조 주택과 그 뒤쪽 나무에 비친 빛은 평범하게 아름답다.

하지만 지금까지 살펴본 사람 없는 어스름한 거리 중에서도 이 거리는 특히 황량하고 불안하다. 두 남자가 탄 차가 길가에 멈춰 서 있다. 이 이미지에서 가장 강력한 빛이라 시선을 끌 수밖에 없는 자동차의 전조등은 다른 곳에 존재하지 않는 광원을 통해 도로에 짙고 검은 그림자를 드리운다. 일단 이 빛을 감지하고 나면 이 사진의 분위기가 더욱 어두워진다. 이 차는 다른 곳에서 왔고 그 존재가 위협적이며 설명할 길이 없다. 차가 어디에서 왔는지, 이 황폐하고 위협적인 교외 거리에서 일어나고 있는 어떤 일과 관련 있는지 추측해보는 것조차 불가능하고 골치 아픈 일이다.

외로운 황혼의 집을 표현한 이 예술가들은 모두 어느 정도는 에드워드 호퍼Edward Hopper의 후계자라고 할 수 있다. 표현이 거칠고 작품 분위기가 음산한 호퍼의 밤 그림들은(우울감을 전달하는 효과라는 측면에서 미국의 어두운 밤에 울려퍼지는 기차 소리와 비교되기도 했다[6]) 신중하게 고려된 관찰자의 위치를 통해 큰 힘을 끌어낸다. 관찰자를 일시적이고 불편한 상태로 능숙하게 배치하는 것은 호퍼의 많은 작품에서 중요한 모티프이자 전략이다. 그래서 관찰자의 위치는 대개 낯선 도시의 셋방이나 호텔이며 해가 지고 한참 후에 도시 거리를 걷고 있는 누군가의 시점일 수도 있다. 주제는 주로 아파트 건물이나 간이식당 창문을 통해 보이는 짤막한 에피소드다. 그 자체로도 슬프지만 관찰자의 위치에 내포된 슬픔으로 감정은 더욱더 커진다. 간단히 말하자면 외로운 사람만이 주변에 드러난 외로움을 알아차리는 법이다.

호퍼는 커튼 없는 불 켜진 창문으로 보이는 외로운 인물, 이를테면 침실에 있는 여자의 뒷모습이라든가 천장에 조명이 켜진 전혀 편안해 보이지 않는 방이나 숨막히게 더운 밤, 좁은 현관에 앉아 있는 젊은 커플 같은 것을 묘사하지 않는다. 초기 에칭 판화「밤의 그림자」에서는 이후 작품들에서 눈 역할을 하는 고독한 인물을 보여주기는 했다. 보통 그의 작품에는 눈에 띄는 관찰자가 몇 명 있으며 낭만주의적인 뤼켄피구어는 없다. 이로써 우리는 관찰자와 같은 시점으로 초대된다. 비록 단편적이지만 관찰자가 어떻게 그 장소에 왔는지를 설명하는 이야기를 구성해보라는 뜻이기도 하다. 관찰자가 보는 풍경은 대부분 분명하다. 너무 많은 사람이 모였고 커튼과 창문을 열게 만드는 습한 도시의 밤에는 사생활이 거의 없다. 모든 이미지에서 침입감은 공통적이다.

지나가는 운전자가 관찰자인 그림.
에드워드 호퍼, 「관광객들을 위한 방」, 1945.

호퍼의 그림에는 여름 배경이 많은데, 이 작품들은 음울하고 무거운 공기가 드러내는 측면만을 포착한다. 그의 여름 도시는 더운 밤과 공기가 통하지 않는 답답한 방, 운 좋고 부유한 사람들은 뜨거운 햇빛과 텅 빈 거리를 뒤로하고 산이나 바다로 떠난 듯한 분위기 때문에 더 슬프다.

호퍼가 그린 가장 강렬한 이미지들에서 관찰자들은 여름 도시를 떠나 숲과 언덕으로 향하는 차 안에 위치한다. 여름에 숙식을 제공하는 하얀 클랩널 목조 주택을 그린 「관광객들을 위한 방」은 그 앞을 지나가는 운전자의 시점이다. 아마도 그는 밤에 들러야 했던 곳에서 일이 너무 늦게 끝났을지도 모른다. 그는 관

점점 어두워지는 저녁 숲속에 인간의 작은 빛 하나.
에드워드 호퍼, 「가스」, 1940.

리가 잘 되어 있고 우아하기까지 한 장소를 본다. 불 켜진 아래층
방은 환대하는 듯한 분위기를 풍긴다. 하지만 생울타리 뒤에 숨
겨진 거칠고 약한 조명은 이 모든 것이 일시적인 소비를 위해 연
출되었음을 이야기한다.

　　호퍼의 유명한 작품 「가스」가 보여주는 장면도 외로운 야
간 여행이라는 단편적인 서사에서 나왔다고 할 수 있다. 이 그림
은 다시 볼 일이 없을 주유소 주인의 삶을 단 몇 초 동안 보여준
다. 이 주유소는 깔끔하고 간판에도 당당하게 빛이 밝혀져 있지
만 점점 어두워지는 숲속에는 인공적인 빛이 거의 드리워 있지
않다. 하지만 이 그림의 시점은 약간 이상하다. 관찰자는 지나가
는 운전자일 가능성이 가장 높지만 그의 시점은 마치 인접한 건

물에서 바라보듯 앞마당에서 약간 위쪽에 자리한다. 외딴 주유소에 사는 부부나 가족의 서사를 대안적으로 보여주는 것처럼 말이다. 호퍼의 가장 감동적인 작품들과 마찬가지로 이 그림의 배경도 여름, 아마도 늦여름일 것이다. 낙엽수들이 완전히 자랐고 길가 풀들은 황갈색으로 말랐다. 운전자는 숲속에 희미하게나마 인간의 빛을 남기고 계속 나아간다.

미국 화가 조지 올트George Ault는 제2차세계대전 도중과 직후인 1940년대, 외로운 장소에 존재하는 인간의 빛 하나를 주로 그렸다. 똑같은 장면을 다양하게 그린 연작에서 그는 작은 건물들이 있는 시골길을 위에서 비추는 가로등 하나를 넣었다. 그 시리즈의 정점인 「러셀스 코너스의 환한 밤」은 평론가들에게 많이 연구된 그 풍경의 가장 기본적인 본질을 보여준다. 이 작품은 시리즈 중에서 가장 어두우면서도 빛은 가장 밝고 디테일은 가장 적다. 그림 속 불빛은 교차로에 있는 별, 전쟁 내내 빛났던 별처럼 느껴진다.

하지만 이는 올트가 전쟁 때 그린 연작에 대한 알렉산더 네메로프의 훌륭한 에세이에서 발견되는 멋진 해석의 하나일 뿐이다. 네메로프는 올트의 작품이 제2차세계대전에 대한 미국의 가장 심오한 반응이라고 본다. "어둡고 음산한 미스터리—밤의 외로운 교차로는…… 이 그림들이 그려진 시대를 다룬다고 생각하게 한다." 네메로프는 올트의 작품에 나타난 어둠과 공허함 속에서 "그때 다른 이들도 느꼈을 슬픔과 울적한 외로움에 대한 흥미로운 시각적 이미지를 찾으려는" 올트의 시도가 가져온 성공적인 결과를 발견한다.[7] 호퍼와 후계자들의 작품에서 발견되는 외로움이나 절망의 표현과 달리 올트가 그린 어둠 속 빛에서 네

"슬픔과 울적한 외로움에 대한 흥미로운 시각적 이미지".
조지 올트, 「러셀스 코너스의 환한 밤」, 1946.

메로프는 숨겨진 신성함을 본다. "올트의 작품은 사람의 발길이
닿지 않는 곳에서 비밀을 찾은 듯한 분위기를 풍긴다⋯⋯ 비밀
스럽고 구원적인 선물로서의 예술 말이다."[8] 그리고 놀랍게도 네
메로프는 올트의 그림에 나타나는 쪼개지듯 퍼지는 밝은 가로등
불빛을 사세타Sassetta의 「동방박사의 여행Viaggio dei Magi」에서 동
방박사들을 안내하는 밝은 별과 연결한다.

　　그 별은 「러셀스 코너스의 환한 밤」에 나오는 크고 밝은 가

로등의 적절한 모델인 듯하다. 외로운 교차로를 경건한 장소로, 평생 어머니의 독실한 신앙심을 피하려고 했던 올트 같은 사람조차 인도하는 신성한 장소로 만든다.[9]

네메로프는 여기에서 더 나아가 올트를 새뮤얼 파머나 그와 비슷한 화가들이 그린 영적인 풍경, 즉 영국이나 미국의 밤을 비추는 설명할 수 없는 거룩한 빛과 연결한다.

◆

올트의 1940년대 작품과 동시대 화가 린든 프레더릭의 해안 풍경화에서 발견되는 이 빛, 유럽 대륙의 드문드문한 가로등 불빛에서 미국 뉴잉글랜드 마을의 창문 불빛으로 이어지는 광활함은 존 베리먼이 17세기 식민지 초기 미국 최초의 여성 시인 앤 브래드스트리트를 추모하기 위해서 1956년에 쓴 「브래드스트리트 부인에게 경의를 표하며Homage to Mistress Bradstreet」의 마지막 구절에서 기적 같은 울림을 발견한다. 이 시는 촛불과 반딧불이의 마지막 이미지로 이동해서 앤 브래드스트리트가 "고통과 이별의 비"속에서 이승을 떠나는 것을 표현한다. 이것은 그녀보다 오래 살 사람들에게서 멀어지는 것으로 나타나는데, 초기 뉴잉글랜드 정착민들을 태운 배가 이스트앵글리아 해안에서 대서양으로 떠나는 움직임과 비교할 수 있다. 그후 영혼은 허공으로 나아간다. 오래전 뉴잉글랜드에서 겨울이면 창가에 놓아둔 촛불이 흔들렸듯 이 또한 역설적이면서도 확실하다.

나는 너를 떠나는 척해야 한다⋯⋯
⋯⋯너는 나에게 영국 앞바다에
가라앉은 마을과도 같다.

육신이 사라져도 사랑은 남고 음악은 침묵에서 탄생하며
정신은 자유롭다.

나는 뛴다.
허공을 맴돌고, 가만히, 소리를 내뱉는다.
내 잃어버린 촛불은 반딧불이가 사랑하는 빛이다.[10]

오랫동안 잊혔던 시집 한 권은 원천과 기원이 될 수 있다.
상상의 순간에 목소리를 부여하고 미국 광야의 어둠에 반딧불이
의 깜박이는 빛과 일시적인 촛불을 내어주는 이 시인처럼, 미래
시인들을 인도하고 자유롭게 해주는, 작지만 꺼지지 않는 빛이
될 수 있다.

5

여름밤 불빛

한여름과 '즐거운 날들의 장기 임대', 잔물결도 일으키지 않고 거리 끝을 지나는 강물. 여름이 깊어질수록 점점 더 달콤해지고 강력해지는 라임나무의 숨결이 낮과 밤을 표시한다. 한여름이 지난 후, 친구이자 동료인 마크 윌리엄스가 저녁식사를 하러 왔다. 나는 늙은 반려견을 데리고 마크와 함께 템스강 오솔길을 따라 힝크시 지류를 가로지르는 작은 홍예교*까지 걸어갔다.

공기가 라임나무 꽃향기를 머금고 퍼뜨릴 수 있을 만큼만 수분을 머금은 따뜻한 밤이었다. 향기가 우리를 감싼 채 계속 이어졌고 우리는 마치 안개를 지나가듯 그 향기를 지나갔다. 코발트색 어둠은 빛으로 가득했다. 우리 뒤쪽으로 들판을 가로지르는 가로등과 술집 불빛, 다리 옆 강가에 세워진 1930년대 조지 왕조풍 주택의 유령 같은 창문, 강물에 길게 드리운 하얀 선처럼 흔들리는, 저멀리 반짝이는 자전거 불빛. 좁은 보트 갑판 위에서 튀는 주황색 담뱃불. 그리고 반대편 강둑의 대학 건물에는 터널 같은 나무들의 끄트머리에 불빛 한두 개가 아주 작은 점을 이루

---

* 양쪽 끝으로 급히 경사가 진 작고 둥근 다리.

하늘의 로켓과 정원의 등불.
콘스탄틴 소모프, 「불꽃놀이」, 1929.

었는데 하늘의 별만큼이나 멀리 떨어진 것처럼 느껴졌다. 졸고 있는 나무들로 반쯤 가린 초원에 쭉 늘어선 보안등은 들판 너머로 보이는 시골 축제의 불빛 같았다.

걷는 동안 대화가 계속되었고 주제도 점점 더 멀리까지 나아갔다. 셰익스피어, 여름밤, 공감의 마법. "음악으로 그녀를 집으로 끌어들여라", 『유토피아』의 문법과 천사들의 연설. 우리는 힝스키 지류를 가로지르는 홍예교에서 시간을 끌다가 작별했다. 썩는 냄새와 여름, 고인 물 냄새가 린덴나무의 꽃 냄새와 잘 깎인 잔디 냄새에 더해졌다. 마크는 이 향기의 조합을 디치라는 남성 향수가 정확하게 재현했다고 말했다. 그러고 나서 따뜻한 어둠 속으로 마법사처럼 조용히 사라졌다.

늙은 개의 걸음이 느려서 나는 따뜻한 공기를 느끼며 천천히 집으로 향했다. 내 머릿속에는 여전히 『베니스의 상인』에 나오는 셰익스피어의 여름밤이 떠올랐다. "음악으로 그녀를 집으로 끌어들여라." 저멀리 크라이스트 처치의 불빛이 포르티아*의 집 창문 촛불과 하나가 되었다.

우리가 보는 저 불빛이 내 홀에서 타오른다.
저 작은 촛불은 얼마나 멀리까지 빛을 던지는가.

여기에 네리사(친구, 수행원, 진실을 말하는 사람)가 장소를 정의하는 강렬한 대사를 덧붙인다.

---

* 『베니스의 상인』 여주인공.

달이 빛났을 때 우리는 촛불을 보지 못했다.[1]

반대편 둑에서 자라는 터널 같은 나무들 끝에 있는 밝은 창문이 셰익스피어의 작품에서 가장 많이 인용되는 창문을 불러온다. 위에서 줄리엣이 나타난 것은 아래, 어두운 과수원에 있는 그녀의 연인에게 여명과 같으며 그는 그녀가 달빛을 어둡게 할 수 있다는 은유를 거의 믿는 듯하다.

솟아라. 아름다운 태양이여, 질투하는 저 달을 죽여라.[2]

생울타리를 쿵쿵거리는 개와 함께 계속 한가로이 걷고 있을 때 정말로 운동장 위에서 달이 잠깐 구름 속으로 가라앉았다. 그제야 나는 강 반대편 보트하우스에서 깜박이는 작은 불빛을 알아차렸다. 센서 또는 비상등의 녹색 불꽃이 위층에서 앞뒤로 뛰면서 발코니 창 판유리로 반사되더니 곱절로 늘어나 춤추듯 일시적인 원근법을 만들었다. 그 순간, 획일적이고 실용적인 보트하우스 아일랜드의 건물들은 강가에서 희미하게 빛나는 마법의 집으로 바뀌었다. 잠시 후 달이 구름에서 나오더니 그 빛이 모든 유리를 거울 같은 은빛으로 물들이고 강물에 이는 작은 잔물결을 선명하게 드러내며 집으로 가는 길을 비추어주었다.

조용히! 달이 깨어나지 않는 것은
엔디미온과 함께 잠들었기 때문이다.[3]

늙은 개가 내 옆에서 조용히 걷고 나는 다시 잘 깎인 잔디와 린덴나무 꽃의 진한 내음 속으로 돌아왔다. 이제는 어두워진 다리 옆 유령의 집을 지나서 집으로 돌아오는 내내 움직이는 색채가 사는 마법의 집, 유령의 집에 대해 생각했다.

◆

궁전 꼭대기 층 방에 있는 샹들리에는 밤하늘의 구체를 상징했다. 황금 별이 새겨진 코발트빛 에나멜을 바른 구체. 그것은 앞에 나란히 정렬되어 펼쳐진, 적막이 감도는 칠흑 같은 방들의 수호자로 제격인 듯 보였다. 약간 펑크스타일인 명랑한 큐레이터에게 나와 두 친구를 소개하던 나는 그녀가 지중해 지방에서 사용되는 악마를 무찌르는 손 모양 핸드메이드 나무 브로치를 하고 있음을 알아차렸다. 역시나 큐레이터가 천재적인 이 장소, 로마의 경이로움이 담긴 이 마지막 위대한 보관소를 만든 수집가의 우아한 유령을 허술하게 관리할 리 없다는 생각이 스쳤다. 지금까지도 남쪽에서는 살아생전의 명성에 따라 그의 이름을 소리 내어 말하는 것조차 경솔한 행동으로 여긴다. 그날은 성 베드로의 날 아침이었고 덧문이 닫힌 방들의 바깥은 무더웠다. 그늘에서도 기온이 섭씨 38도에 육박했지만 창조자가 "다른 계절의 공기가 갇혀 있다"라고 적었듯이 높은 층의 방들은 시원하고 조용했다.

우리의 방문은 오래전에 확립된 의식을 따랐다. 앙필라드양식으로 이어지는 바로 다음 방의 커다란 문과 덧문이 열릴 때까지 어둠이 짙게 깔린 곳에서 잠시 멈추었다. 그러면 가느다란 여름날 빛줄기가 그 방의 경이로운 모습을 드러냈다. 이탈리아 조각가, 안토니오 카노바가 만든 흉상, 후기바로크시대의 밀랍 인형, 프랑스 발명가 몽골피에식 크리스털 열기구와 비슷하게 생긴 나폴리 샹들리에 같은 것들 말이다. 큐레이터 친구가 예전에 비아 줄리아에 있었던 똑같은 컬렉션을 마스터에게 직접 설명을 들으며 안내받은 이야기를 해주었는데 지금 우리가 안내받는 방식과 거의 비슷했다. 이 수집가는 위대한 영국 애찬자로, 헨리 제임스 시대에 이탈리아 피에솔레 주변 저택에서 배운 교양 있는 영어를 습관적으로 사용했고 이탈리아 억양은 아주 희미하게만 남아 있었다. 지금은 덧문이 전부 닫혀서 방들도 전부 어둠에 잠겨 있었다. 하지만 이곳의 덧문은 한 번도 열린 적이 없었다. 마스터가 테이블 램프로 가서 스위치를 켜야만 흉상 하나 또는 그림 하나에 빛이 들어왔다. 그다음에는 다시 어둠으로 돌아갔고 어둠 속에서 국제적이고 귀족적인 목소리가 "전선에 걸려 넘어지지 않도록 조심하라"라고 말했다. 다시 말하자면 크고 캄캄한 방에서 한 물체에 불이 켜지고 토론이 이어지고 또다른 작은 램프의 스위치가 꺼지는 일이 몇 시간 동안 반복되었다. 내 친구는 "그랜드 투어의 맨 마지막 관문 같았다"라고 표현했다.

엄청나게 커다란 방을 연이어 지날 때 문득 이 매혹적이지만 이상한 장소가 불 켜진 창문의 연속적인 장면을 역으로 제공한다는 생각이 들었다. 덧문이 열렸을 때 바깥의 햇빛(실내의 어둠에 적응된 눈에는 너무 밝다)은 창틀에 반사되어 눈이 부실 정도로 밝은 조명이 되었다. 마스터가 홀로 식사했던 그늘진 복도에 놓인 피에트라 두라* 기법으로 만든 작은 테이블 위 벽에는 창문으로 쏟아지는 눈부신 여름 햇살을 받은 피렌체궁전의 부엌 내부를 그린 작은 그림이 걸려 있었다. 그림 속 빛이 너무 밝아서 그 자체로 밝은 창문이 되었다.

그러나 다른 방보다 천장이 두 배는 높은 한 서재에는 불 켜진 창문인 동시에 마법의 집인 작은 작품이 네 점 있었다. 책장 주추에 멀건 판 네 개가 붙어 있고 그 뒤에는 뒤쪽에서 빛이 비치는 오려낸 투시도가 있었다. 그 네 장면은 18세기 중반 스타일이었고 오린 배경과 인물들, 오페라 무대처럼 궁정 신하들이 높은 생울타리와 조각상 사이를 이동하는 정형식 정원 넷으로 구성되었다. 큐레이터는 이 작품들의 기원을 알지 못했고 우리는 스타일로 미루어 네덜란드나 독일일 것이라고 추측했다. 이후의 연구는 그 작품들이 '채색을 하고 광택제를 바른 후 오려낸 이미지들'을 만든 독일 아우스부르크의 마르틴 엥겔브레히트Martin En-gelbrecht가 18세기 중반에 출판한 요지경 상자 또는 투시도의 보기일 가능성이 가장 크다는 것을 시사한다.[4] "광택제를 발랐"다는 설명이 포함된 깃으로 보아 엥겔브레히트가 만든 이 작은 작품들에 니스칠을 한 투명한 종이가 사용되었음이 암시된다는 사실은 중대하다.

안쪽 또는 뒤쪽에서 빛을 받도록 설계된 이런 예술작품에 대한 연구는 거의 이루어지지 않았다.[5] 로마의 박물관에서 엥겔브레히트의 그 작은 작품들을 보자마자 내 친구 앨런 파워스가 전문적으로 잘 아는 영국과 유럽의 종이 극장들, 특히 뒤에서 조명이 들어오는 장면이 최소 하나는 있는 매혹적인 덴마크 종이 극장들이 떠올랐다. 특히 유리에 유화를 그리고 뒤에서 빛을

---

* pietra dura, '단단한 돌'이라는 뜻으로 보석을 이용해 인물이나 배경을 입체감 있게 표현하는 공예.

불이 켜진 축하 기계.
「불꽃놀이 쇼」에 수록, 1747.

쏘아 그림을 감상할 수 있도록 토머스 게인즈버러가 특별히 제
작한 '쇼박스'가 떠올랐는데 나는 이 작품에 오래도록 매료되어
있었다. 나는 또한 축제를 위한 바로크 투명화, 즉 예수회 예술
가 안드레아 포초Andrea Pozzo가 고안한 신성한 극장들의 임시 조
명과 내가 오스트리아 인스브루크의 박물관에서 체험했던, 아직
도 티롤 지방에서 부활절이면 매년 만나볼 수 있는 신성한 극장
하일리게 그레버의 내부 조명에 반영된 현대적 메아리도 떠올랐
다.[6] 이 두 가지 전통은 서로 명확한 관련이 있으며 극장과 신성
한 설치물, 풍경 화가의 작업실이 만나는 놀라운 장소에 존재한

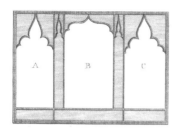

가정집에서 사용된 광택제 바른 종이에 인쇄한 투명화.
에드워드 옴의 『투명한 그림과 일반적인 투명화에 관한 에세이』에 수록, 1807.

다. 의례적이고 신성한 투명화와 무대의 환상은 그 자체로 명확
하게 정의된 전통을 이룬다. 그것은 유사한 전통으로서 일부 같
은 기법, 특히 광택제를 바른 종이나 천과 관련한 기법이 사용되
기는 하지만 화가들이 빛을 묘사하고 내부에서 빛을 받는 그림
들을 실험하기 위해 만든 라이트박스나 투명 드로잉과는 뚜렷하
게 구분된다.

　　이 신성하고 의례적인 전통의 뿌리는 분명히 중세와 그
이전으로 거슬러올라간다. 투명한 지면에 역광을 받는 그림을
설치한 것에 대한 18세기 중반의 묘사는 이 전통의 절정을 이룬
다. 르네상스와 바로크 시대의 많은 삽화가 입증하듯이 세속적
이거나 종교적인 축젯날이면 창문에 조명을 설치하는 관습은 고
대에 시작되었다. 창문의 촛불들은 규모가 작은 축하 행사에서
도 역할을 한 것으로 보인다. 『베니스의 상인』에서 포르티아의
집 창가 촛불, 영국 시인 새뮤얼 테일러 콜리지의 「늙은 선원의
노래Rime of the Ancient Mariner」에서 별빛과 함께 "마중과 환영 속
에서 집으로 돌아오는 주인들", 조너선 키츠가 쓴 19세기 초 이

탈리아 배경의 소설 『이방인들의 갤러리The Strangers' Gallery』에 묘사된 것처럼 귀족 가문이 시골에서 휴가를 끝내고 집으로 돌아왔을 때 대저택의 모든 창문에 불빛을 켜두었다. 영국의 옛 가톨릭 집안에 전해지는 애정어린 이야기가 있다. 한 남매가 주교와 수녀로 오랫동안 한 대륙의 서로 다른 지역에서 은둔 생활을 하다가 재회했고 주교의 방문을 축하하기 위해 파리 수녀원의 모든 창문에 조명이 켜졌다는 것이다. 유럽 대륙 도시에서 열리는 종교적이고 시민적인 축제에서 창문에 불을 밝히는 것이 기쁨을 나누는 표현이었다면 집 안에 불빛을 밝히는 것에는 좀더 어두운 측면도 있다. 1746년에 자코바이트가 스코틀랜드 북부를 지배한 후 하노버 왕가에 충성하지 않는 것으로 의심되는 마을과 도시는 대다수 시민이 볼 때 외국의 찬탈자인 왕의 생일에 창문을 밝히라는 명령을 받았다. 군인들이 거리를 순찰하고 불을 켜지 않은 집들을 급습했다.

　　광택제를 바른 종이와 천은 그 투명성 때문에 오래전부터 일상에서 사용되었고 투명화는 불이 켜진 창문에 손쉽게 장식할 수 있다는 점에서 축제에 사용되었다고 추측해볼 수 있다. 이 전통은 그림이 그려진 블라인드, 애국적인 투명화, 심지어 1807년 런던에서 출판된 에드워드 옴의『투명한 그림과 일반적인 투명화에 관한 에세이An Essay on Transparent Prints and on Transparencies in General』에 수록된, 가정에서 가짜 스테인드글라스 만드는 방법 등과 함께 19세기까지 지속된 것으로 보인다.

옴의 책이 입증하듯 아마추어 공예가 행해진 섭정시대 집에는 도시 투명화의 가정 버전 투명화와 역광 이미지가 가득했을 것이다. 앞으로 다룰 전문 화가들의 실험적인 라이트박스들도 물론이다. 옴의 에세이에는 창문과 다양한 전등갓에 대한 조언뿐만 아니라 광택제를 바른 역광 이미지를 여름에 벽난로 덮개로 사용하라는(그림 뒤쪽, 즉 난로 앞부분에 램프를 놓는다) 팁도 나온다.

투명한 그림이 대규모로 사용되기 시작한 것은 17세기 로마에서 교회에 설치하기 위해 고안한 성스러운 임시 극장인 것으로 보인다. 예수회 화가 안드레아 포초는 특히 빛의 조작과 표현에 몰두했다. 그중에는 로마 산티냐치오성당의 놀라운 트롱프뢰유 천장에 그린 천상의 빛, 제수성당의 이그나티우스 제단 위에 숨겨진 금색 유리 창문에 비치는 햇빛의 조작, 많은 선례에 따라 금박이나 금속을 조각하는 방법을 널리 이용해서 나타낸 초자연적인 빛 등이 있다. 그가 '40시간'*용 설치물에 숭배를 위해 축성된 성체를 전시할 때 숨겨진 빛을 사용한 기법은 그보다 앞서 1683년에 제수성당 설치물에 램프와 양초를 사용한 방법을

---

* the Forty Hours, 로마 가톨릭에서 신심을 봉헌하기 위해 40시간에 걸쳐 교대로 기도하는 것.

티롤 지방의 부활절 주간을 위한 신성한 극장.
요한 네포무크 파운들러, 「하일리게 그레버」, 오려서 만든 그리스도에 역광을 비추는
방식, 1770, 티롤의 성십자가 교회.

발전시킨 것이었다. "(성찬식은) 앞과 뒤에 빛을 전시해 투시도를 더 돋보이게 했다."[7] 그후에 포초가 만든 신성한 극장들도 하늘의 빛을 보여주는 허구의 창문을 표현하기 위해 구름의 틈새나 우뚝 선 개선문의 빈 공간 등에 숨겨진 빛을 많이 사용했다. 성당을 비추는 햇빛은 블라인드로 가렸다. 성스러운 극장의 무대 장치는 어두운 신도석으로 들어오는 방문객들에게 초자연적인 빛의 틀이 되어 성당 동쪽 끝에서 빛을 비추었을 것이다.

부활절에 티롤의 도시와 시골 교회들이 일시적으로 바로크양식 극장 하일리게 그레버를 세우는 신성한 건축 전통이 오늘날까지도 이어진다는 증거가 있다.[8] 여기에는 오려서 만든 군인들이나 애도하는 사람들, 무덤에 있는 그리스도를 나타내는 단순한 그림이 그려진 무대부터 놀라운 바로크양식 무대 장식(창작한 궁전의 정면이나 발코니에 예수의 수난에 관한 여러 장면이 세워졌다)까지 다양했다. 이른바 이 '신성한 묘지들'은 현존하는 18세기 것부터 현대적인 재현에 이르기까지 날짜가 다양하다. 전체적으로는 일시적이고 연극적인 바로크 건축 세계의 중요한 산증거다. 포초로부터의 연속성은 성게오르겐베르크-피히트의 베네딕트수도원과 보첸의 카푸친교회의 것들과 같은 18세기 디자인에서 매우 두드러진다.[9] 또한 쇤베르크의 성십자가교회에 영광스럽게 남아 있는 18세기 사제이자 화가인 요한 네포무크 파운들러Johann Nepomuk Pfaundler의 작품에도 나타난다. 독창적으로 끼워진 색색의 빛을 발하는 구체가 있고 교회 창문의 햇빛을 빌려 배경에서 뚫고 들어오는 빛이 부활한 그리스도의 실루엣을 둘러싸는 웅장한 허구적 건축물이다.[10]

완전한 역광이 비치는 19세기 후반의 한두 가지 하일리게 그레버는 세속적인 축제 건축과의 연결 고리뿐만 아니라 판화나 디오라마에 아주 작은 구멍을 뚫어서 뒤쪽에 조명을 설치하는 좀더 가정적인 기술과의 연결 고리도 제공한다. 올뮈츠(현재의 체코 올로모우츠)에 에두아르트 즈비테크의 회사가 만든 페트노이암아를베르크 성모승천교회의 하일리게 그레버는 어두운 교회 내부에 전시되어 있다. 검은색으로 칠해진 이 평평한 구조물은 전적으로 역광을 받아 윤곽이 드러나고 십자가와 애도하는 천사들을 둘러싼 빛나는 아치를 보여주며, 측면에는 빛이 들어오도록 완전히 뚫어놓은 구멍을 통해 갑옷 입은 두 남자의 그림이 보인다. 무덤의 그리스도와 부활한 그리스도의 형상만이 숨겨진 조명으로 입체적으로 빛난다.[11]

빛을 통합하는 축제 분위기의 신성한 전통 구조물과 좀더 가정적인 투명화와 쇼박스의 접점은 잘츠부르크박물관(예전의 카롤리노-아우구스테움)에 있는 두 개의 작은 18세기 상자 속 디오라마에서 발견된다. 이것들은 "두꺼운 종이에 그리고 역광을 비추기 위해 선택된, 신성하고 세속적인 주제들로 이루어진 두루마리식 디오라마"다.[12] 비록 그 영향력은 직접적이지 않을 수도 있지만 카르몽텔Carmontelle(본명은 루이 카로지Louis Carrogis)이라는 프랑스 예술가가 1780년대부터 제작한 역광 디오라마 시리즈 「투명화」를 연상시킨다.

이 작품들은 상자 속에서 커튼으로 둘러싸였으며 창문 햇빛이나 양초로 역광을 받는다. 영국에 있는 프랑스식 정원의 기념물 사이를 거니는 우아한 인물들이 투명한 종이에 묘사되었다. 해설과 일화가 수반된 이 작품들은 두루마리 형태의 가정용 오락으로 설계된 것이 분명하다.

루이 카로지(카르몽텔), 「투명화, 역광 정원 파노라마」, 7미터 투명 디오라마, 18세기 후반.

프랑스 작가 드 프레니이 남작은 카르몽텔의 역광 쇼를 아버지의 집에서 처음 보았는데 60년이 지나서까지도 인물들이 실제로 움직이는 것처럼 보였으며 카르몽텔이 지나가는 인물의 발걸음과 버릇, 행동을 담아낸 것까지 생생하게 기억난다고 회고록에 기록했다.[13]

이런 설치물들은 게인즈버러의 웅장하고 실험적인 「쇼박스」와 동시대 작품인데, 예술가들이 풍경 속에서 빛의 움직임을 관찰하고 보여주기 위한 장치를 고안하기 시작한 때다. 그 시대 사람 모두가 산책과 경치 감상, 자연 관찰에 대한 숭배가 커졌음을 나타낸다. 또한 햇빛과 달빛을 묘사하는 기존 관습에 대한 불만족을 나타내기도 한다. 18세기 말로 갈수록 점점 더 수가 늘어난 이 작은 집들은 풍경을 비추는 빛의 움직임을 새롭게 살펴보고자 하는 더 커다란 욕망의 일부였다.

런던 빅토리아앤드앨버트미술관 컬렉션에서 가장 매혹적인 작품은 영국 화가 게인즈버러의 디자인에 따라 1780년대에

제작된 목재 「쇼박스」다. 관객은 확대경으로 상자 내부를 들여다 보는데, 섬세하면서도 대략적으로 그려진 일련의 풍경들 속에서 꼭 빛이 나오는 것처럼 보인다. 하지만 실제로는 빛 앞에 하나씩 놓이는 유리에 그려진 그림들이다. 그려진 장면 내부에서 나오는 것처럼 보이는 은은한 빛은 양초 세 자루의 불꽃이며 그 그늘이 실크 스크린에 드리우며 퍼져나간다.

　　이 장면들은 빛과 계절, 날씨 변화와 함께 잉글랜드를 다양하게 묘사한다. 이스트앵글리아는 봄날 아침, 빛이 나무들 사이로 새어나가 소들이 방금 목을 축인 삼림지 웅덩이에서 은은하게 빛나는 모습이다. 웰시마치스처럼 보이는 숲이 우거진 넓은 계곡, 여름밤에 양치기와 양들이 풀로 덮인 작은 호수의 둑에서 휴식을 취한다. 언덕 뒤로 밝은 달이 떠오르고 하늘에 구름이 있다. 가을을 맞은 북부 고지대에서는 강이 내려다보이고 강둑에는 나무들이 드문드문 자라며 저멀리 헐벗은 산꼭대기가 솟아 있고 바람에 찢긴 구름 사이로 군데군데 햇빛이 비친다. 달빛이

화가의 쇼박스.
토머스 게인즈버러, 「웅덩이와 오두막 문가에 사람이 있는 숲속 달빛 풍경」, 역광 유리
유화, 1781~82.

비치는 여름밤, 산비탈 사이 연못가 오두막에서 새어나오는 밝
은 빛이 문가와 호수 위로 어둑한 그림자를 드리운다. 밝은 달빛
은 나무 꼭대기들의 윤곽을 드러낸다.

　「쇼박스」는 게인즈버러가 왜 한 번에 한 명만 볼 수 있는
이 취약한 광학 장치에 모든 기술을 투자했느냐는 필연적인 의
문을 제기한다. 18세기 후반에 런던을 매혹한 시각적 스펙터클
과 환상을 추적한 프랜시스 테르파크의 훌륭한 기사가 많은 것

을 답해준다.[14] 게인즈버러는 분명 이런 것들을 매우 좋아하는 소비자였고 빛과 풍경의 가정적인 스펙터클에 대한 아이디어를 얻었을 가능성이 매우 높다.

에나멜 유리에 그림을 그린 아일랜드 화가 토머스 저베이스Thomas Jervais는 1770년대와 1780년대 런던에서 성공적인 전시회를 다수 열었다. 또한 카위프Cuyp와 베르네Vernet, 라이트 Wright of Derby처럼 빛 효과를 전문적으로 다루는 이들이 그의 작품을 회화로 재현했다. 저베이스는 달빛과 난롯불을 표현할 때 역광이 비치는 투명화라는 매체의 특별한 이점을 이용했다.

물론 매우 인기 많은 중앙 유럽의 리버스글래스 페인팅* 을 포함해 유리에 그림을 그리는 것은 오래전부터 이어져 내려 오는 기법이다. 유리그림과 빛 조작에 대한 잠재력은 17세기 중반에 실현되었다. 유리 슬라이드로부터 이미지를 투사하기 위해 렌즈를 통해 빛의 초점을 맞추는 마법 랜턴을 발명한 공은 네덜란드 물리학자이자 천문학자인 크리스티안 하위헌스와 다방면에 뛰어났던 예수회 수도사 아타나시우스 키르허에게 똑같이 돌아가야 할 듯하다. 둘 다 17세기 후반에 마법 랜턴을 선보였다. 모두 마법 랜턴 이미지를 움직이는 방법에 대해 생각해본 듯하다. 콜레지오 로마노에 있는 키르허박물관에서 1678년에 발간한 카탈로그에는 많은 광학 장치가 포함되었는데, 요지경 상자와 각진 거울을 사용함으로써 무한한 궁전이나 정원의 느낌을 주는 '테아트룸 카토프트리쿰Theatrum Catoptricum'뿐만 아니라 마법 랜턴 자체도 있다.[15] 빛을 밝힌 상자 안에서 착시를 일으키거나 마

---

* reverse-glass painting, 유리에 페인트를 칠한 후 뒤집어 이미지를 보는 기법.

법처럼 보이는 이미지를 보거나 그 상자 자체에서 투사하는 기법의 작품이다.

게인즈버러가 즐겼다고 알려진 런던의 볼거리에는 프랑스 무대 디자이너이자 화가인 필리프자크 드 루테르부르Philippe-Jacques de Loutherbourg가 배우이자 매니저인 데이비드 개릭과 공동으로 고안한 「에이도푸시콘Eidophusikon」이 있다. 이것은 근래에 발명된 (그리고 매우 밝은) 아르강 램프를 사용하여 특히 강렬한 음향과 조명 효과를 내는 기계식 미니 극장이었다. 풍경과 기계와 조명이 결합해 난파선과 폭풍우가 움직이는 장관을 제공했다. 「에이도푸시콘」은 게인즈버러가 그의 「쇼박스」를 실험하기 시작한 것과 똑같은 시기인 1781~82년에 런던에서 상영되었다. 그 시대 인물은 다음과 같이 기록했다.

> 게인즈버러는 「에이도푸시콘」에 열광한 나머지 한동안 오로지 그것만 생각하고 다른 이야기는 일절 꺼내지도 않았으며 매일 저녁마다 오랫동안 그곳에서 시간을 보낼 정도였다.[16]

그런데 게인즈버러는 이 정교한 장치에 왜 그렇게 많은 시간을 투자한 것일까? 한편으로는 그가 직접 기록으로 남겼듯이 「에이도푸시콘」에 대한 그의 매혹과 훨씬 더 조용하고 사색적이지만 그것에 개인적으로 반응하고자 했던 열망으로 설명될 수 있다. 또 한편으로는 당시 그림과 빛에 대한 실험의 순수한 시각적 잠재력에 대한 반응일 수 있지만, 이미지 뒤쪽과 안쪽에 놓는 빛의 위치에 대한 실험이 화가라는 그의 직업에 특별히 중요했기 때문일 수도 있다.

전반적으로 18세기 후반에 화가들은 계절과 날씨 변화에 따른 다양한 빛의 효과를 점점 더 깊이 인식했다. 18세기 전반의 풍경화는 대부분 (물론 주목할 만한 예외도 있다) 니콜라 푸생과 클로드 로랭이 사용했던 효과를 동경했고 그에 충실했으며 이는 영국 수집가들이 특히 가치를 높게 평가했다. 그래서 북쪽 풍경을 그린 그림에서도 꼭 이탈리아 하늘에서 비추는 빛처럼 남쪽의 9월 늦은 오후, 완만한 경사에서 비치는 황금빛 측면광을 표현했다. 18세기 풍경화들은 꼭 평면으로 그린 그림과 양쪽 무대 조명이 빛을 비춘 듯한 똑같은 특징을 보인다. 후기바로크에서 전해진 이 관습은 광원이 그림 어디에 위치하는지와 관계없이, 보통 왼쪽 위에서 전경으로 빛을 비춘다.

이것은 아마도 게인즈버러의 「쇼박스」 안에 들어 있는 유리그림들의 사용과 매혹에 대한 실마리를 줄 것이다. 이미지 각각은 자연에서 관찰되는 것처럼 전경을 밝히기 위한 빛의 낙하 또는 묘사된 풍경 멀리에서 빛이 움직이는 모습을 연구하기 위함이다. 이 실험적인 측면이 인식되면 유리 스케치에 깊은 흥미가 생긴다. 북부 풍경에서 부서진 구름을 통해 새어나오는 햇빛의 진정성 또는 연못가 오두막의 등불과 달빛의 사실적인 표현은 게인즈버러가 그 자신의 관찰을 시험한 과정 중 일부였다고 볼 수 있다. 그의 이젤에 놓인 그림에 표현된 풍경에서 세심하게 묘사된 빛의 움직임이 눈에 익으면 그가 「쇼박스」의 빛, 즉 자연스럽게 변형된 촛불을 풍경 속 깊이 배치하는 사랑스러운 광학 장난감에 매혹된 이유를 쉽게 이해할 수 있다.

마찬가지로 진지하고 정교하게 관찰된 역광 투명화와 쇼

박스들은 앞에서 살펴본 저녁과 밤을 그린 19세기 초 독일 낭만주의 화가들 사이에서도 사용되었다.

이러한 낭만주의적인 투명화를 발명한 사람은 야코프 필리프 하케르트인데, 그의 로마 방 문 상부에는 대기실 빛이 뒤에서 비추는 달빛 풍경이 그려진 장식이 있었다. 수채화와 콜라주, 오린 후 광택제를 바른 종이를 조합해 만든 이 물건은 미세한 유리판 두 장 사이에 올려져 방문객들에게 상당한 인상을 주었다. 지인들이 말없이 앉아서 가짜 달빛의 달콤한 우울함에 대해 고찰했다는 기록도 있다.[17] 하케르트의 가장 유명한 투명화는 홀슈타인의 엠켄도르프, 교양 있는 귀족 율리아와 프리드리히 폰 레벤틀로의 시골 저택에 설치되었던 1785년 작품 「이탈리아의 달빛 풍경」이다.[18] 이 작품도 붉은 응접실의 문 상부에 장식되었다(아직도 그곳에 있다). 낮에는 전통적인 그림이 그려진 천으로 덮여 있지만 저녁에는 덮개가 벗겨지고 뒤쪽에 놓인 램프들이 어두운 방에 달빛처럼 은은한 조명을 흘린다. 율리아 폰 레벤틀로는 이 장식을 매우 중요하게 여긴 것이 분명하다. 1794년에 그녀는 괴테에게 편지를 써 여름 동안 방문해달라고 초대하면서(결국 이루어지지는 못했다) 그들의 집에 설치된 "이탈리아의 달Italien-ischen Mond"을 엠켄도르프의 명소 중 하나로 들었다.

드레스덴 화가들은 역광 투명화의 예술적 가능성을 실험했고 때로 어두운 작업실에서 만들어낼 수 있는 음악과 관련된 실험도 했다. 에른스트 페르디난트 외흐메는 그의 가장 유명한 유화들의 고딕풍 주제를 이어가던 1832년에 폐허가 된 수도원에서 두 수도사가 동쪽 창문의 부서진 장식 무늬 뒤로 떠오르는 찬란한 달을 바라보는 투명화를 제작했다. 카스파어 다피트 프리

변형적 투명화, 투명 종이 하나에 들어간 하루의 네 가지 풍경과 시간.
카스파어 다피트 프리드리히, 「산속의 강 풍경」, 역광을 비추어 달빛이 비치는 밤을
연출하는 방식, 1830~35.

드리히는 이 작품들을 매우 진지하게 받아들였다. 단 한 점만 남
은 듯 보이는 이 투명화들이 살롱의 여흥이나 우아한 장난감 이
상으로 보인다면, 프리드리히가 감상적인 풍경의 가장 심오한
표현으로서의 가능성에 대해 표현한 희망을 떠올려보자. 그는
게인즈버러와 마찬가지로 투명화를, 자연의 빛과 계절을 가장
사실적으로 표현하는 실험으로 생각했던 듯하다.

　　1835년경 프리드리히는 쇼박스에서 대단히 낭만적인 주
제인 투명화, 그중에서도 달빛이 비치는 고딕 마을을 배경으로
동화에 나올 법한 숲속에서 하프를 연주하는 여인의 모습이 와
인과 물이 채워진 그릇을 통해 걸러지는 다채로운 빛 앞에서 어
떻게 보이는지를 실험했다. 그는 이 쇼박스 전시에 음악이 함께
하기를 원했다.[19] 그가 투명 이미지를 전시할 때 뒤에서 빛을 비

추는 램프를 움직여서 은은한 저녁 빛이나 우울한 어둠 같은 다양한 시간과 분위기 효과를 만들어냈다는 기록도 있다. 독일 카셀에 있는 게멜데갤러리가 소장한 프리드리히의 투명 이미지는 투명한 종이 양면에 수채화와 템페라로 산속의 넓은 강을 다룬 작품이다.[20] 이는 네 가지 다른 방식으로 감상할 수 있다. 프리드리히의 네 그림을 강하게 연상시키는 가장 독창적인 장치는 하노버에 있는 「하루 네 개의 시간Four Times of Day」이다. 일반적인 조명을 받는 앞면은 거의 그리자유에 가까운 안개 낀 풍경이며 (저멀리 안개 속에 녹아든 언덕들을 암시하는 낮이다) 같은 면에 역광을 비추면 똑같이 고요한 풍경에 은은한 달빛이 비친다. 이때 오려서 만든 태양이 달 역할을 한다. 정상적으로 빛을 비추면 뒷면은 디테일이 거의 없는 밤 풍경이지만 역광을 비추면 마법이 환상을 일으키듯 찬란한 달밤이 만들어진다. 달빛에 빛나는 구름이 떠다니는 화려한 붉은 하늘 아래 저멀리 엎어놓은 그릇 같은 언덕에 자리한 고딕풍 도시가 금빛으로 일렁거리는 물에 반사된다.

19세기 초반 감성 요소는 현대 덴마크에서 여전히 그 가치를 인정받는다. 덴마크는 그 시대의 예술을 굴다데Guldalder, 즉 '황금시대'라고 부르며 존중한다. 오늘날 낭만적인 쇼박스와 투명 이미지를 계승하는 것은 디자인과 희곡에 '황금시대' 요소들을 다수 보존하는 종이 장난감 극장의 라이트박스다. 역광이 비치는 광택제 바른 종이 배경을 사용해 프리드리히의 투명화 버전을 미니어처 무대에서 보여줄 수도 있다. 예를 들어, 밤 풍경 뒤쪽에서 새벽빛이 희미해지는 장면 같은 것이다. 내 친구 앨런은 오래전부터 장난감 극장에 대해 모르는 것이 없었고 19세기 초반에 인기를 끈 그래픽 아트에도 전문가였다. 그는 대학원생

역광을 이용한 미니어처 극장. 2o세기 중반 코펜하겐의 티볼리가든을 보여주는 덴마크 종이 장난감 극장 장면.

시절, 그랜트체스터에 있는 아주 작은 집에 살았는데 이후 그와 그의 아내 수재나가 지난 40년 동안 런던에서 살며 모은 그림과 물건들의 놀라운 특징이 이미 그 집에서부터 많이 나타났었다. 그 작은 집의 응접실 선반에는 아름다운 덴마크 종이 극장이 놓여 있었다.

그 종이 극장은 코펜하겐 티볼리가든에 있는 판토미메 테아테레트 팬터마임극장의 미니어처 버전으로 꼬리를 펼친 공작을 나타내는 무대 커튼이 달렸다. 그 미니어처 버전에서도 공작이 꼬리를 접고 앉으면 어릿광대 연극의 무대 장치가 드러난다. 무대 세트 중에는 광택제를 발라 강조한 그림에 역광이 비치도록 구멍을 뚫은 것이 있는데, 19세기 중반 여름밤 티볼리가든이 배경이다. 두 산책로가 교차하는 지점, 작은 돔 파빌리온 앞에 군중이 모여 있다. 환상적인 무어양식으로 건설된 파빌리온인데 오늘날에도 여전히 티볼리가든에 존재하는 20세기 초 무어궁전의 전신일 것이다. 돔에는 빨갛고 파란 나선형 장식이 새겨져 있다. 오른쪽 거리에서는 우아한 사람들이 보이지 않는 곳에서 들려오는 음악을 듣고 있고, 늘어선 키 큰 나무들 사이로 달빛이 떨어진다. 익은 사과처럼 단단한 종이 등이 가지에 달린 나무 사이에 창백한 조각상들과 가로등 기둥이 있다. 파빌리온을 비추는 불빛에서 반사되는 무수히 많은 점이 칙칙한 나무들과 달 뜬 하늘을 배경으로 반짝반짝 빛난다. 그 풍경은 팬터마임 혹은 발레가 공연되는 무대 장면과 같은 매력을 풍기는데 장면이 바뀔 때 은빛 궁전이 나타나고, 실제 정원에서도 그 모습을 드러낸다. 그러나 유원지는 그 자체로 현실의 극장판이고 이곳 정원과 파빌리온도 연극 공연 배경으로 표현되며 여름 극장의 종이 환영으로 여전히 현실에서 동떨어져 있다. 사람들의 기분 전환을 위해 설계된 유원지 거리의 나무는 잎이 다 떨어지고, 파빌리온과 극장은 깜깜한 겨울 저녁이면 덧문이 닫히기 때문이다. 여름밤을 표현한 이 작은 종이 극장은 디자인이 너무나도 섬세하고 투명 이미지와 작은 구멍을 통해 들어오는 빛 또한 무척이나 독창적으로 사용되므로 그 자체로 마법의 집과 쇼박스, 역광의 환상이라는 장르를 강렬하고도 아름답게 반영한 작품이라 할 만하다.

여름이 끝날 무렵, 영국 노리치와 벌링엄 사이, 수확이 끝난 들판 위로 햇볕이 식어간다. 그곳에서 나는 친구 마거릿과 피터 스커펌의 고택에서 하루나 이틀 정도 머무를 예정이다. 일 년 내내 아름다운 곳이다. 이 엘리자베스시대 농가에는 초가지붕을 얹었고 지금은 오래전 이야기가 되었지만 연속해서 풍년을 맞이하며 번영했던 어느 여름에 증축한 타워 포치도 있다. 평평한 땅에 기둥을 고정해둔 마거릿의 정원은 황갈색이고 매년 이맘때쯤에는 달리아가 피어서 검붉은 진홍색도 보인다. 오후에 차를 타고 습지 위쪽 도로 끄트머리에 위치한 황량한 석조 교회로 향하자니 그날 처음으로 피웠던 모닥불의 흔적이 보인다. 하얗게 칠한 교회 안은 아무런 장식도 없어 삭막하고 벽화의 유령들만이 있을 뿐이다. 산 남자가 셋, 죽은 남자가 셋.

늦은 오후에 돌아온 우리는 벽과 가구들을 밝게 칠한 따뜻한 부엌을 보고 기분이 좋아진다. 이맘때는 다가오는 겨울을 위해 종이에 싸서 저장해둔 사과 향기가 가득하다. 위층 책장에는 겨울 집을 연출한 현대 예술가 마크 헐드Mark Hearld의 섀도박스가 놓여 있다. 전경에는 앙상한 나무들, 여우, 밤에 활동하는 새들이 있고 집 창문 뒤쪽은 모두 희미하다. 쇼박스와 섀도박스의 오랜 전통을 훌륭하게 살렸다. 가닥가닥 칙칙하게 칠한 하늘이 어둠 속 들판에서 휘몰아치는 겨울바람을 연상시킨다.

우리는 이 작품의 불 켜진 창문에 관해 이야기했다. 시와 책이라면 기억력이 뛰어난 피터가 60~70년 전 방랑자의 귀환을 감상적으로 담아낸 아일랜드 노래 가사를 한두 줄 떠올렸다.

마법에 걸린 노퍽의 겨울밤.
마크 헐드, 「노퍽 벌링엄 올드홀의 섀도박스」.

달이 환하게 빛나고 있었네
모든 두려움을 없애주는 밤이었네

나중에 찾아보니 가사 첫 줄이 "옛집을 떠난 지 10년이
지났네"였고 이 노래의 주요 이미지가 방랑자를 끌어당기는 오
두막 창문을 통해 비치는 난로 불빛이라는 사실을 알게 되었다.
그다음에 피터는 오래된 천문학 서적에서 삽화가 실린 책장 맨
아랫부분에 한 줄로 쭉 늘어선 환한 마을 건물 창문들을 기억해
냈고 다시 한번 뛰어난 기억력으로 제목을 정확하게 떠올렸다.

1910년에 처음 출판된 로버트 볼의 『천국 이야기The Story of the Heavens』였다. 그는 제2차세계대전 때 창문이 아주 노란 집들의 어두운 형체와 하늘에 뜬 하얀 별빛의 복잡한 무늬들을 차례로 경이롭게 바라보았던 것을 기억했다. 전시였고, 등화관제에 익숙한 소년에게 그 그림에서처럼 창문에 커튼을 달지 않은 집들로 눈부시게 밝은 마을은 완전히 다른 세계나 마찬가지였다. (홀링허스트의 『스파숄트 어페어』의 강렬하고 결정적인 문장이 떠올랐다. "일몰과 등화관제 사이의 아주 짧은 시간에 다른 사람들의 방을 들여다볼 수 있었다"[21].) 기억과 소설 모두, 당국이 창문 빛을 통제하던 시절, 집이 위안을 주지 못하던 시절, 겨울에는 얼어붙을 듯 춥고 여름에는 답답한 어두운 방들 사이에서 작은 빛들이 움직이던 시절을 떠오르게 했다.

벌링엄의 집 부엌에서 피터는 등화관제가 실시되었던 1940년대, 빛이 거의 없는 차가운 밤을 걸었던 기억이 자신을 시인으로 만들었음을 추억했다. "텔레비전의 시대 이전에는 밤에 자주 걸어다녔어. 창문 너머로 걷고 말하고 침묵하는 삶의 풍경들을 바라보면서 길을 걸었지. 전시의 밤에 유일하게 밝은 빛은 탐조등과 반사경이었어." 그는 그 시절, 완전히 깜깜했던 집에 대한 기억을 좀더 떠올렸다. 양철 촛대에 양초를 꽂아둔 채 차가운 어둠 속에서 잠자리에 들었다. 등불을 약하게 켜놓을 때도 있었다. "작은 괴물이 밤의 거대함을 뚫으려는 거나 마찬가지였어. 전시에 밤은, 그 밤과 대조를 이루는 빛의 연약함 때문에 더 거대해 보였지."

검은 시트는 빛의 나뭇잎을 허락하지 말아야 한다

따뜻하고 작은 달의 빛이 흐르는 땅에 닿기 위해서
나는 죽어가는 횃불을 들고
경비가 이루어지는 집 테이블 아래 세계를 탐험한다.[22]

그는 잠시 생각에 잠기더니 전쟁 당시의 기억을 좀더 자세히 불러냈다. 1930년대 후반의 호화로운 가게 창문들, 전쟁 전 크리스마스 시즌에 진열된 상품들의 '부자연스러운 마법'에 대한 기억이 그에게 큰 힘이 되어주었다는 것이다. 나중에는 디킨스와 체스터턴의 작품에 나오는 불 켜진 가게 창문들에 대한 설명도 마찬가지였다. 에릭 래빌리어스가 1938년에 하이 스트리트 가게들에 늘어선 독특한 진열창과 밝은 저녁 불빛을 석판화로 만들어 수록한 『하이 스트리트』도 힘을 보탰다.

전쟁 이전의 모든 사치는 전쟁 동안 그의 가족들을 지탱해주었고 지금도 여전히 그들과 함께하는 물건에 집중되었다. 스테인드글라스를 단순하게 모방한 사각형 크리스마스 랜턴이었다. 색상이 선명한 장면을 찍은 반투명한 종이 위에 판지를 오려 붙여 장식한 것이다. 아마도 체코에서 대량으로 생산되었을 이 장식품은 투명 이미지와 쇼박스, 종이 극장이라는 유럽 전통을 현대적으로 계승한다. 피터는 이것을 1937년쯤에 3페니와 6페니 물건들을 파는 상점인 울워스에서 구매한 것 같다고 말한다. 한쪽 면은 다리 옆 교회를, 다른 쪽은 소나무 사이에 들어선 오두막을 보여주며 하늘에는 초승달과 큰 별들이 있다. 전경에는 눈 내리는 무한한 숲을 벗어난 사슴의 형체가 있다.

피터는 그의 시 「크리스마스 랜턴The Christmas Lantern」에서 어린 시절의 자신과 누이를 불러낸다. 두 아이는 등화관제가 실시되는 집에서 종이를 잘라내 만든 랜턴의 별을 세고 있다.

어설픈 총소리에 집 안이 흔들릴 때 나는
당신의 투명함에 끌렸던 밤을 생각합니다.

그는 전쟁 후 이 크리스마스 랜턴이 그의 가족들에게 부
적 같은 존재가 되었다는 사실도 기억한다.

나는 잠든 내 아이들 위에 당신을 놓았습니다.
좁은 다리 옆, 가지 진 뿔이 달린 순록
순록에게 촛불 켜진 창문을 제공하는 작은 집
그들의 눈에 당신의 풍경과
색색의 모든 사랑 의식은 완벽합니다.[23]

마거릿과 피터는 이 랜턴을 보여주겠다고 말한다. 우리는
고택의 판석 복도를 지나 벽이 붉은 커다란 응접실로 간다. 피터
가 이 방을 처음 보여주었을 때 "크리스마스 방"이라고 말한 것이
기억난다. 늦여름 태양에 무거운 벨벳 커튼이 쳐져 있다. 달리아
와 플록스 같은 늦여름 꽃들이 가득 피어난 밖에서는 청록색 회
양목 목재와 낡은 벽돌이 햇살에 빛난다. 특별한 램프를 책장에
설치하고 포장지에 쌓인 귀중한 카드와 종이 랜턴을 꺼낸 뒤 어
두운 방에 불을 켜야 한다. 갑자기 시간이 아득하게 느껴진다. 잠
시 후 어둑한 그림자 속에서 피터의 목소리가 들린다. "지금도 크
리스마스 때마다 이걸 꺼낸다네." 세월이 느껴지는 방 안에서, 그
루터기 밭 사이 고택에서 크리스마스 랜턴이 축복처럼 빛난다.

마거릿과 피터의 랜턴에서 흘러나오는 오두막 불빛은 새뮤얼 파머가 「크리스마스이브, 마지막 양을 우리에 넣으며」에서 훌륭하게 관찰한 서리 내리는 달빛 속에서, 안전하게 우리에 가둔 양들 위로 쏟아지는 오두막의 램프 불빛과 시각적인 운율을 이룬다.

1850년에 제작된 이 에칭은 따뜻하고 안전한 집으로 돌아왔다는 느낌을 강하게 전달한다. 열린 문으로 보이는 부엌에서 양치기의 아내가 불이 켜진 작은 식탁 위에 접시를 놓고 있다. 격자 창문에서 빛줄기가 넉넉하게 뿜어져나온다. 파머의 선지적인 초기 그림 속 어두운 잡목림에서 나오는 설명할 수 없는 빛만큼이나 밝다. 이렇게 추운 겨울날, 무사히 집으로 돌아오는 것은 스코틀랜드의 시인이자 조각가, 정원사인 이언 해밀턴 핀레이의 후기 작품에서 의도적으로 환기된다. 에든버러 남쪽, 펜틀랜드힐스에 있는 그의 정원, 리틀 스파르타에 마지막으로 깔린 잔디밭과 작은 기념물이 있는 '영국 정원'에는 양떼를 위해 돌로 담을 쌓은 작은 들판이 있다. 나무문에는 '목가'라고 적힌 깔끔한 평판이 붙어 있고 돌담에는 다음 단어가 각각 아름답게 새겨진 석판 세 개가 끼워넣어져 있다. "마지막 양을/우리에/넣으며(FOLDING/THE LAST/SHEEP)". 의미가 풍부한 독창적인 건축물이다. 가장 큰 의미는 솟구치는 슬픔이다. 양우리가 비었을 때(언젠가는 그렇게 될 것이다) 마지막 양은 어디에 있는가? 베르길리우스의 목가적인 시와 황금시대는 오래전이며 기억에서 사라지고 있다. 20세기 중반에 미술사학자 에르빈 파노프스키가 베르길리우스의 목가적인 생활을 해석한 것(후회, 세상을 덮는 저녁에

"다리 옆, 가지 진 뿔이 달린 순록 / 촛불 켜진 창문을 제공하는 작은 집".
투명한 종이를 이용한 카드보드 울워스 랜턴, 1930년대 체코 추정.

서리를 머금은 달빛으로 퍼지는 오두막의 램프 불빛.
새뮤얼 파머, 「크리스마스이브―마지막 양을 우리에 넣으며」, 1850.

대한 그의 인식)도 기억에서 사라지고 있기는 마찬가지다. 나중에 어쩌면 이끼로 부드러워진 양우리 돌담에 달빛이 쏟아지는 것을 상상할 수도 있을까? 핀레이가 살아 있을 때, 정원 문이 닫혔을 때, 달이 뜬 밤, 그곳에 그와 일꾼들밖에 없었을 때. 아니면 최후의 가장 자기성찰적인 풍경-정원이라는 강력한 맥락에서 전체 구조가 목가적인 생활을 거의 추상적으로 불러일으키는 것일까? 스코틀랜드 보더스주, 양을 방목하는 황무지 꼭대기에 설계된 풍경, 풀과 물이 있는 풍경, 먼 과거에 대해 유럽이 생각하고 느낀 것을 요약하고자 하는 정원 말이다.

작은 개울가에 있는 돌항아리가 19세기 초의 순수한 감정을 불러일으키듯 어쩌면 이 기념비, 문구가 새겨진 돌담 역시 그저 지나간 과거를 아름답게 상기시키는 것은 아닐까? 작은 양우리는 정원을 방문한 사람으로 하여금 여름 부슬비 속에서 그곳을 피난처 삼고 귀향과 황무지를 둘러싸는 불빛과 등불의 고유 이미지를 떠올리게 하는 것은 아닐까? 리틀 스파르타의 이 마지막 구역과 마찬가지로, 양우리는 고대의 아득한 여운으로 아름답게 표현된 과거와의 침착한 작별을 청한다.

◆

저녁이다. 곧 집으로 걸어야 한다. 하지만 나는 여전히 메아리치는 정원과 파머의 에칭 판화 속 오두막 초와 난로에서 새어나오는 불빛, 베리먼의 격자무늬 창문 너머 반딧불이 불꽃과 광활한 미국 내륙의 밤에 대해 생각하고 있다. 조지 올트의 외로운 교차로에 있는 가로등 불빛, 전시의 어둠 속 불빛, 여름 별들을 아주 정확하게 담은 시각적 운율에 대해서도 생각한다. 하디의 시, 불켜진 저택 창문 너머에서 춤추는 대지주의 미망인, 홀링허스트가 상상한 전시 옥스퍼드, 픽워터 쿼드에서 언뜻 보이는 하얀 러닝셔츠를 입은 젊은 운동선수에 대해 생각한다. 창문과 빛, 매장埋葬, 인생은 얼마나 아득한가.

이제 어두워졌다. 글을 쓰는 동안 9월 밤이 갑작스럽게 찾아왔고 책상 위 램프만이 유일한 빛이다. 조용한 휴가에 들어간 바깥 성벽 아래 좁은 길에는 목소리도 발소리도 없다. 이제 글 쓰는 것을 멈추고 정리한 후 집으로 걸어갈 시간이다. 약간 지하에 자리한 쾌적한 사무실을 둘러본다. 창문 옆 할아버지의 책상, 벽난로 옆 안락의자, 대들보의 오래된 석고 세공, 리젠시 스타일 소파. 책상 램프 스위치를 끄고 밖으로 나가 표면이 도드라지는 장식 무늬가 들어간 세련된 1930년대 유리판 장식이 달린 정원 문을 나선다. 정원 위 하늘에서는 건조한 구름이 적어지고 달빛이 여과되며 엄청나게 많은 별이 빛난다. 날씨가 아주 맑은 늦여름 저녁이다.

로즈 플레이스로 들어가는 후문으로 나가 자동 빗장에서 딸깍 소리가 나도록 문을 꽉 닫는다. 숨막히는 가뭄과 통제되지 않은 폭우가 여름을 망친 이후로 달콤하고 온화한 바람을 맞으며 안도감을 느낀다. 높은 가로등이 켜진 돌담, 보이지 않는 스쿼시 공이 반대편 벽을 치는 소리. 오른쪽에 있는 기숙사, 2층 창문에 낀 판유리 네 개가 비스듬한 노란빛을 반대편 박공지붕으로 투사한다. '숨은 시냇물' 같은 지하 배수로 위에 깔린 아스팔트 도로를 걷고 캠피언홀과 가톨릭 예배당 사이 잘 닦인 길을 따라간다. 어두운 길 끄트머리에서 납 창틀에 낀 유리가 빛나고 불 켜진 배가 부두 끝에 정박해 있다.

　냉장 진열대의 유령 같은 파란 불빛을 제외하고 1층 카페는 캄캄하지만 올드 팰리스 위층의 튜더식 창문은 환하며 2층에 있는 커다란 방의 가파른 회반죽 천장은 4세기 전에 막 칠했을 때처럼 산뜻하고 환상적이다. 창턱에는 꽃 화분이 있고 격자무늬를 따라 올라가는 재스민의 형체가 보인다. 책상 옆에 커다란 램프가 켜져 있고 방 안쪽 구석은 노란빛으로 따뜻해 보인다. 내 친구인 예배당 사제는 보이지 않지만 분명 그는 1920년대와 1930년대에 몬시뇰 녹스가 변증론과 탐정소설을 썼던 자리에 똑같이 앉아 있을 것이다. 시간은 흐른다. 여름은 서둘러 끝자락을 향해 달려가고 나뭇잎 색깔이 변하고 가을 학기가 시작되고 또다시 깜깜하고 너무 온화한 겨울이 올 것이다. 우리의 시간 조각은 항상 그 사이에만 존재할 뿐이다.

　나는 세인트 알데이츠 스트리트를 건너 크라이스트 처치 구내 커다란 나무들 쪽으로 걸어가 음악학부를 지나 남쪽으로 방향을 튼다. 마른 솔방울이 발밑에서 으스러진다. 경찰서와 텅 빈 버스 정류장 사이를 걷다가 넓어지는 거리로 들어간다. 곧바로 오른쪽 길에 무심하고 현대적인 집들이 나타난다. 열린 창문 하나에서 새어나온 강황과 호로파, 통계피를 함께 볶는 섬세하고 아름다운 향기가 온화한 공기 속에 몇 초 동안 떠 있다.

　내 왼쪽에 헤드 오브 더 리버의 육중한 철제 난간이 있다. 1층은 조명이 환하고 위층은 어둡다. 늦여름에는 사람들이 이렇게 늦게까지 테라스에 앉아 있지 않는다. 8월에는 테이블이 북적거리고 웃음과 음악이 넘치고 노를 젓는 배들이 펍과 메도스로 가는 후문 인도교 사이의 작은 부두를 오갈 것이다.

나는 지금 폴리 브리지에서 강 아래 보트 창고 쪽을 내려
다보고 있다. 물가에서 조는 커다란 나무들 사이에서 별이 깜박
거린다. 별빛이 나뭇가지들 속으로 가라앉아 강에서 희미하게
빛나고 펍의 창문과 저멀리 강가 오솔길에서 잔물결처럼 흘러나
오는 자전거 램프의 반짝이는 불빛과 어우러진다. 그 자체로 완
벽하다. 뻗어나온 나뭇가지의 초록색 그림자가 물에 비친다. 빅
토리아시대 보트 창고의 방과 다락방 창문과 개울 위로 돌출된
퇴창 부분에서 나오는 실가닥 같은 불빛이 그 아래에서 반사되
고 접히고 계속 움직이는 어둠으로 들어간다. 달은 구름 다발과
나무들을 피하고 템스강이 다리 양쪽에서 희미하게 빛난다.

움직이는 달은 하늘로 올라갔지만,
어디에도 머무르지 않았다
달은 부드럽게 올라가고
옆에 한두 개의 별이 있었다—

얕은 틈새에 벽돌 총안과 평평한 무쇠 판으로 만든 동상
들이 있는 폴리섬의 고딕식 동굴 탑을 향해 길을 건넌다. 주변에
아무도 없다. 허접한 탑 옆, 웅덩이에 걸린 작은 출렁다리에서 좀
더 오래 머무른다. 별빛과 폴리와 강둑 불빛이 모두 다리 옆 고요
한 물에 반사된다. 늦여름 하늘에 가득한 별들이 부드럽게 움직
이는 검푸른 웅덩이 속에서 배로 늘어난다. 이 모든 것이 정말 아
름답게 하나로 어우러진다.

「브래드스트리트 부인에게 경의를 표하며」 끝부분에 나
오는 "영국 앞바다에 가라앉은 마을들"처럼 물속 불빛은 구세계

254

강바닥의 퇴적층 아래로 가라앉았다. 나는 40년 전에 까만 강 건너에서 보았던 잊히지 않는 불빛을 생각한다. 웬트워스하우스의 하숙방, 케임브리지가 내려다보이는 내 다락방 창문, 막다른 골목에 자리한 펍의 강가에 비친 불빛과 반대편 강둑의 작은 옥외 테이블. 어두운 창고들과 드문드문한 공원 가로등 사이에서 빛나는 이 불빛들은 내가 볼 수 있는 유일한 빛이었다. 펍의 옥외 테이블은 거의 항상 비어 있었고 한번은 직접 술을 마시러 가보았는데 따분할 뿐 특별한 것이 전혀 없었다. 하지만 강 건너편에서 본 그곳은 천국의 정원처럼 보였고 지금도 기억 속에서는 그렇다.

밤에 물 건너에서 보이는 빛은 닿지 않는 곳에 있는 낙원에 대한 갈망을 불러일으킨다. 물에 반사된 달빛과 별빛이 하늘을 저멀리 떨어진 강으로 끌어내려서 갈망이 더 커진다. 「늙은 선원의 노래」에 대한 콜리지의 유명한 주석은 하늘과 별들로부터 떨어져 고립된 슬픔의 표현 속에 축제를 위해 불을 켠 커다란 집의 이미지를 감추고 있다.

그는 움직이는 달과 같은 자리에 있지만 앞으로 나아가는 별들을 갈망한다. 어디에서나 푸른 하늘은 그들의 것이고 그들의 정해진 안식처이며 미리 알리지 않고 들어갈 수 있는 조국이자 집이다. 주인이 돌아올 것을 확실하게 알면서도 돌아왔을 때 조용한 기쁨을 느끼는 것처럼.[24]

제러드 맨리 홉킨스의 시 「별이 빛나는 밤The Starlight Night」은 여기에 응답한다. 그 시는 밤하늘, 즉 "밝은 자치구, 원의 성채"의 밝은 창문을 바라보는 사람을 이슬에 반짝이는 빛, 나뭇잎, 꽃가루의 깜박임, 깃털의 반짝임에서 드러나는 작은 천국의 영광을 찾는 이로 위치시킨다. 복잡한 소네트가 끝날 무렵, 별이 빛나는 하늘은 하느님이 수확한 곡식으로 가득한 헛간이 되었고 별들은 천국 궁궐의 영광이 지상의 주의깊은 관찰자를 비추는 빛나는 틈새가 되었다.

밝게 빛나는 울타리는
그리스도와 그의 어머니, 그의 성인들 모두의 집이라.[25]

셰이머스 히니의 시에서 걷다가 산사나무 생울타리 옆에 멈춰 선 사람, 열매의 등불 같은 눈으로 자세히 관찰되는 사람, "작은 사람들을 위한 작은 등불"과 "정의로운 한 사람을 찾는 등불"이 원하는 사람이 아닌, 이처럼[26] 홉킨스의 하늘을 바라보는 사람은 "돌아올 것이 확실한 주인처럼 미리 알리지 않고 들어갈 수 있는" 천국의 궁궐로 의기양양하게 돌아가는 모습으로 축복받는다. 저 아래 물에서 별들이 타오르고 탑 창가의 램프 그림자가 강에 떠 있다.

보헤미아의 얀 네포무츠키를 그린 프란시스코 고야Francisco Goya의 작은 야상곡에서 이 모든 것의 특별한 시각적 운율이 발견된다. 부당한 왕 때문에 순교하고 프라하를 흐르는 블타바 강에 시신이 던져지는 인물이다. 이 그림의 첫인상은 색깔이 아주 깊다는 것이다. 달이 뜬 하늘은 깊은 하늘색과 군청색으로 표현되었다. 침울해 보일 정도로 초라한 행색을 한 성인에게 높이 빛나는 달빛이 쏟아지며 흰 리넨 제의와 비레타의 술을 더욱 하

자연의 빛과 기적의 빛이 모두 나타나는 신성한 야상곡.
프란시스코 고야, 「얀 네포무츠키」.

얇게 물들인다. 청년은 두 손에 십자가를 들고 있는데, 다른 모든 것을 제쳐두고 고요함과 헌신으로 바라보는 이 십자가 형상에 달빛이 생기를 불어넣는다. 그는 상상 속 달밤, 상상 속 장소에 서 있지만 시간 속에 서 있지는 않다. 저멀리 어둑어둑한 강둑에는 커다란 둥근 탑이 있다. 작게 깜빡이는 노란 불빛 두 점은 불 켜진 창문과 성벽 화로다. 모든 세속적인 힘은 그곳에 있고 성인은 홀로 십자가와 함께 밖에, 달빛 아래에 있다. 달빛이 저멀리 나무들의 가장자리와 지평선의 밝은 구름을 비춘다. 하지만 이 그림 속에는 이상한 빛이 있다. 성인의 시신을 실은 기적 같은 별들의 배가 하류로 떠내려가는 회색빛 도는 푸른 강물 빛이다. 그리고 물의 기이한 빛은 탑 창문의 굴절을 없애고 세속적인 힘을 능가하며 달빛보다 환하고 하늘과 땅을 합친다.

　나는 강가의 길을 따라 걷는다. 하늘에 달이 홍수를 일으켰고 섬에서 물 흐름이 갈라지면서 속삭이는 소리가 들린다. 집까지는 200보 남았다. 결국은 모든 것이 잘될 것이다. 별들은 집으로 돌아가고 우리도 그럴 것이다.

12월 스코틀랜드, 겨울밤에 두 곳이 마주보는 수터스 오브 크로마티에서 본 북쪽 풍경.

옥스퍼드에 어둠이 깔릴 때

1. 시릴 코놀리Cyril Connolly가 노엘 블라키스턴Noel Blakiston에게, 1924년 12월 22일, 『낭만적인 우정: 시릴 코놀리가 노엘 블라키스턴에게 보내는 편지Romantic Friendship: Letters of Cyril Connolly to Noel Blakiston』(London: Constable, 1975), pp. 28~29.

2. 조지프 레오 코어너Joseph Leo Koerner, 『카스파어 다피트 프리드리히와 풍경의 주제Caspar David Friedrich and the Subject of Landscape』(London: Reaktion, 2009).

3. E. G. 토머스 웨스트 SJE.g. Thomas West SJ, 『컴버랜드와 웨스트무어랜드, 랭커셔의 호수 가이드Guide to the Lakes in Cumberland, Westmoreland and Lancashire』(Kendal, 1778).

4. 앨런 홀링허스트, 『스파숄트 어페어』(London: Cape, 2017), p. 5.

5. 같은 책, p. 7.

6. 같은 책, p. 9.

7. 같은 책, p. 198.

8. 같은 책, p. 338.

9. 같은 책, p. 93.

10. 같은 책, p. 94.

11. 같은 책, p. 94.

12. 『심벨린』, 2.4.89~90(The Oxford Shakespeare: The Complete Works, 2nd edn, Oxford: Clarendon Press, 2005, p. 1197).

도시의 겨울

1. 헤라트 레버Gerard Reve, 『저녁』, 샘 개럿 번역(London: Pushkin Press, 2016), p. 288.

2. M.R. 제임스, 『유령 이야기 모음집Collected Ghost Stories』(Ware: Wordsworth, 1992), p. 83.

3. https://imslp.org/wiki/Des_Fischers_Liebesgl%C3%BCck,_D.933_(Schu\-bert,_Franz); 2020년 7월 14일 기준.

4. 텍스트 확인: www.hyperion-records.co.uk/dw.asp?dc=W2088_GBA-JY9301813; 2020년 5월 8일 기준.

5. 그레이엄 존슨Graham Johnson, 곡에 대한 1993년 견해, www.hyperion-records.co.uk/dw.asp?dc=W2088_GBAJY9301813; 2020년 5월 8일 기준.

6. 동일 인용.

7. 카를 구스타프 카루스Carl Gustav Carus, 「필니츠의 집」, 드레스덴낭만파미술관, 퀴겔겐하우스.

8. 드레스덴 노이에마이스터컬렉션. 조지프 레오 코어너의 『카스파어 다피트 프리드리히와 풍경의 주제』(London: Reaktion, 2009)에 나오는 고전적인 주제 참고.

9. 오거스터스 웰비 퓨진Augustus Welby Pugin, 『대비: 14세기와 15세기의 웅장한 건물과 현대 비슷한 건물들의 유사점Contrasts: A Parallel between the Noble Edifices of the Fourteenth and Fifteenth Centuries and Similar Buildings of the Present Day』(London: 저자 개인 발행, 1836). 현재의 퇴화에 대한 장기적인 조롱은 이미 의도적으로 감정을 자극하는 제목에서 표현되어 있다.

10. https://marcel-proust.com/marcelproust/293; 2019년 9월 30일 기준.

11. 마르셀 프루스트, 『잃어버린 시간을 찾아서 II: 게르망트 쪽』(Paris: NRF, 1954), p. 95. (À côté de l'hôtel, les anciens palais nationaux et l'orangerie de Louis XVI dans lesquels se trouvaient maintenant la Caisse d'épargne et le corps d'armée étaient éclairés du dedans par les ampoules pales et dorées du gaz déjà allumé qui, dans le jour encore clair, seyait à ces hautes et vastes fenêtres du XVIIIe siècle où n'était pas encore effacé le dernier reflet du couchant ……et me persua-

dait d'aller retrouver mon feu et ma lampe qui, seule dans la façade de l'hôtel que j'habitais, luttait contre le crépuscule……)

12. 같은 책, p. 96. (La vie que menait les habitants de ce monde inconnu me semblait devoir être merveilleuse, et souvent les vitres éclairées de quelque demeure me retenaient longtemps immobile dans la nuit en mettant sous mes yeux les scènes véridiques et mystérieuses d'existences où je ne pénétrais pas. Ici le génie de feu me montrait en un tableau empourpré la taverne d'un marchand de marrons où deux sous-officiers, leurs ceinturons poses sur des chaises, jouaient aux cartes sans douter qu'un magicien les faisait surgir de la nuit, comme dans un apparition de théâtre……)

13. 같은 책, p. 97. (Dans un petit magasin de bric-à-brac, une bougie à demi consumée, en projetant sa lueur rouge sur une gravure, la transformait en sanguine, pendant que, luttant contre l'ombre, la clarté de la grosse lampe basanait un morceau de cuir, niellant un poignard de paillettes étincelantes, sue les tableaux qui n'étaient que des mauvaises copies déposant une dorure précieuse comme la patine du passé ou le vernis d'un maître, et faisant enfin de ce taudis où il n'y avait que du toc et des croutes, un inestimable Rembrandt.)

14. 같은 책, p.97. (Parfois je levais les yeux jusqu'à quelque vaste appartement ancien dont les volets n'étaient pas fermés et où des hommes et des femmes amphibies, se réadaptant chaque soir à vivre dans un autre élément que le jour, nageaient lentement dans la grasse liqueur qui, à la tombée de la nuit, sourd incessamment du réservoir des lampes pour remplir les chambres jusqu'au bord de leurs parois de pierre et de verre, et au sein de laquelle ils propageaient, en déplaçant leurs corps, des remous onctueux et dorés.)

15. 필리프 들레름Philippe Delerm, 『파리의 순간』(Paris: Fayard, 2002), pp. 126~129.

16. 같은 책, p. 126. (C'est au-dessus que la lumière appelle. Dans les appartements ambrés, croisillons des fenêtres et plafonds hauts. Une silhouette passe, au second, indifférente au regard de la rue. Indifférente? Dans le naturel de ses gestes passe une imperceptible affectation, la conscience d'appartenir aux lampes basses, au safran du sofa, au blanc crémeux de la bibliothèque.)

17. 쥘리앵 그린Julian Green, 『파리Paris』(London, Marion Boyars, 1993), p. 108.

(Ce soir, une légère brume couvrait Paris et les marronniers, éclairés par le dedans par les réverbères semblaient d'énormes lanternes japonaises.)

18. 같은 책, p. 130. (si Paris, celui que j'ai imagine, devenait le vrai, si le passage du Caire était désert, qu'il fasse sombre, que la pluie crépite sure les verrières opaques? Les vitrines luisent sinistrement……Ne vais-je pas entendre las pas tranquilles s'approcher et la voix qui donnait à mon héros le pouvoir d'émigrer de corps en corps prononcer insidieusement le sésame: 'si j'étais vous')

19. W. H. 오든, 「겨울의 브뤼셀」(1938년 12월), 『시 모음집Collected Poems』, ed. 에드워드 멘델슨(London: Faber), 1991, p. 178.

20. 헬렌 투키Helen Tookey, 「여파」, 『이별의 도시City of Departures』(Manchester: Carcanet, 2019), p. 44.

런던 야상곡

1. www.toutelapoesie.com/poemes/apollinaire/la_chanson_du_mal.htm; 2020년 7월 10일 기준.

2. 동일한 사이트.

3. 동일한 사이트.

4. 동일한 사이트.

5. 동일한 사이트.

6. 패트릭 킬러Patrick Keiller, 「보편적인 침묵Popular Science」, 『기차에서 보는 풍경: 도시와 다른 풍경들The View from the Train: Cities and Other Landscapes』(London: Verso, 2014), p. 67.

7. J. M. 리처즈J. M. Richards, 에릭 래빌리어스, 『하이 스트리트』(London: Country Life, 1938); 앨런 파워스Alan Powers, 제임스 러셀James Russell, 『에릭 래빌리어스: 하이 스트리트 이야기Eric Ravilious: The Story of High Street』(Norwich: Mainstone Press, 2008); 앨런 파워스, 『에릭 래빌리어스Eric Ravilious』(London: Lund Humphries, 2015).

8. W. H. 오든, 『시 모음집』, ed. 에드워드 멘델슨(London: Faber & Faber, 1991) p. 67.

9. G. K. 체스터턴G.K. Chesterton, 「보이지 않는 남자」, 『펭귄 파더 브라운 전집The Penguin Complete Father Brown』(Harmondsworth: Penguin, 1981), p. 64.

10. G. K. 체스터턴, 「탐정 이야기를 변호하며A Defence of Detective Stories」, 『피고

The Defendant』(London: R. Brimley Johnson, 1901), pp. 118~123; www.chesterton.org (2014년 8월 12일 기준); 피터 데이비슨 인용, 『마지막 빛The Last of the Light』(London: Reaktion, 2015), p. 136.

11. G.K. 체스터턴, 「시저의 머리The Head of Cesar」, 『피고』, p. 232.

12. 아서 코넌 도일, 『펭귄 셜록 홈스 전집The Penguin Complete Sherlock Holmes』 (London: Penguin, 2009), p. 161.

13. 같은 책, p. 269.

14. 같은 책, p. 270.

15. 같은 책, p. 492.

16. 같은 책.

17. 마이클 스타인먼Michael Steinman, ed., 『화려함의 요소: 실비아 타운센드 워너와 윌리엄 맥스웰의 편지The Element of Lavishness: Letters of Sylvia Townsend Warner and William Maxwell』(Washington DC: Counterpoint, 2001), p. 50.

18. 폴 노도프Paul Nordoff에게 쓴 편지, 1940년 3월 16일, 『실비아 타운센드 워너의 편지The Letters of Sylvia Townsend Warner』(New York: Viking, 1983), p. 61.

19. 사빈 리월드Sabine Rewald, 『전망이 있는 방: 19세기의 열린 창문Rooms with a View: The Open Window in the Nineteenth Century』(New Haven CT and London: Yale University Press, 2011), pp. 22~23, 86~87, 90.

20. 샤를 보들레르, 「풍경Paysage」, 「파리 풍경Tableaux Parisiens」, 『악의 꽃』에 수록(Paris: NRF/Gallimard, 1972), p. 114.

21. 찰스 디킨스, 『어려운 시절』(Cambridge: Riverside Press, 1869), p. 88.

22. 더 섬세한 보기는 글래스고미술관과 켈빈그로브미술관에 있는 제임스 패터슨James Paterson의 『마지막 터닝, 모니아이브The Last Turning, Moniaive』

23. 버지니아 울프, 『런던 거리 헤매기: 버지니아 울프 산문집』, vol. 4(London: Hogarth, 1967), p. 156.

24. 같은 책, p. 156~157.

25. 같은 책, p. 157.

26. 같은 책, p. 165.

27. 버지니아 울프, 『밤과 낮』, ed. 수잰 레이트(Oxford: Oxford University Press, 2000), pp. 439 et seq.

28. 같은 책, p. 462.

29. 같은 책, p. 463.

30. 같은 책, pp. 528~529.

31. 같은 책, p. 533.

32. 같은 책.

33. 같은 책, p. 535.

34. 같은 책.

35. 버지니아 울프, 『댈러웨이 부인』(London: Panther, 1984), p. 143.

36. 같은 책, p. 145.

37. 같은 책, p. 151.

38. 같은 책, p. 165.

39. 오스버트 시트웰Osbert Sitwell, 『노블 에센스』(London: Macmillan, 1950), p. 281.

40. 참조. 니콜라우스 페브스너Nikolaus Pevsner와 브리짓 체리Bridget Cherry, 『잉글랜드의 건물The Buildings of England, London 4: North』(New Haven CT and London: Yale University Press, 1998), p. 20.

시골 풍경 속 창문

1. 데릭 마흔Derek Mahon, 『허드슨 편지』(Winston-Salem NC: Wake Forest University Press, 1995), p. 75.

2. 존 밀턴John Milton, 「코모스」, lines 337~341, 『시 모음집Poetical Works』, ed. 더글러스 부시(London: Oxford University Press, 1966), p. 122.

3. 윌리엄 워즈워스William Wordsworth, 「해질 무렵 마지막 불빛이 느리게 빛날 때When slow from pensive twilight's latest gleam」, 『시들Poems』, ed. 존 O. 헤이든 (Harmondsworth: Penguin, 1977), p. 88.

4. 제라드 맨리 홉킨스Gerard Manley Hopkins, 「실내의 촛불The Candle Indoors」, 2~5행, 『시들Poems』, ed. 로버트 브리지스(London: Oxford University Press, 1930), p. 46.

5. 토머스 하디Thomas Hardy, 『숲 사람들』(London: Macmillan, 1939), pp. 5~6.

6. 새뮤얼 파머, 「까만 나무 사이로 부서지는 밝은 빛」, 인디언 잉크 워시 풍경 스케치, 1824~35, 빅토리아앤드앨버트미술관, E.643 - 1920.

7. 「신카와의 밤」, '도쿄의 열두 장면' 시리즈, 목판화, 1925, 보스턴순수미술 박물관, 등록번호 49.680.

8. 케네스 그레이엄, 『버드나무에 부는 바람』(Oxford: Oxford University Press,

2010), p. 48.

9. 같은 책, pp. 48~49.

10. 같은 책, p. 49,

11. '존 클레어의 노샘프턴셔 산책, 1841John Clare's walk to Northamptonshire, 1841', dawnpiper.wordpress.com/john-clares-walk-1841; 2020년 6월 3일.

12. 존 카우퍼 포위스John Cowper Powys, 『울프 솔렌트』(Harmondsworth: Penguin, 1964), pp. 180–81.

13. 토머스 하디, 『시 모음집Collected Poems』(London: Macmillan, 1960), p. 370.

14. 이 기기는 「귀향The Return of the Native」에서 와일디브가 유스테시아에게 신호를 보낼 때 처음 사용되지만 1914년에 출판된 이 시에서 완전하게 표현된다.

15. 토머스 하디, 『시 모음집』, p. 369.

16. 같은 책, p. 134.

17. 존 밀턴, 「사색하는 사람」, 『시집Poetical Works』(Oxford: Oxford University Press, 1966), p. 94, 85~87행.

18. 그의 1868년 구아슈 그림을 재구성한 1879년 작품으로 이전 버전에서 전경을 차지한 연인들과 구름 뒤의 달이 양치기 두 명과 수평선의 초승달로 바뀌었다. 예이츠는 1937년에 발표한 『나의 삭품 일반 개론A General Introduction for My Work』에서 이 동판화가 자신에게 차지하는 중요성을 암시하는데, 말에 "감정을 전념하게" 해준 이미지의 하나로 "파머가 그린 탑"을 제시한다. 이 부분을 포함해 아일랜드 문학에 대해 많이 참고할 수 있게 해준 애덤 한나Adam Hanna 박사에게 감사한다.

19. W. B. 예이츠, 『시 모음집Collected Poems』(London: Macmillan, 1977), p. 180.

20. p. 227.

21. p. 351.

22. W. B. 예이츠, 『희곡 모음집Collected Plays』(London: Macmillan, 1966), pp. 681~689.

23. 앨런 가너Alan Garner, 『곰래스의 달』(London: HarperCollins, 1972), p. 123.

24. 같은 책, p. 152.

25. 같은 책, p. 158.

26. 같은 책, p. 165.

27. 존 밀턴, 「사색하는 사람」, 81~84행.

28. www.wagneroperas.com/indexmeistersingerlibretto.html; 2020년 4월 12일.

29. www.luminarium.org/sevenlit/herrick/bellman.htm; 2020년 4월 12일.

30. 실비아 플라스,「폭풍의 언덕」,『시 모음집Collected Poems』(London: Faber & Faber, 1981), p. 167.

31. 에밀리 브론테,『폭풍의 언덕』, ed. 이언 잭(Oxford: Oxford University Press, 1976), p. 46.

32. http://gutenberg.org/files/4349/4349-h/4349-h.htm.

33. 마르셀 프루스트,『잃어버린 시간을 찾아서 I: 스완네 집 쪽으로』, ed. 피에르 클라라크와 앙드레 페레(Paris: NRF, 1968), pp. 3~4. (j'entendais le sifflement des trains, plus ou moins éloigné, comme le chant d'un oiseau dans une forêt, relevant les distances, me décrivait l'entendue de la campagne déserte où le voyageur se hâte vers la station prochaine; et le petit chemin qu'il suit va être gravé dans son souvenir par l'excitacion qu'il doit à des lieux nouveaux, à des actes inaccoutumés, à la causerie récente et aux adieux sous la lampe étrangère qui le suivent encore dans le silence de la nuit, à la douceur prochaine du retour.)

34. 존 미드 포크너John Meade Falkner,『네뷸리 코트』(London: Steve Savage, 2006), pp. 160~161.

35. 마르셀 프루스트,『잃어버린 시간을 찾아서』, vol. I, p. 152. (Quelquefois le temps était tout à fait gâté, il fallait rentrer et rester enfermé à la maison. Çà et là au loin dans la campagne que l'obscurité et l'humidité faisaient ressembler à la mer, des maisons isolées, accrochées au flanc d'une colline plongée dans la nuit et dans l'eau, brillaient comme des petits bateaux qui ont replié leurs voiles et sont immobiles au large pour toute la nuit.)

북쪽 도시 풍경과 서쪽 교외

1. 이 장에서는 북미 예술가들이 밤을 주제로 다룬 것을 대표하는 이야기는 제공되지 않는다. 그것은 미국 사진과 그림의 주요 주제이며 다음 책에 훌륭하게 설명되어 있다. 요아힘 호프만Joachim Hoffmann 외,『나이트 비전: 미국 미술의 야상곡 1860~1960Night Vision: Nocturnes in American Art 1860-1960』(New York: DelMonico Books/Prestel and Bowdoin College Museum of Art, 2015).

2. www.lindenfrederick.com/quotes.html; 2020년 6월 8일 기준.

3. www.toddhido.com/outskirts.html; 2020년 6월 8일 기준; 저녁의 교외 주택들 사진이 담긴 그의 책 두 권은 『하우스 헌팅House Hunting』(Paso Robles CA: Nazreli Press, 2001)과 『아웃스커트Outskirts』(Paso Robles CA: Nazreli Press, 2002).

4. www.toddhido.com/outskirts.html.

5. 데릭 월컷, 『데릭 월컷의 시The Poetry of Derek Walcott』, 글린 맥스웰 선별 (London: Faber & Faber, 2014), p. 399.

6. 알테어 베나든샐먼Altair Benadon-Salmon Esq., 스탠퍼드대학, 개인적인 대화.

7. 알렉산더 네메로프Alexander Nemerov, 『세계를 만들기 위해: 조지 올트와 1940년대 미국To Make a World: George Ault and 1940s America』(New Haven CT: Yale University Press, 2011), p. 12.

8. 같은 책, p. 69.

9. 같은 책, p. 121.

10. www.poetryfoundation.org/poems/48266/homage-to-mistress-bradstreet.

여름밤 불빛

1. 윌리엄 셰익스피어, 『베니스의 상인』, 5.1.89-92(The Oxford Shakespeare: The Complete Works, 2nd edn, Oxford: Clarendon Press, 2005, p. 477).

2. 윌리엄 셰익스피어, 『로미오와 줄리엣』, 2.1.46(The Oxford Shakespeare, p. 379).

3. 윌리엄 셰익스피어, 『베니스의 상인』, 5.1.110(The Oxford Shakespeare, p. 477).

4. "조명 그림 및 잘라낸 이미지(Illuminierte Lackier- und Ausschneidebilder)"; 바버라 마리아 스태퍼드Barbara Maria Stafford와 프랜시스 테르파크Frances Terpak 참고, 『경이의 기기: 상자 안 세상에서 화면 속 이미지까지Devices of Wonder: From the World in a Box to Images on a Screen』, exhib. cat.(Los Angeles: Getty Publications, 2001), pp. 336~339.

5. 선구적인 연구는 비르기트 베르바이브Birgit Verwiebe의 『라이트 쇼Lichtspiele』(Stuutgart: Füsslin Verlag, 1997); 스탠퍼드와 테르파크의 『경이의 기기』 카탈로그에서도 광범위한 해석 발견.

6. 인스브루크대학의 빈프리트 뢰플러 교수와 티롤민속박물관의 큐레이터 카를 베르거 박사는 내가 이 매혹적인 바로크 전통에 대해 알 수 있도록 최선을 다해 도와주었다.

7. 로마 귀족 신자들 아카이브Archives of the Congregation of Nobles(Rome, 1683), 앤드루 혼Andrew Horn 인용 및 번역, '신성한 극장Teatri Sacri: Andrea Pozzo and the Quarant'Ore at the Gesú', 린다 월크사이먼, ed.,『신성한 이름The Holy Name: Art of the Gesú』(Philadelphia PA: St Joseph's University Press, 2018), p. 359 et seq.

8. 라인하르트 람폴트Reinhard Rampold,『티롤의 하일리게 그레버Heilige Gräber in Tirol』(Vienna: Tyrolia-Verlag, 2009).

9. 같은 책, pp. 20~21.

10. 같은 책, pp. 250~252. 인스브루크 외곽 윌튼에 있는 세인트로런스 수도원 교회에 있는 (더이상 전시되지 않음) 요한 마르틴 검프Johann Martin Gumpp 와 요한 페르디난트 쇼르and Johan Ferdinand Schorr가 1708년에 만든 웅장한 신성한 묘지Easter Sepulchre에는 전경 가상의 계단과 역광을 받은 성체 안 치기가 있다. 이 작품은 아마도 이 장르에서 포초의 가장 완전하고 직접적인 모방작일 것이며『페르스페티바 팩토룸 에 아르키텍토룸Perspetiva Pictorum et Architectorum』(Rome, 1693)으로 출판된 것처럼 1685년 포초의「마키나 디 쿠아란토레Pozzo's macchina di quarantore」에서 파생된 것이 분명하다.

11. 같은 책, pp. 203~205.

12. 에르네스틴 후터Ernestine Hutter, '쇠플라이트-크리펜Schöffleit-Krippen',『이달의 예술작품: 잘츠부르크박물관 카롤리노 아우구스테움Das Kunstwerk des Monats: Salzburger Museum Carolino Augusteum』, vol. 9, no. 104, 스패터드와 테르파크의『경이의 도구Devices of Wonder』인용, pp. 334~335.

13. 같은 책, p. 331.

14. 프랜시스 테르파크,「자유로운 시간, 자유로운 영혼: 게인즈버러 시대의 대중적인 유흥Free Time, Free Spirit: Popular Entertainments in Gainsborough's Era」,『헌팅턴도서관 계간지Huntington Library Quarterly』, vol. 70, no. 2, 2007년 6월, pp. 209~228. 이 기사는 회화의 여러 측면을 따라가며 유럽의 경우를 엿보게 해준다.

15. 키르허Kircher의 발전한 형태의 마술 랜턴은 1670년대에 콜레지오 로마노에 있는 그의 박물관에 확실히 있었다. 그의 거울 쇼박스도 마찬가지였다. 조르조 데 셉Giorgio de Sept은『셀레베리뭄박물관』(Amsterdam, 1678)에

서 1670년대에 그것들이 그곳에 전시되었다고 설명한다. 『아르스 마그
나 루치스 에 움브레Ars Magna Lucis et Umbrae』(Rome: Ludovico Grignani, 1646)
에서는 좀더 원시적인 투영 장치가 묘사된다. 하위헌스Huygens는 1650년
대 후반에 그의 장치를 스케치한 것으로 보이며, 「셀레베리뭄 박물관」
이 자신의 발명품이라고 주장했기에 키르허는 『아르스 마그나Ars Magna』
1671년 판에서야 마법 랜턴의 설득력 있는 삽화를 넣었다.

16. 크리스토퍼 보Christopher Baugh, 「필리프 드 루테르부르: 18세기 말 기술
중심 오락과 스펙터클Philippe de Loutherbourg: Technology Driven Entertainment and
Spectacle in the Late Eighteenth Century」, 『헌팅턴도서관 계간지』, vol. 70, no. 2,
2007년 6월, pp. 251~268, 윌리엄 파인William Pyne의 『호두와 와인Walnuts
and Wine』에서 인용(London: Longmans Green, 1823), pp. 296~297.

17. 비르기트 베르바이브Birgit Verweibe, 『라이트 쇼』(Stuttgart: Füsslin Velag,
1997) p. 15.

18. 같은 책, pp. 16~17.

19. 같은 책, p. 58.

20. 같은 책, pp. 60~61.

21. 앨런 홀링허스트, 『스파숄트 어페어』(London: Picador, 2017), p. 5.

22. 피터 스커펌Peter Scupham, 「경계Alert」, 『시 모음집Collected Poems』(Manchester:
Carcanet, 2002), p. 25.

23. 피터 스커펌, 「부적: 크리스마스 랜턴Talismans: Christmas Lantern」, 『시 모음
집』, p. 75.

24. 새뮤얼 테일러 콜리지, 『시빌라의 나뭇잎Sibylline Leaves』(London: Rest Fen-
ner, 1817), p. 19.

25. 제라드 맨리 홉킨스, 『시들』, ed. 로버트 브리지스와 찰스 윌리엄스(Lon-
don: Oxford University Press, 1930), p. 27.

26. 셰이머스 히니, 『산사나무 초롱』(London: Faber & Faber, 1987), p. 7.

Apollinaire, Guillaume, *Alcools*, Paris: Belin-Gallimard, 2020.

Arnold, Matthew, *The Poems of Matthew Arnold*, 1840–1867, intro. A.T. Quiller-Couch, London: Oxford University Press, 1909.

Auden, W.H., *Collected Poems*, ed. Edward Mendelson, London: Faber & Faber, 1991.

Baudelaire, Charles, *Les fleurs du mal*, Paris: NRF/Gallimard, 1972.

Berryman, John, *Homage to Mistress Bradstreet*, in Poems, London: Faber & Faber, 2004.

Brontë, Emily, *Wuthering Heights*, Oxford: Oxford University Press, 1978.

Chesterton, G.K., 'A Defence of Detective Stories', *The Defendant*, London, 1901.

———., *The Penguin Complete Father Brown*, Harmondsworth: Penguin Books, 1981.

Clare, John, *Journey out of Essex*, in Major Works, ed. Eric Robinson and David Powell, Oxford: Oxford University Press, 2004.

Coleridge, Samuel Taylor, *The Complete Poetical Works*, Oxford: Clarendon Press, 1912.

Delerm, Phillipe, *Paris l'instant*, Paris: Fayard, 2002.

Dickens, Charles, *Hard Times*, London: Oxford University Press, 1959.

Doyle, Arthur Conan, *The Penguin Complete Sherlock Holmes*, London: Penguin, 2009.

Falkner, John Meade, *The Nebuly Coat*, London: Oxford University Press, 1959.

Garner, Alan, *The Moon of Gomrath*, London: William Collins, 1963.

———, Alan, *Elidor*, London: William Collins, 1965.

Grahame, Kenneth, *The Wind in the Willows*, London: Methuen, 1908.

Green, Julian, *Paris*, London: Marion Boyars, 1993.

Hardy, Thomas, *The Woodlanders*, London: Macmillan, 1887.

———, *Collected Poems*, London: Macmillan, 1930.

Heaney, Seamus, *The Haw Lantern*, London: Faber & Faber, 1987.

Hido, Todd, *House Hunting*, Paso Robles CA: Nazreli Press, 2001.

———, *Outskirts*, Paso Robles CA: Nazreli Press, 2002.

Hoffmann, E.T.A., *Tales of Hoffmann*, trans. R.J. Hollingdale, London: Penguin Books, 2004.

Hoffmann, Joachim, and others, *Night Vision: Nocturnes in American Art*, Delmonico Books/Prestel and Bowdoin College Museum of Art, 2015.

Hollinghurst, Alan, *The Swimming Pool Library*, Harmondsworth: Penguin, 1989.

———, *The Folding Star*, London: Chatto & Windus, 1994.

———, *The Sparsholt Affair*, London: Picador, 2017.

Hopkins, Gerard Manley, *Poems*, ed. Robert Bridges and Charles Williams, London: Oxford University Press, 1930.

James, M.R., *Ghost Stories of an Antiquary*, Harmondsworth: Penguin, 1974.

Keiller, Patrick, *The View from the Train: Cities and Other Landscapes*, London: Verso, 2014.

Kircher, Athanasius, *Ars Magna Lucis et Umbrae*, Rome: Ludovico Grignani, 1646.

Koerner, Joseph Leo, *Caspar David Friedrich and the Subject of Landscape*, London: Reaktion, 2009.

Mahon, Derek, *The Hudson Letter*, Dublin: Gallery Books, 1995.

Milton, John, *Poetical Works*, ed. Douglas Bush, London: Oxford University Press, 1966.

Nemerov, Alexander, *To Make a World: George Ault and 1940s America*, Washington DC: Smithsonian Institution, 2011.

Orme, Edward, *An Essay on Transparent Prints and on Transparencies in General*, London: 1807.

Plath, Sylvia, *Collected Poems*, London: Faber & Faber, 1990.

Powers, Alan, and James Russell, *The Story of High Street*, Norwich: Mainstone Press, 2008.

———, *Eric Ravilious*, London: Lund Humphries, 2015.

Powys, John Cowper, *Wolf Solent*, Harmondsworth: Penguin, 1964.

Praz, Mario, *The House of Life*, trans. Angus Davidson, London: Methuen, 1964.

Proust, Marcel, *À la recherche du temps perdu*, Paris: Gallimard, 1954.

Rampold, Reinhard, *Heilige Gräber in Tirol*, Innsbruck and Vienna: Tyrolia-Verlag, 2009.

Ravilious, Eric, and J.M. Richards, *High Street*, London: Country Life, 1938.

Reve, Gerard, *The Evenings* [*Die Avonden*], trans. Sam Garrett, London: Pushkin Press, 2016 [1946].

Rewald, Sabine, *Rooms with a View: The Open Window in the Nineteenth Century*, New Haven CT and London, Yale University Press, 2011.

Rodenbach, Jules, *Bruges-la-Morte*, Paris: Flammarion, 1910.

Scupham, Peter, *Collected Poems*, Manchester: Carcanet, 2002.

Severs, Denis, *18 Folgate Street: The Tale of a House in Spitalfields*, London: Chatto & Windus, 2001.

Sitwell, Osbert, *Noble Essences*, London: Macmillan, 1950.

Stafford, Barbara Maria, and Frances Terpak, *Devices of Wonder: From the World in a Box to Images on a Screen*, Los Angeles: Getty Publications, 2001.

Terpak, Frances, 'Free Time, Free Spirit: Popular Entertainments in Gainsborough's Era', *Huntington Library Quarterly*, vol. 70, no. 2, June 2007, pp. 209–28.

Tookey, Helen, *City of Departures*, Manchester: Carcanet, 2019.

Townsend Warner, Sylvia, *The Letters of Sylvia Townsend Warner*, ed. William Maxwell and Susanna Pinney, New York: Viking, 1983.

———, *The Element of Lavishness: Letters of Sylvia Townsend Warner and William Maxwell*, ed. Michael Steinman, Washington DC: Counterpoint, 2001.

Verweibe, Birgit, *Lichtspiel*, Stuttgart: Füsslin Verlag, 1997.

Walcott, Derek, *Collected Poems 1948–84*, London: Faber & Faber, 1992.

Woolf, Virginia, *Collected Essays*, London: Chatto & Windus, 1969.

———, *Mrs Dalloway*, London: Panther, 1984.

———, *Night and Day*, Oxford: Oxford University Press, 2000.

Wordsworth, William, *The Poems*, Penguin: Harmondsworth, 1990.

Yeats, William Butler, *Collected Plays*, London: Macmillan, 1966.

———, *The Poems*, New York: Macmillan, 1990.

이 책을 구상하는 데만 상당한 시일이 걸렸고 많은 이들에게 빚을 졌다. 처음에 이 책은 나의 전 박사과정 학생인 소피 디트리히 박사와 협업한 소책자(또는 전시회)였다. 이 자리를 빌려 사뭇 달라진 프로젝트에서 독보적인 연구 보조 역할을 해준 소피에게 감사를 전하고 그녀 나름대로 저멀리 보이는 불빛에 대해 훌륭하게 다룬 박사 논문 「북유럽 풍경화의 계절과 기후」를 칭찬하고 싶다. 그녀와 함께 일하면서 장소와 계절을 보는 내 방식에도 변화가 생겼다.

이 책의 초기 아이디어에 대해 서신을 주고받은 친구들에게도 많은 도움을 얻었다. 그들은 읽어볼 만한 글과 장소, 그림을 추천해주고 아이디어를 제공해주었다. 알렉산드라 해리스, 로버트 맥팔레인, 피오나 스태퍼드, 에드 베렌스, 앤드루 비스웰, 로버트 더글러스페어허스트, 앤 로런스. 그리고 여러 도서관과 박물관, 미술관, 그 큐레이터들에게도 깊은 감사를 전한다. 보들리언도서관, 박물관, 갤러리 및 큐레이터에게 가장 감사한다.

보들리언도서관, 애시몰리언박물관, 티롤민속박물관, 잘츠부르크박물관(특히 울리케 로이더에게 감사하다), 에든버러의 스코틀랜드갤러리. 티롤민속박물관 관장 카를 베르거 박사는 티롤에 현존하는 신성한 바로크 극장들에 대한 주제에 관해 두 발 벗고 도와주었다. 내 친구이자 인스브루크대학 동료인 빈프리트 로플러 교수도 마찬가지였다. 또한 이 책에서 다루고 보여준 경이로운 작품들의 소유자인 수재나와 앨런 파워스, 마거릿과 피터 스커펌에게도 깊은 감사를 드린다.

이 책에서 언급된 훌륭한 책을 쓴 두 친구, 헬렌 투키와 빅토리아 크로에게도 감사한다.

아직 작업중이던 원고의 일부분이 2019년 마이클마스에서 열린 옥스퍼드대학 환경 인문학 세미나에서 공개되었는데, 피오나 스태퍼드, 댄 그림리, 헨리 와이켈과 나눈 토론과 그들의 반응이 큰 도움이 되었다. 친구인 예수회 신부, 마크 앨로이시어스와 캠피언홀로 돌아오는 산책길에서 나눈 멋진 대화도 마찬가지였다. 그는 이 책에 형용할 수 없을 정도로 큰 기여를 했다.

나는 지난 몇 년간 운좋게도 옥스퍼드 캠피언홀의 선임 연구원으로 지낼 수 있었다. 캠피언홀의 모든 구성원(과거 및 현재 연구원들)의 우정과 지적인 동지애, 끝없는 친절에 감사하고 싶다. 모든 이들, 특히 본문에서 언급된 이들에게 감사하지만, 예수회의 비자이 더수자와 조지프 시먼스, 매슈 던치에게 특별히 감사한다. 나는 옥스퍼드의 예수회 대학에서도 강의를 하는데, 모든 학생들과 동료들, 특히 파울리나 큐스와의 대화에서 큰 즐거움과 배움을 얻고 있다.

고마운 친구들이 아주 많다. 에드워드 콜슨, 멜라니 마셜과 마크 에드워즈, 앤드루 비스웰과 윌 딕슨, 재닛 그라피우스, 제러드 킬로이, 퍼트리샤 핸리, 다니엘 회어, 채리티와 제임스 스투턴, 조너선 키, 마크 윌리엄스, 미란다 시모어, 도라 손턴과 제러미 워런, 테사 머독, 존 마틴 로빈슨, 수전 오언스와 스티븐 콜로웨이. 충실한 친구이자 이웃이며 좋은 저녁 산책 동반자인 카트리오나 웰즐리에게도 감사를 전한다.

원고를 읽고 평가해준 이들에게도 큰 도움을 받았다. 피오나 스태퍼드, 제임스 스투어턴, 앤드루 비스웰, 엘레나 토도로비치, 도라 손턴, 퍼트리샤 핸리, 그리고 19세기 초 독일에 관한 내용을 전부 외우고 크게 개선해준 다니엘 회어가 있다. 로버트 맥팔레인은 평소 그의 멋진 습관대로 내가 이 책을 쓰면서 방황할 때마다 길을 되찾을 수 있는 아이디어를 제공해주었다.

멋진 순간과 사진, 아이디어를 제공해준 친구들, 브루스 킨제이, 퍼트리샤, 에드 베렌스, 알렉산드라 해리스에게 감사를 전한다. 내 능력이 부족해서 또는 이 책의 원고가 이상한 시기에 완성되었기 때문에 활용하지 못한 아이디어들도 있었다. 언젠가 10월 밤에 클레켄웰을 함께 산책할 도라 손턴에게 미리 감사를 전한다. 너무도 이른 봄날 저녁 산책에 함께해준 재닛 그라피우스와 마이클 헐리에게 고맙다. 펜들 힐 위에 뜬 저녁별, 스토니허스트 거리를 비추는 커다란 집의 불빛은 따로 책 한 권을 써야 할 정도다.

친구이자 옛 제자이며 현재 스탠퍼드대학에 있는 알타이르 브랜던새먼은 끝없는 격려를 보내주었고 친절하게도 알렉산더 네메로프를 소개해주었다. 네메로프가 쓴 어둠 속 빛을 모티프로 한 특별한 글은 쉽게 따라 할 수 없는 높은 기준을 세웠다.

나의 사랑하는 사촌들은 겨울에 카디스와 헤레스를 방문했을 때 멋진 일행이 되어주었고 이 책을 고야로 마무리하게끔 나를 이끌었다. 제인 스티븐슨은 그 여행을 포함한 모든 여행의 이상적인 동반자였다.

새뮤얼 패너스, 재닛 필립스, 리안다 슈림프턴 등 옥스퍼드보들리언도서관 출판사의 모두에게 깊이 감사드린다.

앨런 파워스와 마크 깁슨은 오랜 세월 동안의 우정을 통해 무한한 인내와 친절로 이 책에 등장하는 많은 것을 내가 볼 수 있도록 도와주었다.

저자는 손바닥처럼 훤한 옥스퍼드를 비롯해 많은 길을 걷습니다. 그림을 감상하고 노래를 듣고 건축물을 봅니다. 저자를 따라가면서 만나게 되는 모든 풍경과 작품에는 불 켜진 창문이 있습니다. 지금 여러분은 바로 그 창문 앞에 서 있습니다.

이 창문은 한동안 떠나 있다가 집으로 돌아온 이의 발걸음을 재촉하고, 당장 갈 수 없는 이에게는 향수를 일으키고, 갈 곳 없는 이에게는 밖에 서서 바라보며 철저한 소외감을 느끼게 합니다. 제삼자의 상상을 마음대로 자극하는 유혹과 미스터리도 그 너머에 있습니다. 하지만 우리의 마음에 가장 와닿는 불 켜진 창문의 의미는 역시 '홈커밍'입니다. 불 켜진 다른 창문들을 보며 결국은 집으로 돌아오니까요.

처음 저자의 길을 따라나설 때는 많이 낯설 것입니다. 영국과 서유럽 지리, 문화와 문학에 대한 기본 지식이 없다면, 이곳들을 제집 안방처럼 자유롭게 누비며 각종 문화와 예술작품을 소개하는 이 책의 여정을 따라가기가 조금은 벅찰 수도 있습니다. 하지만 결국 우리 모두 집으로 돌아가게 되어 있듯이, 책의 그림들과 찬찬히 눈을 맞추며 천천히 걸어간다면 어느새 난해함은 해소되고 더 나아가 이 책의 매력에 빠지게 되리라 생각합니다.

무엇인지 모를 향수와 그리움에 이끌려 창문의 불빛을 따라가다보면 어느새 다채로운 예술과 문학의 세계에 들어와 있음을 알게 될 것입니다. 모두에게 고요한 저녁 산책이 되기를 바랍니다.

정지현

이미지 크레디트

찾아보기

이탤릭체로 적힌 쪽번호는 그림이 있는 페이지입니다.

옮긴이 정지현

스무 살 때 남동생의 부탁으로 두툼한 신디사이저 사용설명서를 번역해준 것을 계기로 번역의 매력과 재미에 빠졌다. 대학 졸업 후 출판번역 에이전시 베네트랜스 전속 번역가로 활동중이며, 현재 미국에 거주하면서 책을 번역한다. 옮긴 책으로『스파숄트 어페어』『창조적 행위』『버드나무에 부는 바람』『예술가의 초상』『네이처 매트릭스』등 다수가 있다.

불이 켜진 창문
시와 소설, 그림 사이를 거니는 저녁 산책

초판 인쇄   2024년 5월 3일
초판 발행   2024년 5월 17일

지은이   피터 데이비드슨
옮긴이   정지현
펴낸이   김소영
책임편집   임윤정 박경리
편집   이희연
디자인   이혜진
마케팅   정민호 박치우 한민아 이민경 박진희 정유선 황승현
브랜딩   함유지 함근아 고보미 박민재 김희숙 박다솔 조다현 정승민 배진성
제작부   강신은 김동욱 이순호
제작처   영신사

펴낸곳   (주)아트북스
출판등록   2001년 5월 18일 제406-2003-057호
주소   10881 경기도 파주시 회동길 210
대표전화   031-955-8888
문의전화   031-955-7977(편집부) 031-955-2689(마케팅)
팩스   031-955-8855
전자우편   artbooks21@naver.com
트위터   @artbooks21
인스타그램   @artbooks.pub

ISBN   978-89-6196-445-6 (03840)